NORASIRO
のらしろ
ILLUST.
ジョンディー
TOブックス
「ここは任せて先に行け！」
をしたい
死にたがりの
望まぬ
宇宙
下剋上

CONTENTS

イラスト：ジョンディー　デザイン：coil

第一章　死んでやる

プロローグ

人間というものは業の深い生き物だ。

いつの世も人は争うことをやめない。

ある歴史学者に言わせれば、歴史とは人の争いを綴《つづ》っただけの物だと言い切る。

手に石や木の棒きれを持って振り回していた時代から、武器だけはどんどん進化を止めることはなかった。

また、争う場所も陸の上から海の上そして海中、空へと、どんどんとその領域を広げていき、ついには人の住む星すら飛び出し、広い宇宙へと争う場所を移していった。

途中幾たびか争いをやめようとする動きもあり、また凄惨な争いをできうる限り抑えるためにルールも作ってきたが、しょせんは焼け石に水だった。

そして現在もまた……。

人が生まれた星を離れて早二千年が経とうとしている今でも、その争いを止めようとはしていない。

そんな人類の歴史の中で信じられないことだが、ほんの二百年前には、歴史の奇跡ともいえる、平安な時代もあった。

大帝国が広い宇宙を一つに治《おさ》め、ほんのひと時だが、国同士の戦争のない時代があった。

しかし、無理やりまとめて国を造れば、その歪がかえって後の争いの元となる。

人はいつしか元のように、いやより凄惨に争うようになっていった。

今の時代を後の人々は宇宙戦乱の時代とでも呼べばよいのだろうか。

そして、今も休むことなくどこかしらで殺し合うことを人々はやめようとはしない。


今ここに、一人の青年がいる。

彼もその時代の運命には逆らえず、争いの渦中にいる。

そしてその彼は、今まさに絶体絶命の危機的状況を迎えているのだ。

今、彼のいる場所は宇宙空間に浮かぶ年代物の航宙駆逐艦の倉庫の中であった。

◇◇◇◇

「やはり待ち伏せされていたか」

その青年は独り言をつぶやいた後に、自身の置かれている状況を冷静に分析している。

青年の名はナオ・ブルースという。

ほんの二週間前に首都星ダイヤモンドにあるエリート士官養成校を卒業したばかりの、明日の誕生日には二十一歳になる予定の人間だ。

もっとも彼がここで死ななければの話になりそうだが。

それほど彼を取り巻く状況は良くない。

現状、彼のおかれた立場はこの国の人々からコーストガードと呼ばれている首都宙域警備隊の小隊長だ。

ほんの今しがた彼の上官である航宙フリゲート艦『アッケシ』の艦長ダスティー少佐より宇宙海賊制圧の命を受けたばかりだ。

この宙域にいるコーストガードの上層部は彼ら自身がおかれている不利的状況を打開すべくそれこそ光速を超えるくらいの速さで後方に退く決断をくだし、また、すぐに行動にも移していた。

そのため、コーストガード上層部が座乗する艦隊旗下の艦艇である航宙フリゲート艦『アッケシ』に艦隊の安全のための殿《しんがり》を命じ、さっさと自分らは全力で後方に退いてしまった。

航宙フリゲート艦『アッケシ』の艦長もそんな無責任な上司のために捨て石にされるつもりはさらさら無く、自身の身の安全のためにもつい先日配属されたばかりの本編主人公であるナオに以下の命令を発した。

『内火艇で敵艦艇に乗り込み、海賊を制圧しろ』と。

誰が考えても無理筋も良い処だが、まったく悩むことなくナオは部下三十名ばかりを引き連れて彼の指揮する内火艇を操り、敵である宇宙海賊の一番近くにいた年代物の航宙駆逐艦に乗り込んで行った。

◇◇◇◇

一方、宇宙海賊たちのほとんどはすでにさっさとこの宙域から離脱している。

この宙域に現在残っているのはナオたちの他には海賊たちの殿である航宙駆逐艦くらいだ。

視点をもう少し広げれば、かなり遠くで安全をしっかり確保された位置でナオたちの様子をうかがっている航宙フリゲート艦『アッケシ』と、これまたナオたちを中心としてちょうど対をなすように反対側で海賊船が一隻いるくらいだ。

そんな状況下で、ナオたちがのこのこと海賊の殿を務めている航宙駆逐艦の後部格納庫に内火艇で乗り込んでいったところだ。

当然、海賊たちもナオたちを迎え撃つべく航宙駆逐艦の格納庫内で待ち伏せしている。

ナオが今相手にするのは、この辺りでは大戦力を有することで有名な『菱山一家』に連なる、カーポネ率いる海賊団だ。

『菱山一家』の総戦力は一国が持つ正規艦隊の半分、半個艦隊はあると言われている。

この時代、普通以上の国力の有る国でも持てる艦隊数は、せいぜい二個が限界だ。

大国と言われる国ではもう少し持つこともあるが、それ以下しか持てない国も多い。

ナオが属する王国ですら、軍としては正規艦隊が二つ、二個艦隊しかない。

そのことから考えてみれば、海賊『菱山一家』が持つ戦力がいかに大きい事かがわかるだろう。

正確にデータが無いので分からないが、多分全宇宙で見ても『菱山一家』は海賊として最大の規模を誇る。

菱山一家の全戦力相手では、もはやコーストガードの全戦力をもってしても歯が立たず、正規宇宙軍の一個艦隊でも向けなければ歯が立たないレベルだが、今回はその一部なので、コーストガードも海賊取り締まりに出張ってきたのだった。

いざコーストガードが張り切って海賊に対面してみると、想定以上の戦力を持つカーポネ一味だとわかり慌てていた。

何せカーポネ一味だけでも侮れない戦力で、現場指揮官が自身の不利と見るや否や、さっさと逃げることを選択したために起こった悲劇だ。

しかし、相手は海賊だ。

そもそも彼ら海賊にとって公的戦力とは、絶対に戦わなければならないものではない。

海賊という職業は常に身の回りに危険がいっぱいなので、とにかく臆病だ。

少しでも自分らが不利と見たら躊躇せずに逃げる。

場合によっては味方すら囮にして逃げるくらい平気でできる連中だ。

今回も敵対するコーストガードが同程度の戦力とみるや、海賊の方も逃げることを選択したのだ。

海賊の戦法は、一言でいえば卑怯でしかない。

老朽著しい航宙駆逐艦一つを生贄にして、さっさと逃げる作戦をとったようだ。

そこに向かってナオたちは乗り込んで行った。

この時の海賊たちは内火艇一隻でのこのこと向かってくるナオたちを見て、少しでも自身らの安全を考え、確実に自分たちが逃げるためにナオたちを相手にすることを決め、艦内で待ち構えることにしていた。

◇◇◇◇

何故、この宙域で武装艦艇であるはずの艦艇同士がその武器、レーザー砲などを使って戦わないかというと、ここの宙域が特殊な状況に置かれているためだ。

詳しくは後程説明していくが、この宙域では一切のレーダーの類が役に立たない。

また、レーザー兵器の類も使用できない。

レーザー兵器などのエネルギー兵器が使えないのはこの宙域だけでなくこの宙域内にある艦艇内も同様である。

割とこのようなケースはあちこちであるので、いくら時代が進んだとはいえ、このあたりではどうしても昔に戻ったような戦法が有効となり、今回の場合も、その戦闘は艦艇に乗り込んでの白兵戦となる。

なにせ、個人の携帯武器であるレーザーガンも使用できないから、斧を使っての力と力のぶつかり合いになる。

海賊たちの武装はパワースーツにバトルアックスといった大航海時代以前をほうふつとさせる完全武装だ。

これはこの時代では標準的な武装であり、その装備でナオたちを迎え撃つ。

そんな荒くれたちが百人は待ち構えている場所にナオたちは飛び込んでいったのだ。

まさに絶体絶命。

ナオの率いる兵士はおよそ三十名、しかも全員が女性ばかりの部隊だ。

普通なら絶望する場面であるのだが、ナオにとっては、これぞ待ちに待った瞬間なのだ。

◇◇◇◇

「逃げろ！　俺にかまわず、ここは任せて先に行け！」

ナオは待ちに待った瞬間に思わず叫んでいた。

「ここは俺が支える。お前たちだけでも生きて帰れ。これは俺の命令だ。さあ、行け！」

ナオはすぐに部下たちにこの場を離れるように命じた。

相当に拗らせた『中二病』がまさに炸裂した瞬間だ。

『フ、決まったな。まさに最高の瞬間だ。これぞまさにヒーローだ。命を張って部下を守る。これぞ男として生まれたものにとって最高の死にざまだな。フフフ……』

先のセリフは一年も前から考えていた『人生の最後に言いたいセリフ集』の中の一つだ。

ナオは過去に心に負った大きな傷のために常に死を望んでいる。

軍に志願したのも彼自身が自殺できずに、その代わりにと戦死を望んだものに他ならない。

そのための手段としてナオは宇宙軍に入り、敵との戦いの中で戦死を望んでいたが、現実は彼の

思い描いた通りにはいかなかった。

彼は、紆余曲折の末にコーストガードにほんの二週間前に配属されたばかりだ。

配属当初は失望を感じ相当に落ち込んだのだが、今の状況は、コーストガードに出向が決まった時に予想していたものから大きく外れて、相当早く自分の思惑……そう、敵と戦い戦死するという彼の願望が達成されるチャンスが訪れたのだった。

コーストガードに配属が決まった時にはかなり落ち込んではいたが、結果的には良かったと心底運命に感謝すらしていた。

まさに今置かれた状況は、ほぼナオの思い描いた通りの展開だ。

不謹慎ではあったが、今の彼は心底喜んでいるように見える。

部下に殺される??

現状は俺が待ち望んだ最高のシチュエーションだ。

今まさに、この三年間ひたすら願った夢が現実になろうという瞬間だ。

しかし事態は望んだものとは全く違う展開に進んで行く。

俺の発した命令を部下たちは全く気にしていない。

そう俺の命令をあっさりと無視したのだ。

その上で、俺の副官に当たるメーリカ准尉が一言。

「そんな訳行くかよ」

え？

俺って、少尉だよ。

彼女の上官だ。

何、その一言。

いくら俺がヘタレとは言え、組織人としてどうなの。

そんなの有り？

俺が彼女に言い返そうとしていたら、メーリカ准尉はすぐに部下たちに対して別の命令を発していた。

「マリア、出番だよ」

「はい、メーリカ姉さん」

呼ばれたのはマリアだ。

彼女はメーリカ准尉の部下で分隊を率いる曹長だ。

しかし、どこからどう見ても、メーリカ准尉に呼ばれたマリアも彼女の率いる分隊員全員も、およそ荒事に向きそうにない女性たちばかり、しかも人数も海賊より格段に少なく十五人しかいない。

誰が見ても絶対に不可能とも思われる状況においてメーリカ准尉の命令で、俺の最高の瞬間が、部下を守って殉職するといった夢のかかったこの瞬間が、どこかに行ってしまう。

現実は俺の理想通りにはいかない。

しかも最悪の方向に進んで行く。

彼女たちが戦いにもならずに海賊たちに簡単にあしらわれて、その後は女性ならではの被害、その海賊たちに凌辱《りょうじょく》されて殺されていく未来しか見えない。

「そ、そんな事許すか」

俺がメーリカ准尉の命令を取り消そうとしたら後ろから後頭部に強い衝撃があった。

『ゴン！』

え??

「隊長、邪魔」

メーリカ准尉の副官を務めるケイト曹長に俺は後ろからどつかれ、首根っこを掴まれてマリアたちの後ろまで引きずられた。

え？　え？

俺って隊長だよね、学校を卒業したばかりとは言え、士官だよ、君たちの隊長。

それなのに、この扱いって何？

酷くない。

しかもだよ、『邪魔』ってなんだよ。

仮にも隊長に向かって邪魔とは。

俺は思いっきり抗議したかったが、首根っこを掴まれ、しかも引きずられているので声も出せない。

俺の心配をよそに、海賊たちはこの後の乱暴を楽しみにしているかのように舌なめずりをしながらいやらしい笑いを浮かべている。

そんな俺の心配も、海賊たちの気持ちの悪い様子も全く気にすることなくマリアたちは俺の前に立ちはだかり手にしている物を海賊たちに向けた。

「やってしまいな、マリア」

「はい、メーリカ姉さん。みんないいかな。それじゃ構えて、撃て～～～」

マリアのかわいらしい声と同時に分隊全員の手にしたものが一斉に火を噴く。

轟音……真空なので音は聞こえないが、轟音を発したように見え、それと同時に目の前までに迫ってきている海賊たちが倒れていく。

マリアたちは次々に手にしたものから火を噴かせ、海賊たちを倒していく。

今戦っているのはマリアたちの分隊員の十五名だけだ。

残りのもう一つの分隊はただそれを見ているだけ、いや、マリアたちを応援している。

次々に倒されていく海賊を見て、応援のボルテージが上がっていく。

その場で跳びはねたり、大声を出して手を叩いたりと、興奮していく。

海賊たちは半数が倒された時になって、やっと自らの不利を認めたのか逃げだしていくが、それでもマリアたちは容赦なく海賊たちを後ろからどんどん倒していく。

最後の海賊を倒すともうケイト率いる分隊員たちの興奮は最高潮だ。

唯一この流れに乗りきれていないケイトを除いてだが。

そのケイトはというと、俺が前にマリアたちの邪魔をしないようにずっと俺の首根っこをつかんでいるので、飛んだり跳ねたり、ましてや俺を捕まえているので手を叩いたりできないでいた。

それでも、どんどん倒されていく海賊たちを見て興奮していく。

とうとうケイトは我慢できずに最後には俺の首を掴んでいる手に無意識に力を入れていく。

え？

ちょっと待て！

パワースーツを着込んで首を押さえている手に力を入れるって、ちょっとまずいよ。

え？

よせ、それ以上俺を握っている手に力を入れると、あ、やばい。

く、く、苦しい。

し、死ぬって、止めて、やばい、これ以上はダメ！

やめて〜〜。

ほら、落ちるって、落ちるから止めて。

俺がいくら心の中で叫ぼうがケイトは全く気付いていない。

ほら〜、落ちた。

確かに俺は殉職を望んではいたが、まさか部下に殺されるとは。

これって殉職になるのかな。

ていうか、こんなのってあんまりだよね。

そこまで部下に嫌われていたとは思いたくはないが、まさかね〜。

しかし、人が死ぬ瞬間に過去の人生が走馬灯のように思い出されるって話は本当だったようだ。

でもね〜、よりにもよってこの瞬間を思い出すとはね。

確かに俺の人生で良かったことなどほとんどなかったが、よりにもよってこの場面とはあんまりだ。

思い出されているのが、俺が死にたくなった時とは、つくづく俺の人生には幸せが無いな。

落ちていく寸前まで、自身の運の無さを嘆いていた。

死ぬ間際の回想

それは、この海賊との戦闘からさかのぼること三年前だ。

場所は俺が育った、首都に近いが別の恒星系に属する惑星ニホニウムのとある場所だ。

俺たちが住んでいる王国の首都宙域は三つの恒星系から成る三重の連星が作る珍しい宙域で、惑星ニホニウムは首都星ダイヤモンドとは別の恒星系の主惑星だ。

今この場所には俺の他に一人の女性がいて、俺に話しかけている。

「ナオ君。大学を落ちたのは残念ね。今でもナオ君が試験に失敗したなんて信じられないわ。でも、前に聞かされていた未来が試験に落ちたことで難しくなりそうね。多分、ここでナオ君とはお別れしないといけなくなりそうなの。ナオ君だって、このままここにいるわけにもいかないわよね。孤児院だって卒園だし。ナオ君はナオ君で別の人生を歩いてね。ナオ君とはここでお別れね」

俺が大学の試験に落ちたと伝えたら、今まで仲の良かったテッちゃんが手のひらを返したように俺に言ってきた言葉だった。

俺がテッちゃんと呼んでいるのは、同じ孤児院で一緒に育ったテツリーヌ・ブルースという名の女性だ。

彼女とは同じブルース孤児院で物心がつく前から一緒に育った仲だ。

他にも同じように育った孤児は多くいたが、中でも彼女は俺の唯一の親しい友人であり、恋人だとつい先ほどまで思っていたのだ。

俺は、自分の性格のためか、本を読んでばかりの幼少期を過ごした。

そのためなのかわからないが親しい友人と呼べる存在はほとんどできなかった。

その中で唯一と言える存在がテッちゃんことテツリーヌだった。

彼女だけは常に俺の傍にいて励ましてくれた存在だ。

俺たちが地元の王立学校に上がるようになると、今度は俺の性格が良い面で発揮された。

コツコツと勉強するのを苦にしない性格だったために、かなり優秀な成績で通っていた学校を卒業することができた。

俺たち孤児は、高校までは平等に教育を受けることが許されている。

それこそ貴族だって同じクラスにも通えるのだが、まあ貴族連中は俺たち平民を見下しているからまず公立の学校には通わないけどな。

しかし、高校を卒業したら孤児たちの人生はほぼ決まったようなものだ。

この国では、生まれの差でほとんどの人生が決まる。

まだ恵まれた孤児院で育った俺たちには職に就くことでごくごく普通の平民として生きることが許されている。最低に近い平民としてだが。

でも、この国は、他の多くの国よりは若干ではあるが恵まれているともいえるものがある。

キングダムドリームと言えばよいのだろうか、『王国の夢』と呼ばれる最後とも言われているチャンスのことだ。

その最後のチャンスのことだが、孤児でも立身出世できる方法が三つある。

一つ目は、実業界で成り上がることだ。

これには、私学の最高峰であるケイリン大学経営ビジネス学部にある、特別特待生コースに入学し、卒業することが必須だ。

このコースは、特待生として入学するので私学であるにもかかわらず、学費と寮費の全額免除が約束されているため、孤児に限らずだれでも、それこそスラムに住むような最下層の者でもお金のことを気にすることなく通うことが許されている。

また、ケイリン大学にはこの国の財閥の子弟なども多数通っているので、在学中から彼らとのコネクションも得られる。

そのため、孤児であっても鍛えられた能力の他に有力なコネクションを多数持つことができるので、卒業後は財閥に限らず、国中の有名企業から幹部候補生としてお声がかかる。

ここを卒業さえできれば、それだけで十分に恵まれた人生を歩むことができるのだ。

この国に住まう孤児にとっては、これ以上にない成り上がりの方法だともいえる。

当然、俺もここを目指したのだ。

失敗はしたけど。

二つ目は、どこの国でもよく聞く話だが、軍人としての出世を目指すことだ。

この国では先に挙げた実業界を目指すよりもステータスとしては高く、とても人気がある方法だ。

軍人としてのエリートを目指す方法はというと、首都星ダイヤモンドにあるエリート士官養成校に入ることから始まる。このエリート士官養成校への入学に関して特筆すべきこととして、一般的な志願兵とでは雲泥の差が出るのは当然で、王国内各地にある普通の士官学校の卒業生とも卒業後の扱いが異なるため、軍で成りあがることを目指すにはほぼ必須ともいえる。

しかし、このエリート士官養成校は、国民的なステータスも高いとあって、非常に狭き門となり、そう簡単には入学できない。

先に挙げた実業界を目指すコースよりも非常に狭き門ともいえる成り上がりの方法だ。

そして最後の方法が、国の官僚としての登竜門となる第一王立大学のキャリア官僚養成学科に入学することから始まる。

この学科を卒業してから順調に職歴を重ね功績をあげることができれば、たとえ孤児だとしても宰相に成り上がるのも夢ではない。

現に一人だけとはいえ過去に戦災孤児で、この方法で宰相まで上り詰めた者も出たのだ。

宰相に限らず大臣クラスならば過去に数人も出ているし、政府の局長クラスならば今なお現役でも数人はこの方法から排出されている。

当然ここは、この国一番の狭き門となる。

俺は通っていた学校を卒業する直前に、なんとこの第一王立大学のキャリア官僚養成学科に特待生としての推薦を貰っていた。

普通なら俺のような孤児には過ぎた話として飛びつくのだろうが、この方法にはきちんと落とし穴がある。

貴族階級やそれなりの家の子弟ならば、文句なしにこの方法を選ぶだろうが、俺のような孤児では、よほどの覚悟が無ければ選べない事情がある。

当然、覚悟なんか持ち合わせていない俺は選ぶことなどできなかった。

その覚悟を要する事情というのが、卒業後にある純然たる格差だ。

公《おおやけ》には卒業後に与えられる地位には差は無いことになっている。

俺のようにどこにも後ろ盾のない者でも卒業した後は、一から二年の見習い期間を過ぎた後に、それなりの責任ある地位で王国各地に配属されていくのだが、問題はその配属先だ。

出自の高い順番に首都から近い場所に配属される。

当然俺のような孤児たちは最後に残る危険な辺境の星に配属される。

平時ならそれでも孤児には恵まれた環境と喜べるのだが、こと戦時ではそうもいかない。

常に争いが絶えないこの時代では、首都付近ならいざ知らず、辺境ともなればその危険はいかほどか。

そんな地に高級官僚として赴任すれば、一番に危ない立場になる。

どこでもありそうな話だが、その地のナンバーワンやナンバーツーなどは適当な理由をつけさっさと危険から逃げることができるが、孤児など有力な後ろ盾のないまま赴任した者は、その地でのナンバースリー以降の立場で、危険が発生した場合に逃げることが許されずに現地の最高責任者としてその地に留まる事を強制される。

その後は、敵に占領された場合などは捕虜として、長い場合には数十年敵国に拘束される。

この時、もしこの地に捕まった官僚の家族がいるようなら、占領された地元住人の不満は何もできずに捕まった官僚の家族に向く場合も多く、暴徒化した住民に惨殺されるケースが後を絶たない。

この危険性については赴任する官僚も分かっているので、大抵の場合は家族を首都に近いところに残しての単身赴任が最も一般的だ。

これでも十分に悲惨な運命と言えるが、他国との紛争の場合は、まだ官僚本人の命が取られることが少ないので、ある意味救われる。

しかし、こればかりが辺境にある危険ではない。

最も高い頻度で起こる危険となるのが、宇宙海賊とのケースだ。

海賊相手の場合には、俺たち孤児出身の官僚は、現地政府の代表者として、見せしめのために残酷な方法で殺される。

辺境の官僚は、敵国による被害よりもこの海賊による惨殺の場合の方が多い。

なぜなら辺境ともなれば、首都宙域のように治安が守られてはいない。

王国宙域全体の治安は軍が守ることになるが、広い宙域を僅かな軍だけでは守りきることができない。

首都宙域には第一艦隊が駐留しており、かつ、首都宙域だけを守るための組織があるので、惑星上に居る限りにおいては安全と言える。

宇宙ではさすがに海賊を全滅させることまではできないが、首都宙域内では惑星まで攻め込まれることは絶対にない。

しかし、辺境ではそうもいかない。

それこそ、そこら中に海賊が跋扈《ばっこ》しているのだ。

それでも各星系の主星ならばまだしも、首都宙域から遠く離れた星系のしかも最外惑星やその惑星の衛星軌道上を回るコロニーなどに赴任でもしたら、その危険性はどこまで増すものか想像に難くない。

しかし、それら惑星にも役人は赴任しなければならず、そういう危険な場所に回されるのが俺のような後ろ盾を持たない庶民、特に孤児などは絶対だと言える。

ある意味、他国の脅威よりもこの海賊の脅威の方が非常に大きいとも言われる所以だ。

そう、このコースで俺らを待つのは、海賊による惨殺被害という過酷な運命の可能性が非常に大きい。

ある統計調査によると、五年後の生存率で、最前線の志願兵士よりも、孤児出身の官僚の方が低いとさえある。

役人の世界で成り上がるという絶対的な野心でもない限り、第一王立大学への進学はありえない。

これはこの国に住んでいる者達のほぼ共通した認識で、俺の場合も孤児院関係者や学校関係者が王立大学への進学を断った俺の判断に反対もせずに尊重してくれた。

俺も、自身の未来を考える上で、先に挙げた三つの方法のうちで、今まで恋人だと思っていたテッちゃんとの結婚も考え、ビジネスコースを躊躇なく選んだ。

だいたい先の三つの方法に挙げられたうちで最も立ちはだかるハードルが低い。

俺にとっては既に最高峰である第一王立大学のあの学科に推薦を貰えるレベルからして二ランク落としての挑戦となる訳で、俺を知る関係者はこの時までは誰もが入試に落ちることなど思いもしなかった。

当然俺の頭の中では有名なケイリン大学の入学はもちろん、ビジネスコースを卒業して、国内の有名な企業に入り、ゆくゆくはテッちゃんと結婚して幸せな家庭を持ちたいとまで考えていたのだ。

そのために今まで一生懸命に頑張ってきたのだ。

それが大学に落ちたからと言って、テッちゃんのその言い分はあんまりだ。

しかし、テッちゃんの言葉はまだまだ続く。

「私は幸せになりたいの」

この言葉から始まった地獄への片道切符。

孤児たちにとって、とても小さな幸せをつかむことでも非常に大変なことは誰もが理解している。

たとえどんなに小さなチャンスでも決して逃してはいけない。

そんな事など俺でもわかる。しかし……。

「私はこの間、とても大きなチャンスをジャイーンさんに頂いたの」

俺は思わず聞いてしまった。

「どういうことなの？」

「ジャイーンさんが私の事を幸せにしてくれるって。私の事を愛人にしてくれるって言ってくれたのよ。ゆくゆくはジャイーンさんに任される商売で、一部署も任せてくれるって約束してくれたの。だから私は昨日ジャイーンさんの愛人になることを決めたのよ」

え？

昨日??

俺ですら今日まで大学の合否も判っていないのに昨日に決めたって……俺にとって今のテッちゃんの言葉には酷い裏切りを感じてしまった。

さらにテッちゃんは追い打ちをかけるように言ってくる。

俺のライフ値はこの時には既に限りなくゼロに近いのに、とどめを刺すかのようにだ。

「もし、ナオ君があの有名なケイリン大学にうかっていればね〜、私も少しは躊躇《ちゅうちょ》したのよ。でも大学に落ちたナオ君には、正直この先難しいと思うのよね」

さらに俺を追い込むかのようにテッちゃんの言葉は続く。

「私はナオ君の事が嫌いじゃなかったのよ、でも私自身の将来の事を考えるとね。だからこれでお別れなの」

女って生き物はこんなにも残酷なものなのか。

俺の頭の中は今まさにパニックになっている。

悔しいやら、腹立たしいやら、情けないやら、何だかよくわからない感情が頭の中を縦横無尽に動き回り、自分でもよくわからない状態だ。

死んでやる

そんなところに、話に出ていた寝取り男のジャイーンが近づいて来る。

このジャイーンって男は、この星じゃかなりの有名人だ。

俺やテッちゃんと同じ学校で学んだ仲なので俺も知らない訳じゃない。

そもそもこの男はこの星一番の財閥であるアーム家の三男で、名をジャイーン・アームという御曹司だ。

このアームという家はこの星一番の財閥であり、ジャイーンはこの王国の中でも十指に入る非常に大きな財閥の三男で、大学を卒業すれば財閥を率いていく血族の一人になる男だ。

こいつがものすごく嫌な奴なら、こいつを恨んだり憎んだりすることで、俺の気持ちもどうにかなりそうなのだが、しかし、そういうやつじゃなかった。

まあ、寝取られたので、多分憎んでいるのだろうとは思うが、良く分からない。

ジャイーンの特徴としては、同性の男なら非常に気に入らないのだが、いわゆるイケメンというやつで、モデルかよと言いたいくらいの整った顔立ちだ。

おまけにスポーツ万能であることからわかるように体つきもがっしりとしている。

まあ、こいつが声を掛ければ大抵の女は落ちるとまで言われている。

その恵まれたものをいっぱい持っているためなのか、派手とまでは言えないが、まあプレイボーイと言えるだろう。

テッちゃんがこいつに落とされたのもうなずける話だ。

それでいて、御曹司にありがちな選民思想には全くと言っていいほど興味を示さない、気持ちの良い男でもある。

そんな気質のためか気にせずに孤児であるテッちゃんも愛人にしたのだろう。

おまけに俺とも割と気軽に会話のできる数少ない人間の一人だった。

テッちゃんの事が無ければ十分に友人となれる存在だった。

世の中のモブといわれる男たちにとっては非常に気に入らないが、十分に物語の主人公にでもなれるような奴だ。

そのジャイーンが俺に近づいて来る。

「あ、ジャイーンさん♡」

テッちゃんは恋人が迎えに来たかのような、表情を浮かべてジャイーンを迎える。

俺をどん底に突き落としてその表情ができるって、本当に女ってすごいと思う。

「ナオか。ケイリン落ちたんだってな。非常に残念だよ」

俺がケイリン大学を落ちたことをジャイーンはすでに知っている。

「お前、運が無かったな」

学生時代では、俺は運動こそジャイーンには全くかなわなかったが、勉強ともなれば一度も負けたことはない。

その俺に向かって、ジャイーンが俺の大学に落ちたことについてバカにしに来たかと思ったのだが、違った。

ただ単に俺に運が無かったとだけ言ってきた。

ますます訳が分からない。

このジャイーンは割といつも愛人の類を連れて歩いているが、今も彼の後ろから四人もの美人が歩いてきた。

今この星で人気のあるモデルのワーンさんを始め、通っていた学校の美人講師で有名なミドリ先生や学校で一、二を争うミス学校にでもなるくらい人気のあったヒルト先輩や後輩のヤナだ。

その美人の全員が皆ジャイーンの愛人だというのだから恐れ入る。

この見せびらかすように一緒にいる愛人の中にテッちゃんも入っていくなんて、正直彼女の気持ちが分からない。

しかし、この美人ばかりの中にあって、浮くことも無く溶け込めているテッちゃんも十分に美人の類に入ることをこの時に初めて気が付いたくらいだ。

その彼女たちもジャイーンの傍まで来た。

その時に俺は後輩のヤナが手にしている携帯端末に目が行った。

ちょうど何かの映像を見ているようで気になりチラ見をしたら驚いた。

なんと彼女たちの全裸姿が映っているのだ。

よくよく見ると、横で寝ているジャイーンの周りに全裸姿の彼女たちの姿があった。

そして何より驚いたのが、その寝ているジャイーンを跨ぐようにこれまた全裸のテッちゃんの姿だ。

彼女は今まで見せたことのない色っぽい顔をして、何より激しくジャイーンの上で踊っている。

また、音量は小さめなのだが、あえいでいるテッちゃんの声まで聞こえた。

その声を聞いた時には俺はもう何だかわからなくなり、走り出していた。

そんな俺を見たのかヤナがテツリーヌに声を掛ける。

「テツリーヌ先輩、彼大丈夫なの」

ヒルト先輩も声を掛けた。

「彼、あなたの元カレでしょ。自殺したりしないかな」

「大丈夫よ。ナオ君にはそんな度胸はないから。それよりも何それ。あ、昨日のじゃないの。恥ずかしいから消してよ。何で外でなんか見ているのかな〜」

「いいでしょ、テツリーヌ先輩の記念だしね」

「もお、止めてよ。あなたたちも裸でしょ。ジャイーンさん以外に見られても平気なの？」

そんな女同士の会話も聞こえてくるが、俺は走り出していた。

俺はやみくもに走り出した。

目からは涙があふれ出てきた。

泣いてなんかいないぞ、そう思いたいのだが、もう顔をぐちゃぐちゃにして泣いていた。

ほとんど大泣きで、世の中を、俺の呪われた環境を恨んで悪態を怒鳴りながら泣いていた。

「し、死んでやる！　こんな、こんな腐った世界なら糞くらえだ。滅んでしまえ〜〜〜!!」


多分、この時の俺は自殺を考えていたのだろう。

無意識に割とある方面で有名な場所まで来ていた。

ここは切り立った断崖の海岸にあるひっそりとした公園だ。

そう、ここは自殺の名所と言われている場所で、年に数人の割合で、身を投げる者たちが後を絶たない、そんな場所だ。

俺はその岸壁に向かって歩いている。

あと五十歩、五歩では無いのが情けないのだが、あと五十歩だ。

あと五十歩歩けばこの世とおさらばだ。

そう思ったのだが、どうしてもここからもう足が進まない。

俺はこの世には未練はない……未練は無い筈なのだが、死にたい筈なのだが、情けない。

俺は自殺すらできないのか。

俺はさらに大声をあげて泣いた。

情けない。

「俺は、自殺すらできない情けない男だったのか。神はこの世に居ないのか。居たとしたら俺にどうしろというのだ。どこまで俺を苦しめればいいんだ。いっそのこと俺ごと全部滅んでしまえ〜〜」

思いつくまま神すら恨む言葉を発していた。

どれくらい泣いていたのだろうか。

いい加減泣きつかれて、俺は少しばかり落ち着けた。

死にたいことには変わりはないが、俺が自殺できないことを受け入れられるようにはなった。

もう辺りはかなり薄暗くなってきた。

このまま事故でも起こって死ねればどんなに良いかとも思いながら、この後のことについて考え始めた。

いつまでもここにいても埒《らち》が明かない。

ふと周りを見渡せば、自殺防止のためかやたらと危険防止の看板が多数設置されている。

ここに来るまでは全く気が付かなかった。

看板の中にはしゃれたものも多く、中には思いとどまることを期待しているのだろう、「ちょっと待て、今の考えを見直せ」なんてものもある。

『しかし、これは考えようだな。俺がここに来るまでは全く目に入らなかったのに、自殺を諦めたらこの看板が目に入る。まるで自殺を諦めたら、その考えを見直せとでもいうのかと思うような看板だ。これでは自殺しろとでもいうのか。そんなことができるようならとっくに自殺している』と、一人突っ込みを入れているくらいにはおちついたら軍の募集広告が目に入ってきた。

今やたら人気のあるアイドルグループが短めのスカートの軍服を着こみ笑顔でイケメンの軍人に寄りかかり訴えてくるやつだ。

『私たちを守れるのはあなたの勇気だけなの。お願い、私と一緒に宇宙軍に入って仲間を守って。貴方の勇気をお待ちしてま〜す』

というやつだ。

かなりミーハーな広告とは思うが、これは割と人気のあるポスターの一つだ。

ちなみに軍の募集ポスターには別のバージョンもある。

俺が知る限りのもう一つは、軍艦の提督席にミニスカートをはいたアイドルが足を組んで同じようなセリフを言うものがあるが、こちらは見えそうで見えないのが話題になった作品で俺はそちらの方が好きだ。

今は関係ないか。

しかし、こんなポスターでつられて軍に入る奴なんかいるのかな。

もしいたとしても碌《ろく》な奴には出会えないだろうと思いながら、しみじみとポスターを眺めている。

すると、その時に閃いた。

俺は自分で死ねないのなら、敵国に殺してもらえば良くね？

そうだよ、俺のような奴が軍に志願すればまず確実に辺境の一番危ないと言われる戦場に送られると聞いたことがある。

まず確実に俺なら五年以内に死ねるな。

そうと決まれば、善は急げだ。

軍に志願した筈が

俺はその足で宇宙軍募集センターに向かった。

宇宙軍募集センターはこの国ではどこにでもある。

絶えず人員が不足している軍に兵士を供給する目的で、町の目立つところに必ずあるというやつだ。

俺は一番近い場所にある募集センターの門をくぐった。

軍に志願するのは非常に簡単だ。

この国の凄いところは、個人の情報がきちんと管理されていることだ。

そのおかげで自分の身分証を見せＩＤナンバーを伝えるだけで、軍への入隊には他の手続きは要らない。

俺のＩＤナンバーを伝え、軍に志願したい旨を伝えたら、受付の女性が端末を操作した。

端末を操作したとたんに彼女は慌てて直ぐに席を離れ、上司のもとに向かった。

どうも俺の経歴に問題があったようだ。

俺は軍にも入れないのかと諦めかけていたら、彼女が戻ってきて、俺に一枚の書類を手渡してきた。

「明日、宇宙港から出発する専用機に乗り遅れないようにしてください。首都星に向かってもらいます」

そう言われた。

明日とは偉く急な話だ。

しかし、どうにか軍には入れるらしい。

俺は孤児院に戻ってから孤児院の先生に大学を落ちたことを伝え、宇宙軍に入ることを話した。

その上で、明日にはここを出ることも伝えて別れを告げた。

もうここには戻れないだろう。

今まで良くしてもらっていた先生方には今生の別れとなるので、丁寧にお礼を述べてから部屋に入った。

先生方も俺から聞かなくとも俺の大学入試が失敗していることは知っている様子だった。

俺の軍入隊については何も言わずにただ見守ってくれるだけだった。

正直俺に対するこの扱いには感謝しかない。

今更何を言われても悲しいだけだ。

自分の情けなさをここで改めて見せることもなく助かった。

でないとまたここでも大泣きをしていただろう。

しかし、解せない。

俺以外がなぜ俺よりも先に大学の合否を知っているのかが分からない。


翌朝、早くに僅かばかりの荷物をもって昨日指定された宇宙港に向かった。

朝早いというのに割と宇宙港は混んでいた。

何やら同年代と思われる男女が数人と、その血族と思われる人たちが大勢いる。

俺と同年代の男女は同じ船に乗るようで、その見送りに来ているようだ。

それにしても大げさだと思うし、何より解せないのが俺と同じ年恰好の男女は身なりが良い人ばかりだ。

俺と同じように軍に志願したのとは明らかに違う。

そうなるとどういう事だ?

俺と一緒に首都まで行くだけで、別の用事なのかな。

まさか首都にある大学に進学する連中か。

だとすると、今回ばかりはちょっとだけきまりが悪いな。

なにせ大学に落ちて自殺もできずに、軍へ志願した俺と一緒だなんて。

どう見ても俺がみじめだろう。

まあ一期一会《いちごいちえ》じゃないけど、彼らとは今回ばかりだ、二度と会うことのない連中だ。

空気だと思って首都まで我慢しよう。

そうこうしているうちに、宇宙港係員がアナウンスをしている。

どうやら搭乗の許可が出たようだ。

俺は昨日貰った書類をもって係員のところに向かった。

ゲートの周りには俺と同じ年頃の男女が十名、この辺りに集まった周りの人の数からしたら偉く少なく感じたが、どうやら今回俺と一緒に首都星に行くのはこの十名のようだ。

皆俺と同じような書類を手にゲートにいる職員に見せ指示を仰いでいる。

俺は指示された場所に周りの人たちと一緒に向かった。

向かった先にあったのは、多分この国でも高速艇に分類される小型の旅客用宇宙船だった。

周りから声が漏れる。

「ヒュー、これは豪勢だな」

「すごすぎね。まさかこれ程優遇されているとは、流石にこれはエリートとして扱われている感じがするね」

確かに停めてある宇宙船を見た俺の感想も同じようなものだ。

思わず、手に持っている書類を見直したが、そこには何も書かれていない。

ただゲートで渡された座席の指示票だけ。

不安そうにしている俺に後ろから声がかかる。

同じような年だと思える男性がいた。

「君、何しているの。時間も押しているし、さっさと乗ろうよ」

と俺を宇宙船にまで引っ張っていく。

彼とは初めて会うのだが、感じの良い男だ。

宇宙船に乗り込んだ俺は、この船の係員に先ほど貰った座席表を見せ案内をしてもらった。

俺が準備を済ませて座席に座ると、それほど間を空けずにこの宇宙船は宇宙港を出発した。

先ほど声を掛けてきた彼の言っていたように時間がかなり押していたようだ。

しかし解せない。

たかが志願兵一人を首都星に運ぶのに、こんな豪華な宇宙船を使うのなんて、どこかおかしい。

もやもやしていると、また隣から声がかかった。

先ほど俺に声を掛けてきた男だった。

「どうやら本当に時間が無かったようだね。ここで遅れでもしたら、最初から教官たちに何を言われるか分かったものじゃないな」

俺はただボーっとして彼の言うことを聞いていた。

「あ、悪い。俺はマーク、マーク・キャスベル。よろしく。で、君は？」

「あ、すみません。私はナオ、ナオ・ブルースと言います」

「え？　ブルースというとあのブルース提督のご子孫とか」

ブルース提督とは俺の育った星では有名な英雄の一人だ。

軍で活躍後に初代コーストガードの長官として余生を過ごし、晩年には福祉にも力を注いだ篤志《とくし》家でもあった。

晩年を汚さずに、この戦乱の時代で幸せに生涯を閉じた数少ない英雄の一人だ。

なので、彼の出身地でもあるニホニウム星では一番人気のある偉人だ。

「ち、違うよ。俺は、ブルース提督の慈悲で造られた孤児院の出身さ。苗字も分からない者は孤児院の名前を名乗らせてもらっているんだ。それよりも君、キャスベルといったよね。あのキャスベル工廠の関係者か何かなの」

キャスベル工廠、この名前の付いた会社はこの国では割と有名な兵器産業の大手だ。

財閥とまではいかないがそれでもかなり大きな会社だ。

「キャスベル工廠の社長は俺の叔父さんさ」

「え！　すごい。君って良いとこの出なんだね。そんな君がなぜ」

俺は思わず考えていることが声に出た。

この王国で有名な大手企業の御曹司が俺のような一般兵として志願などしない。

絶対にありえないことなので、他の大学に行くという可能性も頭から飛んで、思わず声に出してしまった。

「なぜかって、それは無事にエリート士官養成校に受かることができたからだよ。まあ、運が良かったのかもしれないね。俺の成績ではかなり厳しかったのだけども、無事に受かったので、本当に良かったよ」

彼は一般兵士じゃなく、エリート士官養成校に行くようだ。

彼もエリートの仲間入りだな、うらやましい話だ。

「すごいな。でも……」

「ああ、分かっているよ。俺のような商人の子供がケイリンでなく宇宙軍の士官を目指したかだろう。俺には運が無かったんだよ。いや逆か。運があったのだから、辛うじてエリートの端に乗ることができたんだからな」

また運の話か……。

「ごめん。俺のような孤児がなれなれしく君のような上流階級の人に向かって」

「何を言うんだ。この船に一緒に乗った瞬間から、もう仲間じゃないか」

「え？　仲間……確かに俺は軍に志願したけど、仲間って、だって君士官になるんだよね」

「え？　ナオもだろう。君は面白いこと言うね」

え？　え？

どういうことだ。

確かに軍には志願したけど、一般兵士としてだよな。

俺はエリート士官養成校なんか受けていないぞ。

どういうことだ。

どうしても分からないことが多すぎる。

マークの方がこういった世事に通じているようなので、不躾《ぶしつけ》なのは承知で、思い切って聞いてみた。

入試失敗の原因

「マーク、何も知らない俺に教えてほしい。この船に乗る者たちは全員……」

「ああ、あの難しい選抜に受かって晴れて首都星ダイヤモンドにあるエリート士官養成校に入学が許された者達だ。養成校に通う候補生は下士官待遇だとは聞いていたが、まさかこんな豪華な船で首都に連れて行ってもらえるとは思ってもみなかったので驚いたよ。ナオもだろう」

全員が、俺を含む十名全員が士官候補生だと。

俺は手にしている書類を初めて良く見直した。

そこには明日宇宙港から候補生になる者たちを専用機で運ぶので、時間に遅れないようにとある。

『候補生たちを』とあるのだ。

その時に前から感じていた違和感の元を見つけた。

俺は何故だか知らないが士官候補生として首都星ダイヤモンドに送られるらしい。

運が良かったのか……いや、運の問題か？

それよりもマークも運の話をしていたけどどういうことだ。

俺はこの時マークに今までのことを正直に話して、数々の疑問に答えてもらった。

まあ、俺が彼女に振られたことで自殺を考えたことなどは適当にごまかして説明しておいた。

ケイリン大学に落ちたけど孤児の俺には浪人が許されないので、大学に通う費用を稼ごうとして軍志願したとだけ説明したのだ。

その時に第一王立大学のキャリア官僚養成学科に特待生として推薦されたことだけは話した。

「ほ～～、ナオは凄いんだね。俺には考えられないよ。でもそれも正解かもしれないね」

「それでケイリンを落ちれば世話無いよ」

「ああ、それは運が無かったんだよ」

「また運の話か……」

「運の話？　まあ聞けよ。多分、君のような環境にいると伝わってこない話だからさ。先の運の話になるけど、今年はあのケイリン大学には異常に財閥関係の子弟の受験が多かったようだよ。なので、ナオのような一般での特待生の合格は一人もいないと聞いたぞ」

「俺のような一般って？　それじゃあ一般でない人の受験ってなんだ」

◇◇◇◇

そこからマークはきちんと説明してくれた。

そもそも普通の私学が授業料免除だけでも経営的にかなり負担になるのになぜ特待生を受け入れ

うるかというと、優秀な学生を一人でも多く確保したい思惑があるからだ。

しかし、これだけでは経営が成り立たない。

そこでいわゆる金持ちと言われる階級の子弟からは寄付を受け付ける。

受け付けると言えば聞こえが良いが、いわば競りのようなことをするようだ。

当然ある程度のレベルは要求するが、それでも一般受験の人より二ランクくらいは下がると聞かされた。

その代わり特待生として受ける恩恵、授業料免除と寮費の負担、まあ四年間の総額で大体二千万ゴールドくらいかかる筈なのだが、その金額の五十倍から百倍程度の寄付金を払わされるようだ。

しかし、今年ばかりはこの金額の寄付では足りないとマークは言う。

「なにせ財閥に属する子弟の数が多かったので、さらにその倍はかかると俺は聞いたよ」

マークの家もかなり裕福なはずなのだが、この金額は無理だったそうだ。

まあ、そんな話が彼の家にはそれとは無く漏れ聞こえてきたようで、マークは事前にあちこちとかなりの数の大学を受けていた。

「うちの商売上、かなりの数の軍人さんとはお付き合いがあるのだけれど、今年のような時には軍人の子弟の数は少ないことが多いとも聞いたので、父からダメもとでエリート士官養成校も受けておけと言われた。ステータス的には断然こっちの方が高いし、何より将来俺のいとこにこき使われるよりは断然いいからね。受かった時には本当にうれしかったよ」

「そ、そうなんだ。でも俺は受験すらしていないぞ」

「え～、そうなのか。あ、多分、多分なんだけど、国の管理システムが優れていたからじゃないかな」

「管理システム」

「ああ、ナオはあの第一王立大学に特待で推薦を貰ったんだよな。当然優秀な成績は管理されているから、ナオが軍に志願した時にＩＤから出されたデータで急遽決まったんじゃないかな。優秀な士官はそれこそ喉から手の出るほど必要だとも聞いたしな」

その説明を聞いた俺には心当たりがあった。

軍に志願した時に見せたあの受付嬢の驚いた顔を思い出した。

あの時に俺のデータを見て何か指示でもされていたのだろう。

しかし、それにしても、この国のデータ管理は凄いものだ。

それと同じくらいに、出自の差による格差にも今更ながら驚いた。

マークの話を聞いてやっとジャイーンの言った運の話や、俺よりも周りが大学の合否を知っていたことにも納得がいった。

上流階級には事前にきちんと情報が流れていたらしい。

多分だけど、孤児院の先生にはテッちゃん経由で情報が漏れていたのだろう。

それも、合格発表前、下手をすると俺が入試試験を受けている最中にでもわかったのかもしれない。

マークの口ぶりでは出願時には一般の合格はありえないと聞かされていたようだ。

でも、どうしても納得できないのは、俺の不合格が受験前に確定していたのなら、受ける前に知らせろよと言いたい。

いくら建前があるとはいえ、俺の人生がかかっているんだぞ、そう言いたいが、所詮俺などは孤児だ。

俺の扱いなんてこんなものだろう。

やはりこんな世界には長く生きていたいとは思わない。

まあ、卒業後の扱いは今とそう変わらないだろう。

俺のような人間は、早々に最前線に回されるはずだ。

学校を卒業するまで時間は取られるが、まあそんな長い時間でもないし、待つとしよう。

マークは本当に気持ちの良い男だ。

宇宙船での座席が隣とあって、すっかり仲良くなり色々と話し込んでいた。

どうしても俺には将来に希望が持てないので、後ろめたさはあるのだが、それでも話を合わせて、最近にない楽しい時間を過ごすことができた。

流石に王国が誇る高速宇宙艇だ。

俺の住んでいた惑星ニホニウムは首都星域にあるとはいえ、首都星であるダイヤモンドのあるダイン星系の隣にあるイットリウム星系だ。

その隣の恒星系からの移動でも十数時間で着くことができた。

首都のある恒星ダイン二番目の惑星ダイヤモンドにある宇宙軍の第一艦隊が母港を置くファーレン宇宙港に無事に着いた。

この宇宙港は軍だけが使用する宇宙港なので、その周りは全て基地に囲まれている。

その基地の一角にこれから通うことになるエリート士官養成校がある。

軍の士官の養成はここだけで行われている訳では無い。

各軍区にある主惑星には必ずと言ってよいほど士官学校はあるが、ここだけは特別だ。

ここは軍の士官の中でもいわばキャリアを養成するために作られた特別な学校であり、ここの卒業生は将来の提督候補でもある。

卒業生でその提督に上がれる年齢まで軍に残る者の内約半数は提督まで上り詰めるといった軍でのエリート養成校なのである。

要は、生きて軍に残ってさえいれば半分の確率で、提督に成れる者を養成する学校だ。

そのため、毎年ここに入学が許可される者の数は王国全土から厳選されたわずか百名くらいの人数だ。

全恒星系からと言っても、ここダイヤモンド王国は五つの恒星系からなり、首都星域及びボラゾン星域だけが複数の恒星からなる連星系だ。

俺らは首都宙域の連星の一つイットリウム星系の主惑星であるニホニウムから来た。

その各星系からここに高速艇が続々集まり、俺らの乗った船がどうやら最後の到着だったようだ。

到着後に養成校が使用するエリアに整列させられ、最初の集会が行われた。

一応翌日に正式な入学式があるのだが、今はこれから一緒に生活する候補生の連帯感を確認するためのもののようだ。

学生部主任と言われる大佐が壇上に上がり訓示を述べ始めた。

悩み色々

俺はそれを聞いてある一つの悩みを抱えた。

そこで俺らは、『ここを卒業と同時に部下を抱える身となることになるので心を引き締めよ』というのを最初に聞かされた。

その言葉を聞いて俺は気が付いた。

俺は自殺のような殉職を望んではいたが、その行為に関係のない部下を道連れにしても良いのかということだ。

流石に俺は鬼畜ではない。

関係のない部下を巻き添えにはしたくない。

この矛盾をどう処理していくかを卒業までの三年間で答えを導き出さないといけない。

◇◇◇◇

翌日の入学式から本格的にエリート士官を養成する授業が始まった。

ナオは、ここでも大変苦労することになる。

何度も挫折しそうになるが、自身の目標？　である戦死を目指すには軍人にならないといけない。でないと死ねないのだ。

しかし、同時に矛盾も抱えて苦しんでもいた。

ナオの苦労はそれだけでなく、いや、それ以上に苦労したのは、実技面が全く駄目だという評価だ。

彼の成績は、戦略や戦術などにおいてはトップクラスを取っている。

特に補給計画などについては他をダントツに引き離す成績だった。

しかし、実技となると、はっきり言ってクラスのお荷物だ。

辛うじてではあるが、操船やダメージコントロールなどの実技では及第点を取れるが、射撃を始め戦闘に関しては全く駄目だ。

特にパワースーツを着込んでバトルアックスを使う戦闘では、ついに及第点が取れなかった。

しかし、学校の方は慌ててはいない。

出来の悪い学生を見捨てたことなど過去に一度もない。

毎年ナオのような学生は出るので、救済措置はあるのだ。

彼ほど極端な例はまれではあるが、それでも下位の成績でエリート士官養成校を無事に三年間で卒業はできた。

これにはマークを始め彼のクラスメイトの協力があってのことだと、特筆しておきたい。

このエリート士官養成校の特色の一つとして、同一学年内ではとにかく協力し合う風潮がある。

まあ、この協力し合う風潮を養成しているような学校ではあるのだが、それがあって初めて軍を率いることができるという建学の精神でもある。

関係各部署との協調ができない軍人など正直使い物にならない。

エリートとなる者達にはそれを芯から叩き込まれるのだ。

その恩恵を最大限受けていたのがナオであった。

脱落することなく、三年で卒業できたのもそのおかげでもあるが、最大の恩恵とナオが思っているのは、ここの入学以来彼自身が抱えていた矛盾を解決するヒントを彼らから貰えたことだ。

◇◇◇◇

きっかけは最終学年の三年生当時に、たまたま王国内、特に首都星域内で流行っていたファンタジーオペラで、主人公の決め台詞として、毎回のようにピンチを迎え、主人公が周りをかばいながら「ここは任せて先に行け！」というのがあった。

絶体絶命のピンチで周りを庇いながら超人的な展開で毎回そのピンチを抜け出すというストーリー展開であったのだが、マークを始め彼の周りでも流行っていたようで、その会話があちこちでされていた。

それを俺は偶然に聞いた時に、その場で神の啓示を受けた。

——これだ。

——これなのだ。

『部下を守って殉職する』

――これしかない。


俺はそれから、今まで抱えていた悩みが嘘のように無くなり、より前向きに授業に臨んだ。

それと同じように、いやそれ以上に、殉職の場面を思い浮かべながら、決めゼリフを考えていたのだ。

遅まきながらこの時に『中二病』を発症したようだ。

それからは何かを吹っ切ったかのようになお一層勉学に励むと同時に暇を見つけては決めゼリフを考えるような生活を送った。


とにかく周りに迷惑と面倒をかけながらも俺は無事にエリート士官養成校を卒業し、士官として任官を迎える。

学校としては、俺のような学生には慣れているとはいえ、ほっとしたことだろう。

なにせあまりに極端な成績だったのだから。

その極端な成績でも卒業は卒業だ。

そうなると次に頭を抱える部署が出てくる。

俺の成績からは、明らかに知的軍人にその適性があり、できれば参謀になるべくキャリアを重ねられれば良かったのだが、ここで立ちはだかるのが俺の出自の問題だ。

孤児である俺が軍の中でもエリート中のエリートと呼ばれる参謀コースに進める訳が無い。

このコースは、貴族の子弟か、軍の高官、少なくとも提督クラス以上の子弟しか進んだ事が無い。

ここで、たとえ能力があろうとも、いや、能力があればこそ余計に進ませるわけには行かない。

俺が仮にこのコースに乗れば、今までこのコースに進んでいた貴族たちだけでなく、今まで希望するも進めなかった準貴族や有力財界人の家系から一斉に文句も出る。

まあ、誰もが問題しか孕んでいないこんな人事をやりたがらないし、何より俺自身も嫌だ。

なにせ俺の目的が最前線での殉職なのだからだ。

そうなると俺の行き先が無い。

最前線の現地指揮官からは一斉に『要らない』との返事をもらっていた。

いくら参謀の適性があるとはいえ、いや適性があるがゆえに、しかも、フィジカル的に戦うことの適性が全く無ければどこも指揮官とて俺を引き取らないだろう。

かといって、他に配属させる候補も無い。

どこにも配属させないという選択肢もない。

ここは国の誰もが注目する国内軍事エリートを養成する学校だ。

卒業できずにドロップアウトするならばいかようにもごまかしはできるが、きちんと卒業した人間ではその手は使えない。

軍上層部まで巻き込んでの人事となった俺の配属先は、結局組織の事なかれ主義と、力関係から、首都宙域警備隊、国民からはコーストガードの愛称で呼ばれている組織に決まった。

ここはその名の通り、首都宙域の治安を守る警察のような実力組織で、その活動範囲は首都宙域の宇宙空間に限られる。

実はこの組織は、設立当初は国の英雄だったブルース提督が初代長官を務めたように、王国を取り巻く環境が厳しさを増す中で、宇宙軍の負担を少しでも軽くする目的で設立された。

そのような経緯からも分かるようにコーストガードの上層部は全員が軍のＯＢだ。

ＯＢと言えば聞こえはいいが、今では軍の使えない人間を送る窓際部署となっている。

コーストガードの使用している装備は全て軍からのおさがりで、軍にとっても組織に合わない人間の配属場所として非常に都合が良かった。

なにせ仕事は、首都宙域の警備だ。

いくら宇宙全体が物騒だとは言え、最も安全だと思われる最奥に位置する首都宙域なので、上層部が多少無能でも務まる。

そのような事情から、このコーストガード上層部の士気は非常に低く、能力の面でもお世辞にも良いとは言えない連中が集まっている。

このコーストガードの主な仕事は海賊行為の取り締まりと、後はせいぜい密輸の監視くらいだ。

上層部が無能でも辛うじて破綻せずにこの組織が生き残っているのはひとえに与えられている仕事の内容と、なにより現場兵士たちの士気の高さとその能力によるものだ。

何故、現場と上層部とで、これほど乖離があるかというと、実はこのコーストガードは一般庶民からの就職先としてかなり人気があるからだ。

一般庶民からの人気の理由としては、その職場が首都宙域に限られ、実力組織としては比較的安全で、それでいて王国の公務員の中ではそこそこの給与が貰えるということがある。

出世の方は上層部が軍のＯＢに限られてしまうために少佐階級がその限界とされているが、ほとんどの人はそこまで到達はできないので、あまり気にされていない。

そもそも他のお役所でも出世できるのは王立第一大学を出た者だけなのだから、どこも変わりがない。

そんな現場で支えられる組織に宇宙軍からの出向者として配属されることになった。

現場からの反対が無かったかというと、現場は軍の情報は貰えないから件《くだん》の候補生の実態を知らされていなかったし、何よりここは軍の掃きだめ、宇宙軍の決めた人事には逆らえない仕組みとなっているのでこの候補生を持て余している宇宙軍にとっては都合が良かった。

ちなみに、子会社に出向されるサラリーマンと同様に出向者は階級が一つ上げられる慣例がある。

本来エリート士官養成校卒業時には宇宙軍の准尉として任官され、一から二年現場で実習を重ねて少尉として昇進後それぞれのコースに沿ってキャリアを重ねていくことになるのだが、この候補生の場合、コーストガードに出向と同時に過去の慣例に従って一階級昇進して少尉として任官させられた。

この少尉という階級は十分に現場で指揮官として働かなければならない階級で、これは軍に限らずコーストガードでも同様で、いきなりその能力が要求される。

初めて件の候補生の個人データを渡されたコーストガードの人事担当部署において、その極端な成績は、ここでも問題にされ、紆余曲折の末に、第三巡回戦隊所属航宙フリゲート艦『アッケシ』の第二臨検小隊の小隊長に任命され、学校を卒業後すぐに三十名もの部下を持つ身となった。

ちなみに、この臨検小隊とは、コーストガードの艦船が発見した不審船に対して、武装内火艇で乗り込み臨検を行う部隊で、いわばコーストガードの切り込み隊という部署である。

はっきり言って件の候補生の適性からは全く真逆な人事だ。

なぜ、いくら掃きだめと言われる組織とはいえ、こんな無理が通ったかというと、ここが宇宙軍にとっての掃きだめであるコーストガードでも、そこはコーストガードのための掃きだめ部署だからだ。

早い話がコーストガードの要らない子を集めた部署だ。

配属先

ここでもう少し、このコーストガードの説明をしておこう。

コーストガードの現有戦力は先に話した通り全てが軍からのおさがりで、三つの機動艦隊と三つの巡回戦隊からなり、コーストガード中での花形部署は機動艦隊の旗艦だ。

そのうちでも最も栄誉あるのが第一機動艦隊で、ここを含む三つの機動艦隊が現在のところ海賊取り締まりにおいて最も成果を上げている。

ちなみに機動艦隊の構成としては以下の通りである。

第一機動艦隊のみ、首都宙域警備隊全体の旗艦を兼務するので航宙巡洋艦が務めるために以下のように他の二つの機動艦隊とは少しばかり編成が異なる。

第一機動艦隊
　旗艦：航宙巡洋艦
　随行艦：航宙イージス艦　一隻
　　　　　航宙フリゲート艦　三隻

第二機動艦隊及び第三機動艦隊
　旗艦：航宙イージス艦
　随行艦：航宙フリゲート艦　三隻

主な仕事は海賊の討伐である。

ちなみに宇宙軍が持つ正規の艦隊は第一、第二両艦隊とも同じ戦力で、コーストガードの第一機動艦隊と同等の艦隊五つを含め航宙戦艦など多数も合わせた段違いの規模がある。

ナオの配属先を含む巡回戦隊は航宙フリゲート艦二隻からなる戦隊で、主な仕事が宙域内のパトロールになる。

その際に発見された不審船などの臨検を行う部署にナオが配属された。

ナオの乗艦する航宙フリゲート艦『アッケシ』は、先にも触れたが、いわゆる要らない子を集めた艦だ。

その艦にはそれぞれに一つの臨検小隊が所属する内火艇を搭載している。

他の第一及び第二巡回戦隊の構成も同じではある。

尤も、人員という面では、数字が少ない方から評価が下がる。

お察しの通り、第三巡回戦隊のしかも旗艦でない艦は、コーストガードという組織において掃きだめ部署だ。

ナオの配属先はそのような大人の事情により一番組織として影響のない部署に決まった。

当のナオは、卒業式の翌日に同期とは一日遅れて、首都にある宇宙軍本部のとある会議室に呼ばれた。

さすがに宇宙軍としても外聞が良くない措置のための呼び出しだった。

ここなら部外者には漏れないためナオ一人を呼び出し、本部の人事担当者から辞令を渡された。

◇◇◇◇

「辞令。ナオ・ブルース准尉。本日付けを持って、首都宙域警備隊に出向を命じる」

「謹んでお受けします」

『は～～、やはりあの成績では前線は無理か。しかしそうなると、俺の思い描いた夢はどうなる』

辞令を貰いながら、相当にがっかりしている。

その様子は、あまりにもあからさまなので、心にやましい気持ち一杯の人事担当者から慰められた。

「気を落とすことないよ、ナオ君。出向は不本意とはいえ、出向者の身分は一階級上がるのだ。あっちでは少尉として同期の誰よりも早く実戦に出ることになる。あっちで十分に経験を積んだらすぐにでも呼び戻すから。今の軍には君のような優秀な士官をいつまでも遊ばせておく余裕はないよ」と言われながら肩を叩かれた。

しかし当のナオは、彼の言葉に実戦というのを見つけ、少なからずこれからの職場に期待を持った。

「ありがとうございます。ご心配をおかけしましたが、もう大丈夫です。早速これからあっちに出頭します」

「ああ、頑張ってくれたまえ」

そう言いナオは宇宙軍本部を出た。

同じ首都に本部を構える首都宙域警備隊は、宇宙軍本部建屋から五百メートルも離れていない。

ここは、首都星ダイヤモンド王国の治安を守る首都警察隊本部との合同庁舎にある。

ちなみに、ここダイヤモンド王国での国民からの人気やステータスの順番ではやはり一番はキャリア官僚で、次に宇宙軍のエリート士官、その次がなんとここにある首都警察で、次に各星系の主星にある警察本部、そして最後が、やはりここにある首都宙域警備隊となる。

一般国民からの人気という面では軍のエリート以下はほぼ同列なのだが、いかんせん軍の掃きだめ部署という不名誉な職場のためにステータス的に最下位になってしまう。

中央官庁街のきれいに整備された道をナオは今渡された書類を持って首都宙域警備隊本部に向かった。

歩きながらも心にはわだかまりを抱えている。

いくら同期の誰よりも早く現場に出られるとは聞いていても、実際にまだどこに配属されるか分かっていない。

下手をするとこの本部での書類仕事という配属もあり得る。

最前線からは一番遠い部署だ。

それだけは絶対に避けたいが、学校を卒業したばかりのぺーぺーにそんな我儘が許されないことくらいは誰でもわかる。

いまだに神を恨んではいるが、ここは神に祈りたい気持ちだった。

◇◇◇◇

コーストガードの本部受付で、きれいな受付嬢に訪問の趣旨を伝え、指示を待つ。

受付嬢は、電話で連絡を取った後に俺に向かって、丁寧に行き先を告げてくれた。

「ブルース少尉、お待ちしておりました。十一階のC会議室で担当の者がお待ちしておりますので、そちらに向かってください。そこのゲートから入り、奥にエレベーターがありますので、それをご利用ください。会議室はエレベーターを降りましたらお向かいになります」

「丁寧にありがとう、ミス……」

「サーシャと申します、ブルース少尉」

「サーシャさん、ありがとう」

俺は受付のサーシャさんに言われた通りエレベーターで十一階にあるC会議室に向かった。

会議室の扉をノックすると中から返事があったので、そのまま中に入った。

「本日付けでこちらに配属になります、ナオ・ブルースと言います。階級は准尉です」

あ、そういえば先ほども受付のサーシャさんが俺のことを少尉と呼んでいたが、まだ辞令を貰っていないし、挨拶はこれで良いんだよな。

どこに配属されるのかな。


「ナオ・ブルース宇宙軍准尉の首都宙域警備隊への出向を認め、首都宙域警備隊内において少尉への任官を命じる。また、本日ただいまをもって、ナオ・ブルース首都宙域警備隊少尉は、第三巡回戦隊所属、航宙フリゲート艦『アッケシ』への乗艦を命じ、『アッケシ』内の第二臨検小隊の小隊長を命じる」

担当者はそう言うと俺に辞令を渡してきた。

それを謹んで受け取り、その場で敬礼をした。

すると会議室の扉が開いて、女性事務員が台車で大きめのカバンを持ってきた。

「少尉。これから備品を渡す。制服と、携帯武器、それに身分証になる。確認後受け取りのサインをしておいてくれ」

先ほど女性事務員が持ってきたのは俺の装備一式のようだ。

当然だが、宇宙軍と首都宙域警備隊とでは制服が異なる。

今の俺は学校で支給されている宇宙軍准尉の第二種礼装を着ている。

しかし、これからは首都宙域警備隊でお世話になるので、辞令とともに制服など一式が用意されていた。

俺はそれを確認して、事務員の持っていた書類にサインをして手続きを終えた。

給与等のこまごました手続きは既に勝手に事務方の方で済まされているようで、装備品以外の面倒はないとの説明まで丁寧に受けたのだ。

「制服を受け取ったのなら、八階にある更衣室で着替え、二時間後にファーレン宇宙港より出発するルチラリアに向けての定期便に乗り込んでくれ。惑星ルチラリアに第三巡回戦隊の母港がある。あちらについたら事務所に出頭してくれ。あとは向こうの指示に従えばよい。こちらからは以上だ。何か質問はあるかね」

「いえ、ありません」

「では、行きたまえ。これからの貴殿の活躍を祈っている。以上だ」

なんだかよく分からないがここでの俺の仕事は終わったらしい。

制服を着替えて、定期便に乗り込めばいいだけだ。

俺は指示された通りにエレベーターで八階に降りて、更衣室で制服を替えた。

サイズがぴったりなのは驚いたが、そういえば体のサイズもデータが管理されているので、俺の出向が決まった時点で用意されたのだろう。

何より配属先が事務部門では無いので一安心だ。

しかしいきなり小隊長とは恐れ入る。

臨検小隊って、あの臨検を専門にする小隊だよな。

となると、もしかして海賊相手に……ムフフ、これは思ったより早く希望が叶うかも。

それぞれの進路

そう思うと、早く任地に向かいたく着替えをさっさと済ませてファーレン宇宙港に急いだ。

あの時点で二時間後と言われ、本来ならあまり時間が無かった筈なのだが、楽しみが先に立ち急ぎ足でここまで来たので、出発まで一時間半もある。

ファーレン宇宙港に着いたが、ここではやる事が無い。

時間も一時間以上あるし、どうしようかと周りを見渡した。

軍専用の宇宙港とは聞いていたが、流石に首都にある宇宙港だ。

民間利用の港と見紛うばかりの設備が充実している。

食事を取るにしてもジャンルの違う食堂だけでもいくつあるのか分からない。

まあ、首都宙域にある他の二つの星系だけでなく、他の星系に行く定期便の数も相当数ここから出ている。

また、軍使用とはいえ、民間人も軍からの仕事を受けての利用も多く、宇宙港のロビーには軍人だけでなく、民間人も多数いた。

中には軍人の恋人を送り出すために来たのか民間人のかわいらしい女性もゲート前に多数佇んでいたのが印象的だった。

くそ～～、リア充は爆ぜろ！

俺は心の中で叫んでいた。

そんな俺に後ろから声を掛けて来た者がいた。

「あれ、ナオか」

「え？」

俺は驚いて振り返るとそこには宇宙軍の准尉の制服を着たマークが大きなカバンをもって俺に近づいてきた。

「あれ、マークか。もう、出撃なのか」

「出撃か……ただの訓練航海だよ。昨日辞令を貰って、あ、俺な第一艦隊司令部付きの所属になった」

「それは凄いな」

「何が凄いものか。だいたい、エリート士官養成校を卒業すれば、ほとんどが第一艦隊もしくは第二艦隊の司令部付きになると聞いたぞ。ナオだけが異常なんだよ。お前の成績がぶっ飛んでいたのが原因だろうがな」

「成績がぶっ飛ぶなんてひどいな。まあ、俺もさっき辞令を貰ったばかりだ」

「ナオの制服を見るに、コーストガードか。あそこにはあまり良いうわさは聞かないが……」

「ああ、でも、俺にとってはどこも同じだ。そもそも士官というだけで贅沢だと思うよ」

「それにしてもいきなり少尉か。どこに行くんだ？」

「これからルチラリアにある第三巡回戦隊の事務所だ。俺は、第三巡回戦隊所属、航宙フリゲート艦『アッケシ』の第二臨検小隊の隊長を命じられたよ」

「いきなり小隊長か。あ、それよりナオには時間はあるのか」

「ああ、出発まで一時間以上はあるので、どうしようかと困っていたんだ」

「それは良かった、俺も集合まで二時間あるんだ。どこかでお茶でもしよう」

俺はマークについて一番近い喫茶室に入った。

ここも割と混んではいたが、士官の二人づれなので、直ぐに席に案内された。

色々な場面で上下の差をつけられる社会だが、より厳しい上下社会の軍隊内において、士官は何かにつけ優遇される。

学校出たばかりの俺らに対しても、それは同じで、ここではほとんど待たされることなく席に案内されてすぐにお茶することができた。

マークとは昨日も会っているのだが、こんなにゆっくりと話すのは久しぶりだ。

そのマークだが、彼の話によると、エリート士官養成校を卒業した者の初年度なんかほとんど決まったようなコースをたどるらしい。

マークも第一艦隊司令部付きとなっているが、これは、艦隊内の余裕のある船に乗せ訓練をさせるための方便だとか。

その証拠に、この後二時間後に集合した准尉たちは第一艦隊内の補給艦護衛戦隊のフリゲート艦に乗って訓練航行だそうだ。

なぜ補給艦護衛戦隊かというと、当分の間補給艦を動かす予定が無いとかで、そのため護衛艦のスケジュールに空きがある。

だいたい毎年、約半年は、この補給艦護衛戦隊内のフリゲート艦に分かれて乗艦して、航法から機関、通信、武器管制などの各部署について実際に先輩たちから業務を学ぶそうだ。

その後、戦艦などに異動して、一人一人に先輩士官が付いて実際の士官業務をこなして適性を見て、少尉に昇進後にそれぞれのコースに分かれるというのがお決まりらしい。

俺の場合にはその極端な成績のためにこのコースに乗せられることなくコーストガードに出向になったわけだ。

「俺は、まだまだ勉強なんだよな。ほとんど養成校時代の訓練と変わらないらしい。その点ナオは凄いな。いきなり小隊長か。でも務まるのか？」

「分からない。俺もびっくりしているが、嫌とも言えないしな。成るように成れだ」

「なんだいなんだい。ナオはそればかりだな。だいたい養成校にだって希望じゃなかったんだろう。本当にすごいと思うよ。でもそれって運が良いのかな」

「また運の話か。確かにそうだな。今は運が良かったと思うことにするよ。あ、そろそろ時間だ。悪いが、俺は行くよ。元気でな」

「ナオこそ。がんばれ」

「ああ、ありがとう」

◇◇◇◇

俺はマークと別れ、定期便に乗って、ルチラリアに向かった。

惑星ルチラリアは首都宙域にある恒星ルチアを回る主惑星で、主に首都宙域にある星々に鉱物資源を供給する資源惑星として有名である。

そのために早くから産出する資源の精製や加工などの重化学分野での発達も目覚ましく、首都宙域の工場とも呼ばれる惑星である。

実際工場も多く、実用本位での開発がされているために、風光明媚とは言えないどころか人々の心を癒す木々などの緑も無い星でもある。

それでも、多くの人間が暮らすために、都市部はかなり発展しており、この星一番の宇宙港はかなりの規模を誇る。

流石に首都星ダイヤモンドにあるファーレン宇宙港とは違い、官民共同で利用される宇宙港でもあり、第三巡回戦隊の事務所もここに構えている。

俺は定期便の連絡船から降りるとその足で直接第三巡回戦隊の事務所に向かった。

この事務所は宇宙港管理棟内にある。

航宙フリゲート艦二隻の運航管理をするだけのもので、コーストガード本部のようには大きくも立派でもない。

それでも第三巡回戦隊所属の航宙フリゲート艦二隻の運航管理を行う部署とそれぞれの艦長たちの地上執務室もある。

事務所に入ると、事務所内はかなり忙しそうにしていた。

本部とはまた違った雰囲気だ。

俺は受付を訪ね、訪問の趣旨を伝えた。

受付で対応してくれた人に連れられ俺は第三巡回戦隊の戦隊長室に来た。

「戦隊長殿、新任のブルース少尉をお連れしました」

「構わない、入れ」

「本日付けを持ちましてこちらに配属されました、ナオ・ブルースです」

俺は敬礼の後、辞令を戦隊長に手渡した。

「君があの噂の少尉か。まあ、こっちに座って待っていてくれないか」

そう戦隊長から言われ、指示に従い部屋にあるソファーに座って待った。

今事務所内が少々慌ただしい。

戦隊長も電話をかけ忙しくしている。

暫く待つと、一人の少佐が戦隊長室に入ってきた。

「ポットー戦隊長、お呼びですか」

「ああ、待っていたぞ、ダスティー艦長。彼が例の少尉だ。第二臨検小隊の隊長だそうだ。あとは任せていいかな」

「は、分かりました。すぐにでも仕事につけます。まあ、今回の出撃には使わないでしょうし、問題は有りません」

「ああ、そうだな。今回は久しぶりに大捕り物だしな。ちまちま臨検なんかしないだろうしな。第三機動艦隊や第二巡回戦隊も加わると聞いている。俺たちには仕事らしい仕事はないかもしれないが一応準備だけはしておかないとな。悪いが私は手が離せないので、後を頼む」

「は、分かりました。では、少尉。私は航宙フリゲート艦『アッケシ』の艦長ダスティー少佐だ。よろしく。あまり時間が無いので、早速で悪いが俺に付いて来てくれ。すぐに君の部下を紹介する」

慌ただしく上司となる艦長のダスティー少佐の紹介を受け、これまた慌ただしく新たな俺の職場に連れて行かれた。

初めて持つ部下たち

俺は訳も解らず、言われたとおりにダスティー艦長の後に付いていった。

管理棟を出ると、すぐに駐車してあるカートの一台に乗り込み、艦長自らの運転で、駐機場の最奥に向かった。

官民共同の宇宙港だ。

とにかく広い。

カートに乗って二十分ばかり走った後にかなり年代物の航宙フリゲート艦が二隻見えてきた。

前に見えるのが第三巡回戦隊の艦船なのだろう。

艦長はそのまま二隻あるうちのより古い航宙フリゲート艦の方に向かった。

まあ、第三巡回戦隊と聞いたし、そもそも巡回戦隊は三つしかないのでコーストガードで一番下っ端の艦なんだろうとは思っていたが、それにしてもかなり古い艦だ。

俺の気持ちなんかまったく気にすることなくカートはその航宙フリゲート艦の中央部近くに止まった。

航宙フリゲート艦『アッケシ』の周りでは忙しく積み荷の搬入などの作業が行われている。

艦長の存在に気が付いた者たちが声を上げる。

「艦長に敬礼」

すると周りの者たちは一旦作業の手を止め敬礼をする。

ダスティー艦長は返礼をした後に作業の続行を促す。

みんなが作業に戻ったのを確認後艦長は航宙フリゲート艦の後方にある格納庫に向かって歩いて行く。

「今、出航に向けとにかく大量の荷を艦に搬入している」と艦長が簡単に説明してくれた。

後方の格納庫ハッチは、その搬入作業の玄関口だ。

色々な作業車が次から次にハッチに向け移動しているが、このハッチは、本来は俺の指揮する武装内火艇のための物で、今のように搬入時には内火艇は邪魔になるという理由で、格納庫から外に出されている。

その外に出された内火艇の周りで女性ばかりが多数作業をしている。

内火艇を整備している者、自身の武装の手入れをしている者、その他訓練をしている者とバラバラだ。

艦長はそんな女性たちの方に向かっていた。

「第二臨検小隊の諸君。悪いが作業を止めて集まってくれ」

艦長の言葉を聞いて一人の女性が声を掛けた。

「おい、集合だ。整列。艦長に向け敬礼」

「ああ、そのまま楽にしてくれ」

「休め」

「ブルース少尉。ここに」

「はい、艦長」

「みんなに紹介だ。長らく小隊長不在だった第二臨検小隊に小隊長が赴任してきた。彼がその隊長だ。少尉、自己紹介を」

「軍より出向してきたナオ・ブルース少尉だ。経験は君たちより劣るが、私が君たちの隊長を務めることになる。よろしく頼む」

俺の自己紹介で、周りが少々ざわついたのは何故だか分からないが、艦長の咳払いですぐに落ち着いた。

「そういう事だ。以後は少尉の指示に従ってくれ。ああ、明後日の出港が正式に決まった。なので明日までには準備を終わらせておけ。いいな。では解散」

「では少尉、夜には他の士官たちを紹介するが、それまでは君の部下の監督をしていてくれ」

「はい、艦長。了解しました」

そこで初めて俺は一人で放り出された。

しかし困った。この後どうすればいいんだ。

俺はやることが分からないので、とにかく周りの観察に努めた。

一旦艦が宇宙に出れば、後部ハッチは内火艇の出入り口と同時に護衛ファイターの収納もする。

護衛ファイターはその任務上航宙フリゲート艦より発進する時には両舷にあるカタパルトを使用するが、帰還時にはこの後部ハッチより収納する。

そのため、臨検小隊と艦載機の護衛ファイターパイロットやその整備員とは後部格納庫を共同で利用するので比較的仲が良く、今は臨検小隊員たちの近くで二機の護衛ファイターを整備員とパイロットが整備している。

先に艦長からは臨検小隊員に対してだけ紹介されたが、一応ご近所ということもあり、俺はその護衛ファイターの関係者たちに挨拶に向かった。

近づいていった俺に気が付いた一人の整備兵が、いきなり作業の手を止め、敬礼をしてきた。

「少尉、何か御用ですか？」

用はない。

どうしようかとしていたら、先ほど艦長に紹介された時に号令をかけていた女性が俺の傍までやってきて、声を掛けてきた。

「やれやれ、そんなんじゃ埒も明かないだろう。お〜い、悪いが集まってくれ」

「「なんだなんだ」」

「メーリカの姉さん。何か面白い事でもあったのか？」

「ああ、うちに小隊長が赴任してきた。ナオ・ブルース少尉だ。悪いがよろしくやってくれ」

どうも臨検小隊を今まで面倒を見ていたメーリカ准尉は後部格納庫の顔というかボス的存在だったようだ。

彼女が一声かければ皆嫌な顔をせずに集まってきた。

どうも彼女はここ後部格納庫付近では最高位でもあり、いや彼女の人望だろう、メーリカ准尉はみんなから人気がありそうだ。

「ありがとう准尉。作業中申し訳ない。今、准尉から説明があった、第二臨検小隊の隊長に赴任してきたナオ・ブルースだ。階級は首都宙域警備隊少尉を拝命している。だが見ての通り、学校を出たばかりのずぶの素人《しろうと》だ。一応それなりに訓練だけはしてきているので、せいぜい足手まといにはならないようにするから、よろしく」

初対面の面々に向かって上位者としては如何なものかとクレームの付きそうな挨拶をしてしまった。

でも、事実だし、ここで格好をつけてもメッキがすぐにはがれるのなら、初めからメッキをしない方が良い。

俺のあいさつの後、周りを見渡しても、それほど感触も悪くはない。

「ひゅ～、隊長は言うね。気に入ったよ」

「メーリカ姉さんの言う通りだ。軍から来たと聞いていたから偉そうな奴が来るものとばかり思っていたが、いい感じだね」

「それよりあんたが噂の少尉というやつか」

「噂？　何だいそりゃ～？」

「え？　姉さん知らないのか。軍でもここコーストガードでも持て余したと言われるやつだよ」

「え？　あんた、いったい何をやらかしたのだ。そんな大物なのか、隊長は」

「いや、全く身に覚えがないけど、どんな噂なのか」

「いえ、あっしもそれ以上は知らないけど、赴任先を決めるのに相当に困った御仁だと聞いたよ」

「なんであんたがそんなことを知っているんだ」

「いとこが首都警察本部で事務員をしているんで、そこで聞いたんだ。コーストガードのお偉いさんも、『何で軍が持て余したやつをよこすんだ』とこぼしていたそうだよ。その後上層部総出で頭を抱えたとか」

「それでなのか。安心したよ。ようこそコーストガードの要らない子の集まりへ」

「准尉、何だその『要らない子』って」

「へ？　そうかい、知らないんだな。この艦が皆から何と言われているかを。この艦はコーストガードの掃きだめとか要らない子の集まりとか言われているんだ」

「まあ、この艦の古さから見ればなんとなくわかるが、一応理由があれば聞いておこうか」

「え？　それをあたしらに聞くの」

「言いにくい事なのか」

「あまり大声では言えないけど、こっちに来てくれないか」

そう言われて准尉について艦の近くで目立たない場所に向かった。

そこで聞いた話が、まあ予想通りというかなんというかという奴だった。

これはこの国ではあまりに有名な話で先にもマークに良いうわさを聞かないと言われたのと同じで、軍から弾かれた連中の受け入れ先となっているコーストガードだが、そういった者の人数は割と少ない。

上層部だけに限る話で、ほとんどの連中は地上勤務のお偉いさんに収まっている。

僅か少数のみ現場部署である船に乗るが、ほとんどが戦隊長以上の役職で、実務面ではほとんどお飾りとなるので、現場から見たら実害はない。

しかし、どこにも例外は存在しており、俺が配属されるまで最低の階級での出向となったのが、この艦の艦長であるダスティー少佐だ。

彼は三年ほど前に軍内である貴族が起こした事件で、ここコーストガードに出向させられた口だ。それまでは軍内で割と幅を利かせていた貴族に連なる一族で、彼自身も軍内部で割と好き勝手をしていたそうだ。

三年前に起こった事件で貴族は失脚してダスティー少佐、当時は大尉であったが後ろ盾を失い出向の憂き目を見たわけだ。

それまでのダスティー少佐の周りには黒いうわさが絶えなく、主に横領と収賄であったようだが、証拠が無くて処罰できなかったという。

そんな人をいくら掃きだめと言われるコーストガードでも、事務職には就けられないので、たたき上げからの艦長が多かったコーストガードでこの艦だけが軍からの出向者を艦長として受け入れたという話だ。

俺から言わせればそんな危ない人を艦長にしても大丈夫かと言いたいが、そこはコーストガードも考えているようだ。

三年前の事件でとばっちりを受けて同時に出向に出されたのが今の戦隊長のポットー中佐だという話だ。

そういった経緯もあって、艦長と戦隊長との仲は最悪だとか。

元々大して仲の良くない人がこの度の出向で恨みすら抱いての上司となるので、艦長はかなり厳しく監視され、ここでは悪さはできないとも聞いた。

どうにか馴染めそう

そんな曰《いわ》くの有る艦に乗りたい奴なんかいない。

と言う訳で、コーストガードではみ出した連中がここに集められる。

集められた結果、この艦は掃きだめとか要らない子だとかと言われることになった訳だ。

そんな説明を受けたのだが、俺から見たら、ここにいる連中だけはかなりできそうな者と見える。

まあ、切り込み隊と言われる臨検小隊の隊員が女性だけというのも今の説明から何となく理解できた。

特にメーリカ姉さんと呼ばれるくらいの女丈夫である准尉なんかある意味使い難かろうとは思う。

この後、この周りを見て回りながら雑談を通して、かなり詳しい話も聞けた。

結局この艦の乗組員は一癖も二癖もある連中だが、決して要らない子ではなさそうであった。

要は艦長たち上層部にとって使い難い者たちの配属先になっているだけだ。

それも、どうも話を聞く限り、軍からの出向者にとってという話のようで、優秀な人も多そうだ。

少なくとも、ここにいる護衛ファイターのパイロットなんか宇宙軍でもエースを張れるかもしれないという話だ。

これは彼らに心酔している整備士からの情報で、話半分で聞いているが、それでも凄い。

そんな雑談をして回ったので、思いのほか時間が潰せた。

准尉の計らいで、分隊長をしているマリアが艦内の俺の部屋に案内してくれた。

後部ハッチに近い格納庫のわきにある、決して綺麗な部屋ではないが、それでも士官であることから割と広めの一人部屋を割り当てられている。

この部屋に入り、私物などを簡単に整理していたら、艦内電話で艦長から呼び出された。

夕食のご招待だそうだ。

と言っても上下関係の厳しい軍隊内にあって、艦長からの招待はそのまま出頭命令でもある。

俺は殆ど何もすることも無いので、士官食堂に向かおうとしていた。

どこの艦も構造はそう変わりはないので、士官食堂なるものがだいたいどこにあるかは見当が付くが、それでも少しの心配はある。

誰か近くで兵士でも捕まえて士官食堂の場所を聞こうかと思っていたらドアをノックされた。

先ほど世話になったメーリカ姉さんこと准尉が部屋の外にいた。

「隊長、この艦は初めてだろう。士官食堂まで私が案内してあげるよ」

「それは助かった。正直どうしようかと思っていたんだ。ありがとう世話になる」

「なに、私も一応准尉という名の士官なもので、呼び出された口だ。こんな事でもないと、あそこには近づかないよ。できれば艦長なんかの顔を見たくも無いので」

「ああそうなんだ。あ、でもそれなら普段はどうしているの」

「だいたい後部格納庫脇にある休憩スペースでみんなと食事しているね。あそこはパイロットの待機場所でもあるので、食事もできるようになっているんだ。士官食堂より断然居心地がいいよ」

「それは良いことを聞いた。どうも俺もお荷物のようなので、できれば要らない摩擦は避けたいしね。しかし、今はそうもいかないだろうな」

「それもそうだね。なら遅れないように行くとしよう」

二人連れ立って、艦の中央付近にある、士官食堂に向かった。

俺らはかなり遅く着いたようで、俺らが着いてから五分と掛からずに艦長がやってきた。

「諸君、待たせたな。乾杯の前に、紹介したい。ブルース少尉、起立してくれ」

「は!」

俺は艦長に指示されて、その場で気をつけの姿勢を取った。

「そう硬くならずとも好《よ》い。諸君に紹介しよう。今日付けで第二臨検小隊の小隊長に配属されたナオ・ブルース少尉だ。よろしく頼む」

艦長が俺のことをこの船にいる士官全員に紹介してくれた。

「少尉、自己紹介を」

「はい、本日付けで第二臨検小隊の隊長に配属されましたナオ・ブルースです。先日首都の士官養成校を卒業したばかりの若輩です。諸先輩方のご指導よろしくお願いします」

するを、周りがざわつきだした。

「え、あれがそうか」

「彼が噂の少尉か、大丈夫か」

「かわいそうに、エリート士官養成校を出たんだろう。何でこんなところに回されるのかな」

などなど、聞こえてくる話はあまり良い印象のないものばかりだ。

「まあ、彼のことは追々理解していけば良いだろう。まずは彼の赴任を乾杯で祝おう」

「「乾杯」」

「それでは食事前に、報告がもう一つある。既に噂等で知っているかと思うが、いよいよ明後日から、あの菱山一家相手の討伐作戦が始まる。そこで、ただいまをもってこの艦は作戦前待機に入る。我らの行動については明後日出航後に作戦参加の艦隊がすべてそろった時に命令を貰うことになる。皆の奮闘を期待する」

会食は艦長の報告から始まった。

俺はメーリカ准尉から、この艦の副長を紹介された。

「隊長。この船は実質副長が指揮しています」

そう言われて紹介されたが、かなり年配の苦労人といった感じの大尉だった。

もうすぐ、定年を迎えるとかで、今回の作戦が最後になるかもとうわさされている人だった。

まあ、この後あまり接触のない部類の人でもあるので、これといってあまり話もしなかった。

とりあえず和やかな会食だったような気がする。

一応、一次会で俺はメーリカ准尉とこの場を離れたので、その後についてはあまり知らない。

ただ、今回の会食で一つ分かったことがあった。

正直軍からの出向組は評判が悪い。

なにせ、艦長が完全に一人浮いていたし、メーリカ准尉の説明にあったようにこの艦はあの何とかという副長で持っているのだろう。

しかし、彼ももうじきこの艦を降りることになりそうなので、この先に未来が見えないがどうしよう。

あ、関係ないか。

それまでに俺が殉職すれば関係がなくなる。

今度の作戦、実はひそかに期待している。

現場経験の無い俺がいきなり海賊相手だと、これはもう事故案件だよ。

メーリカ准尉たちを巻き込まないようにすれば良いだけだ。

俺は自室に戻り、やる事もないので、今日は早々に寝ることにした。

翌日は、学生時代からの習慣もあり寝坊することなく割と早めに起きることができた。

部屋でのんびりとしていたら部屋の扉をノックされた。

誰かと思ったらメーリカ准尉の部下になる、いや、俺の部下か。

分隊長のマリアがドアの前にいた。

「おはようマリア曹長。何か用かな」

「おはようございます、隊長。今日は私が隊長のお世話をいたします。艦内を案内しますので、ご一緒してください」

昨日も世話になったマリアが部屋に来て、今日一日俺を案内してくれるというのだ。

これは正直助かった。

どこも軍艦の作りは同じだと思っていたのだが、流石にこれほど古い艦は見たことも無かった。

一度じっくり艦内を見て回りたいと思っていたのだ。

「ありがとう。でも君の仕事は大丈夫か」

「あ、はい。大丈夫です」

その後非常に小さな声で「お前は要らないことばかりするから、今日だけは近寄るなと言われた」と言っているのが聞こえた。

どうやら彼女はメカフェチで、とにかくあちこっちを弄り回すのが癖のようだ。

時間があればとにかく何かいじっていないと気が済まない性格のようで、さしずめ彼女の部下がメーリカ准尉に頼んだのだろうことは容易に想像がつく。

「なら安心だ。では今日一日案内を頼む」

「ハイ、任せてください」

と返事がきたのだが、最初に案内されたのが、後部格納庫であった。

艦内探検

え？

ここならさすがに俺でもわかるよ。

と心の中で訴えると、彼女はさも得意げに言い放った。

「隊長、まずここから説明します。とっておきですよ。まず普通では来ない場所に案内します」

そう言われて連れて行かれたのは、この格納庫からこの艦の両舷にあるカタパルトに向かうルートだった。

「ここはですね、艦長でもまず来ない場所で、収納された護衛ファイターが発進するときに通る場所です。ここから専用のクレーンで運ばれ、あの扉の奥にあるカタパルトに乗せられます。その後発艦直前にあそこのハッチが開き、電磁カタパルトで外に出されます。で、ですね、ここから後部甲板にある第三砲塔管制室に行くのに近道になります」

そう言って、どんどん狭い階段を上っていく。

非常口のような小さな扉をノックして中に入っていく。

「こんにちは～」

「おお、嬢ちゃんか。今日は何だ」

「えへへへ、今日は私たちの隊長を連れて来たの。紹介するね。隊長」

「あ、ああ。仕事中悪いな。昨日付けで第二臨検小隊の隊長に赴任してきたナオ・ブルース少尉だ。何かあるかは分からないがよろしく」

「あ、すみませんでした、少尉」

と言って中にいる兵士が敬礼をしてくる。

俺は訳も分からずに作業中の兵士の邪魔をしているのを気にしているが、マリアは全く気にもせずにどんどんほかの場所に向かう。

どこも同じような感じで紹介して回るが、なぜか、普通じゃ通らないルートで、まず、その分野で専門職でもなければ一生縁のない場所ばかり連れて行かれる。

やたらニッチな場所ばかりかと思ったら、やっとメジャーな部署にも連れて行ってくれた。

しかし、どこでも同じような感じで、少々肩身が狭くなる。

無線室やら航法室やら、艦橋ですら同じ対応だ。

流石に医務室を出たら終わりかと思ったのだが、やたらとテンションが上がっていく。

「隊長、最後に私の師匠を紹介しますね」

「どこに連れて行くのか」

「機関室です。あそこの機関長が私の師匠なのです」
やはり彼女は根っからのメカフェチだった。
彼女の師匠が同じ船に乗り合わせているようで、俺に紹介したいらしい。
医務室から、多分一番遠くにある機関室に向かう途中で、この船のスペックをしゃべりだした。
いったい、どこのどいつがそんな詳しいスペックを知りたいのかと思ったが気持ちよくしゃべっているので、素直に聞き流していた。
「隊長。この艦は古いですけど、その艦歴は凄いんですよ。この国最初の航宙フリゲート艦という種類が採用された時の三番艦なんですよ。今から六十年近く前に建造され、四十四年前に軍ではお役御免となり、コーストガードに回された艦です。古い艦ですが、あのブルース提督の護衛艦を務めたこともある由緒ある艦です。
この艦は全長　二百三十五メートル
全幅　五十五メートル
定員　百五十五名
ですが、どこも人手不足ですし、何よりこの船要らない子の集まりなので、定員数が揃ったこと無いですね。今は、確か百三十四名だった筈です。あと、搭載艦載機は護衛ファイターが後部格納庫の有る二機で、あと武装内火艇は一艇です。ああ、そうだ、この船の最大船速は通常航行で時速二宇宙速度まで出せて、異次元航行ではレベル三まで出せます。この船は古いですが、私の師匠が精魂込めて整備していますから、ひょっとしたらレベル三ポイント五くらいは出るかもしれませんよ」

マリアは本当にうれしそうに話しながら機関室に入っていった。

直前に艦の最高速度を話していたのをマリアの師匠の機関長が聞いていたようで、慌てて修正してきた。

「オイオイ、無茶言うなよ。そんなに出したら艦がばらけるよ」

「え、え〜〜。そんな悲しい事言わないでくださいよ、師匠〜」

「で、今日はなんだ」

「あ、そうだ、隊長。この人が私の師匠。機関長のチーコフ少尉です」

「初めまして、この度あなたの弟子のマリア曹長の上司に赴任しましたナオ・ブルースです」

「ああ、昨日聞いたよ。で、今日は何だ」

「はい、今日はマリアにこの艦の案内を頼み、案内してもらいました」

「そうか」

「師匠、この艦、本当にレベル三は出せないのですか？」

「エンジンの出力だけで考えれば出せなくもないが、そんなに出したら船体が持たない。ばらけるぞ。そもそもこの艦のエンジンは今まで三回載せ替えていて、今のエンジンは十五年前に作られた第三世代のフリゲート艦のエンジンを五年前に載せ替えたものだ。それこそエンジンの性能からはレベル三ポイント五くらいは出せても不思議はない。だが、船体の基本構造はそのままだぞ。無理に決まっているだろう」

「も、もし艦長が命令したらどうしますか」

「そん時は副長にお願いして命令を取り消してもらうわ」

「え～、あの艦長は聞かないよ、多分」

「ああ、その時はエンジンが故障してレベル一以上は出せなくなるかな」

「ああ、そうなんだ、でもちょっぴり残念ですね」

「まあ、若いものがスピードを求める気持ちは分かるが、だいたい異次元航行なんかレベル一でもレベル十でも船の中にいたら分からないだろう。せいぜい航法室に表示される座標が素早く変わるだけだしな。それに、このコーストガードには必要ないだろう。いったいどこで出すというんだよ」

「それもそうですね。でも、凄いでしょう、この師匠は」

「ああ、話を聞いていると、本当に凄いのが伝わって来るよ。若輩ですが、よろしくご指導ください」

「俺に教えることなんかないよ。それよりも若いな。同じ階級なのにこんなに年が違うのなんか、ちょっと違和感があるかな、いや、そんなんじゃないな。そもそも、あんたのような若者がここに居て良い筈ない。できるだけ早く軍に戻れよ。それが国のためになる」

「ありがとうございます」

「これ以上師匠の仕事の邪魔していたら怒られそうだから、もう行くね」

「ああ、それよりもメーリカ姉さんにきちんと謝って仕事をさせてもらえよ」

「私、そんなんじゃないもん。今仕事中だし」

「ああ、分かった、頑張れよ。あんちゃんも初陣なんかで怪我などするなよ」

「ありがとうございます。マリア、行こうか。これ以上邪魔しても悪いしな」

「ハイ、ではまたね、師匠」


俺らは、後部格納庫に向かった。

この巡回で、すっかりマリアの性格を掴むことができた。

この娘は間違いなくメカフェチだ。

重度のオタクと言い換えてもいい。

でも、俺は嫌いじゃないし、一緒に回ったことですっかり仲良くなった。

一緒に歩いていると、マリアが猫なで声でお願いしてきた。

仲良くなったのを良い事に何か無理難題を言ってくるのかと警戒をしながら聞いてみた。

「隊長、あの～、お願いがあるのですが」

「お願い？　なんだ」

「あのですね、今度の作戦から内火艇に私物を積んでいきたいのですが」

「私物？　何だ？」

「私物というかお守りみたいな物なんですが」

「お守り？　一々断らないといけない物か」

「お守りというか携帯武器なんですが、公認武器じゃないんですよ。私たちのお守り代わりということで、積んでいきたいのです。積んでも構わないですよね」

「武装内火艇の積載量に問題無いのか。もし、問題が無いようならば作戦に支障が無い限りかまわないが」

「大丈夫です。携帯武器ですので、個々人が持ち運べますから。邪魔にしません、大丈夫です」

「なら構わないよ。何か書類でも要るのか」

「要りません。要りませんがメーリカ姉さんに何か言われたら、きちんと隊長も許可したことを言ってくださいよ」

「ああ、分かった」

そんなたわいもない話をしながら後部格納庫に戻った。

大捕り物に向け出発

「隊長、お帰りなさい。今日はありがとうございました」

格納庫に戻るとマリアの部下たちからお礼を言われた。

「へ？　お礼を言うのは俺じゃないかな。出航の準備も手伝えずに済まなかった」

「いえ、隊長は最大の功労者です。マリアがいなかったので、仕事がはかどり、無事に準備が終わりましたから」

「メーリカ姉さん、それは酷い」

「酷いも何も無いよ。あんたがいるとなんでも積み込もうとするじゃないの。それに余計なところをいじり出すし。それが無いだけで、どんだけ仕事がはかどるか分からない訳じゃ無いよね」

「メーリカ姉さん、酷いです。でも、でも、でも、さっき隊長から許可貰いましたから『ひまわり三号』は積みますよ」

「え？　隊長、マリアに許可出したの？」

「ああ、さっきお願いされたからね。でも、内火艇の積載量にも問題ないと言ったし、かさばらないとも聞いたぞ」

「確かに、まあ、あれは大丈夫か」

「でしょ、でしょ。それにあれは絶対に役に立つよ。レーザーガンの使えないところでも問題なく使えるから」

「確かに。まあ、今回の作戦宙域がこの辺りのようだから、案外使えるかもしれないな。尤もうちに出番があればの話だ。分かった。マリア、邪魔にならないようにきちんと積み込んでおけよ。明日にはいじれなくなると思って今日中に作業を終わらせろよ。分かったか」

「分かりました、でもあの子たちに手伝ってもらってもいいよね」

「ああ、それくらいなら、構わない。どうせ同じ穴の狢《むじな》だし。あいつらだって実戦で使いたくてしようがないのだろう。すぐに作業にかかってくれ」

「みんな〜、隊長に『ひまわり三号』積み込んでもいいって、許可貰ったよ。自分のものは自分できちんと積み込んでね。予備の弾も忘れずにね。沢山積んでおくんだよ。分かった〜」

「「「ハイ」」」

マリアの掛け声で、先ほどまでメーリカ姉さんの元で行儀良くしていた娘っ子たちは一斉に倉庫脇にあるロッカーに飛んでいった。

全員がロッカーから何やら自分のものを持ち出して内火艇に積み込んでいく。

やたら細長いもので、どう見ても武器に見えない。

間違ってもレーザー兵器の類ではないし、どこからどう見てもバトルアックスには見えない。

強いてそれに近い武器はと考えると、思い当たるのは、はるか昔の主流だったと言われる銃と呼ばれた物にも似ている。

以前学校の資料室で実物を見せてもらい、一応の原理も教わったのだが、あれは無いだろう。

真空の宇宙では全く使い物にならない物だった筈だ。

あれの原理は確か火薬という物を急速燃焼して、その膨張する空気で固形物を飛ばすというものだった。

空気のない宇宙では全く使い物にはならない。

そもそも火薬なるものを使って殺傷力まで速度を持たせるような技術はとっくに失われている。

何より、レーザー兵器万能の時代になってからどれくらいの時間がたっているか俺も知らないくらいに、火薬兵器は使われなくなっている。

一部例外として、航宙魚雷の炸薬に使われていたそうだが、あれは電気による起動が無ければ爆発すらしない代物を使っているし、小型化に難がある。

そもそも航宙魚雷に使われている物質が火薬と呼べるものかどうかははなはだ疑問も残る。

それに何より宇宙船の艦内においても、無理やり使っては船の隔壁などを壊す恐れがあるので、流石にないわ。

そもそも銃に使用されている小型で実用に耐え得る殺傷物を相手に飛ばす仕組みはロストテクノロジーと記憶していたのだけれど、どうなんだろう。

構造そのものは簡単なんだけど、作れないとも学校で聞かされた。

そのうち機会があればマリアにでも聞いてみよう。

まあ、今回積み込んだあれはマリアもお守りと言っていたし、心の支えというのは大事だ。

邪魔にならなさそうなので、いまさら止められない。

この時は、そのように思っていたが、まさかこの後にあのような結果になるとは、マリアたちからしたら怪我の功名？　しかし俺からしたらね～。

あの時この後の顛末を知っていたら絶対に許可しなかったのに。

配属二日目は問題なく、この艦も隅々まで案内され、充実して終わった。

この日から俺の食事は、部下の連中と後部格納庫脇の控室で取るようになった。

幸いというか、俺は嫌われていなさそうなので、居心地もそう悪くはない。

◇◇◇◇

翌日、作戦計画に則《のっと》って第三巡回戦隊の旗艦『マシュウ』から母港である宇宙港を出航していった。

日頃からのきちんとした整備のたまものか、この古い『アッケシ』も何事もなく無事に惑星の重力圏を離れ、最初の目的地であるスペースコロニー『ビスマス』に向かった。

このビスマスは第三機動艦隊が母港を置いているスペースコロニーである。

このビスマスの付近に今回作戦に参加する艦艇を集める計画だ。

ちなみにこのスペースコロニー『ビスマス』はルチル恒星系の政治経済の中心地でもある。

なぜ主惑星のルチラリアではなく、人工的に作られたスペースコロニーが政治経済の中心地かというと、一つには主惑星も資源採掘以外に風光明媚な場所がない事は先に説明してあるが、それ以上に問題になるのが、通信の問題だ。

ルチル星系を含めダイヤモンド王国に災いをもたらす超新星ウルツァイトがとにかく周りに困った物質を巻き散らかすのだ。

その巻き散らかされる成分が問題で、頻繁に惑星ルチラリアが外と連絡が取れなくなる。

定期的に訪れる宇宙船がもたらす手紙などによって情報のやり取りは行われているが、やはり無線などの手段が取れないことは致命的だ。

恒星から離れた場所にこのスペースコロニーがあることでそういった影響をほとんど受けていないので、この付近の主力である第三機動艦隊の母港としては申し分ない。

また、初めから宇宙空間にあるので、緊急時の出撃にも時間をさしてかけずに出航できる利点もある。

さらに、今回のような作戦行動をとる際に、艦隊を集結させるのに都合の良いスペースもたくさんあるのだ。

などの理由が挙げられるが、最大の理由は主惑星ルチラリアよりもこのコロニーの方が人が生活しやすいのがその理由だと言われている。

どちらも人工的な物しかなければ、初めから人が快適に暮らせるように造られた場所の方がはるかに過ごしやすい。

上下関係の激しい社会においてはより上位者の方がより良い場所に居るという自然の摂理が働いた結果だといえよう。

母港のあるルチラリアを出航した第三巡回戦隊は、作戦参加艦隊の集結地となるビスマスに約一週間かけて向かった。

直接向かえば数時間で着ける場所だが、通常の巡回業務もあり、巡回にいつも通りの時間をかけての移動だ。

その間、俺は艦内のシミュレーターを使って、武装内火艇の操縦の訓練などをしながら時間を潰していく。

今までボッチ気質の俺だったが、この一週間で後部格納庫内においては割と打ち解けたのではないかと思っている。

俺の所属する第三巡回戦隊は計画通りに巡回を終え、集結地に到着した。

集結地には既に第三機動艦隊が待機しており、出撃を今か今かと待ち構えているようだった。

流石に機動艦隊だ。

機動艦隊に所属している船は明らかに俺らの乗る『アッケシ』よりは新しくもあり、装備も充実していそうだ。

でも、宇宙軍からのおさがりには変わりなく、どうしても宇宙軍の現行艦からは一世代以上古いものだが、やむを得ないのだろう。


俺はここに集まり次第すぐにでも出撃かと思ったのだが、ここでも三日ばかり足止めを食らった。

今回の作戦ではこの付近をテリトリーとしている第三機動艦隊や第三巡回戦隊だけでなく、お隣から第二巡回戦隊も参加する。

今はその第二巡回戦隊の到着を待っているようだ。

ここで一つの疑問が生じる。

いくらお荷物のようだと揶揄される組織とはいえ、そこは組織だ。

当然あるべきものはある。

そう縄張りだ。セクトなど色々な名前でも言われるが、組織の持つテリトリーのことだ。

コーストガードでは成文化されたテリトリーは存在しない。

存在しないが暗黙の了解というものがある。

コーストガードは機動艦隊も巡回戦隊も同じ数存在する。

それぞれ三つずつある。

そして首都宙域には、三つの星系がある。

誰が考えても同じ結論に達するが、それぞれの星域を縄張りのように考えている。

第一機動艦隊及び第一巡回戦隊は首都星ダイヤモンドを有する恒星ダイン星域で、ダイヤモンド星にあるファーレン宇宙港にその母港を置く。

まあ、宇宙軍第一艦隊も母港としているので、肩身は狭いが、それでも他よりは断然条件が良い。

何より本部を置く合同庁舎に近いので文句の出ないくらいに最適な環境だ。

力関係では当然コーストガード全体の旗艦を有する第一機動艦隊よりは劣るが、第二機動艦隊及び第二巡回戦隊のテリトリーは隣の星系であるイットリウム星系だ。

当然母港もイットリウム星系の主惑星である惑星ニホニウムにある。

ここは官民共同の宇宙港となるので、機動艦隊が中心地に近い場所に置いている。

第二巡回戦隊も同じ宇宙港を母港にしている。

そして第三機動艦隊は先に説明したように、母港は諸条件によりスペースコロニーにあるが、テリトリーとしては他の艦隊同様にルチル星系を持っているとみなされている。

ほとんど無いが大物海賊の取り締まりなどで共同して作戦に当たることもあり、また、緊急時には手の空いている艦隊が向かうこともあるので、厳密なテリトリーではないが、状況の許される限り他のテリトリーは荒らさないという暗黙の了解だけはある。

今回の作戦は第三機動艦隊が中心となる取り締まりなので、普通なら隣の第二巡回戦隊が出張ることはないのだが、今回だけは特別だ。

なにせ、海賊の情報を持ってきたのがその第二巡回戦隊であるからだ。

その情報をもたらされたコーストガードの本部は、軍の情報部や警察本部などの諜報機関に情報の精査を依頼して情報の収集を図り、敵海賊の規模を割り出した。

どこの国でも海賊討伐は重要な課題でもあると同時に、その取り締まりには名誉や、政府の沽券なども懸かっており、並々ならぬものがある。

ましてや相手が他の国にも名前が通るくらい有名で巨大な菱山一家とあっては軍が出張ってきても不思議が無い。

しかし今回掴んだ情報では、その菱山一家の一部で、海賊の規模的に巡回戦隊規模だという情報だったので、軍は出ずに、海賊の出没が予測される地域を担当する機動艦隊にその任が下された。

それに宇宙軍は、もともと海賊の取り締まりにはあまり熱心でないことも今回参加しない理由の一つになっているようだ。

でも、ここで面白くないのが情報を最初に掴んだ第二巡回戦隊の面々であった。

第二機動艦隊の司令官も間接的に自分の功績に繋がるとあっては黙って見ている訳にもいかず、今回の作戦は第三機動艦隊や巡回戦隊の担当エリアに第二巡回戦隊を派遣することになった訳だ。

なぜ俺のように下っ端な士官がそこまでの情報を知ることができたかというと、何処にでもいる所謂情報通といった連中からの又聞きの成果だ。

しかし、いくら情報通だとしても組織の内部情報が筒抜け過ぎませんか。

この国の防諜って大丈夫なのかと疑いたくもなった。

まあ、冗談はそれくらいで、いまだに俺らが待機状態なのは、肝心の第二巡回戦隊の合流が遅れているからに他ならない。

第二巡回戦隊はぎりぎりまで海賊の情報を探っているようで、もう直ぐここに合流すると俺はさっき聞いたばかりだ。

何でも、第二巡回戦隊が合流し次第、第三機動艦隊旗艦『ヌビア』内で艦長会議が開催されることになっている。

俺は先ほどこの艦唯一の内火艇艇長として艦長を連れて旗艦『ヌビア』に送り届ける仕事を命じられた。

メーリカ姉さんは当然艦長と一緒なんかごめんとばかりに、内火艇の操縦をマリアに押し付けたので、俺とマリアで艦長を向こうの『ヌビア』に届ける。

で、会議が終わるまで旗艦『ヌビア』に待機だという話だ。

その為に、ここでも重要な話を聞くことができた。

今回の作戦の目的は、あの有名な菱山一家にコーストガードが勝利する事だ。

幸い今回の相手が菱山一家ではあるが、その配下の誰かという話で、コーストガードの予想としては隣のニーム宙域出身である、ネズーリ率いるフリゲート艦三隻からなる海賊団だという話だ。

フリゲート艦三隻は、海賊としてはかなりの戦力だが、巡回戦隊一つでは歯が立たないにしても機動艦隊が出張れば話は別だ。

今回の作戦にかかわるコーストガードのコンセンサスとしては戦力的に見ても、まず問題はなかろうということだった。

唯一の心配事としては会敵予想宙域が第三機動艦隊のテリトリーでも最も厄介な場所に近いという事だ。

最悪の場合、レーダーも主砲のレーザー兵器も使用できない暗黒領域に近づく恐れがある。

その場合には有視界での索敵となり、見逃す恐れが大きいことと、何より戦闘艦搭載武器の類が使用できないので、相手が降伏でもしない限り昔の海戦宜しく人が船に乗り込んでの制圧となる。

まあ、その場合でもこちらも準備しているので、目標としている海賊が想定している規模なら人数的にもまず負ける筈はない。

制圧に際しての人的被害の方が気になることになるだろう。

それに何より、今回の作戦では少しでも被害を抑えるためにというよりも、見逃しを防ぐ意味で勝手に囮を用意している。

年に数回しか無い貴重資源の搬出計画の情報をそれとなく目標の海賊に流しているようだ。

しかも、この囮作戦は、囮にしている輸送船には一切知らせていない。

勝手にコーストガードの上層部が機密の輸送計画の情報を目標としている海賊たちに流したのだ。

もし作戦が失敗でもしようものなら国をひっくり返したような騒ぎになるだろう。

それだけ今回の上層部はこの作戦に自信を持っている。

しかし、俺から言わせれば、この作戦って結構穴だらけに思えて仕方がない。

ただでさえ、敵も味方も索敵に問題ある地域での作戦で、艦載武器の類の使用も微妙だ。コーストガードは敵に対しての数的優位にあるが、そもそも数的優位を完全に生かし切れていないと思われる。

どうやら艦長会議も終わり、この後には作戦前に参加する艦の結束を図る目的で艦内パーティーが始まるらしい。

俺とマリアなど内火艇の操縦員には縁のない話だが、船長以下副官も参加してのかなりの規模のパーティーだそうだ。

パーティーが終わるまであと一～二時間は待機なので、旗艦職員の計らいにより、士官食堂での食事をご馳走になった。

その席で、また情報が漏れてくる。

今度は作戦の実施計画の一部だ。

いくら旗艦内部とはいえ、大丈夫か。

もしここに海賊のスパイの一人でもいたら、それこそ取り返しのつかないことになる。

まあ、唯一安心できる事と言えば、この宙域の通信事情だ。

近くに味方が居るのなら別だが、ここから離れた宙域への通信は、携帯端末なら絶望的だ。

当然付近に海賊船などはいないことを確認されているので、まずここからの情報漏洩はすぐには無いだろう。

で、その作戦での俺らの役割は要らない子である『アッケシ』を含む戦隊ならではの計画だ。

当然、セオリー通りの計画で、海賊船団には第三機動艦隊がその実力をもって当たる。

海賊ならではなのだが、不利と見たらあいつらはすぐに逃げる。

が、その逃げた海賊を第二巡回戦隊が捕捉。

数にもよるが手が回り切らないと判断されたら、第三機動艦隊の航宙フリゲート艦が応援に入るという計画だそうだ。

第三巡回戦隊は何をするかというと、付近の警戒だ。

海賊に新たな応援がこないことを警戒する仕事が割り振られている。

当然の話になるが、今回の作戦での手柄など一切発生しない立ち位置での参加だ。

そもそも参加させる必要もあるかと言いたいが、第二巡回戦隊が参加する以上参加させない訳には行かないという理屈だそうだ。

周りの他の艦の連中からかなり同情されたのが印象に残った。

俺もこの話を聞いて、初陣での殉職が無くなったと、かなり落ち込んだ。

周りからは、手柄を焦っている新人士官に見えたようだ。

ベテランの士官からは肩を叩かれ慰められたので、さらに落ち込んだ。

当然、会議で詳細に作戦を聞かされている艦長もパーティーから戻ってきたときの顔はかなり暗かった。

覚悟はあっただろうが、もう少し活躍の場を期待したのだろう。

艦長の力量はまだしも、『アッケシ』の乗員の力量はかなり高い。

作戦に重要な役割で参加してもそれなりには活躍ができたことは疑うことのできない事実だと俺

は思う。

艦長はどれだけ理解しているかは不明だが、それでもそれなりに仕事をこなしてきた実績からある程度の功績は出せたと踏んでいたのだろう。

それを見事に裏切られたような作戦計画だ。

暗い顔をした艦長を乗せ、俺らは乗艦である『アッケシ』に戻った。


俺らが戻ってすぐに作戦の発動命令が出された。

第二巡回戦隊と第三巡回戦隊が予想宙域に散らばって哨戒《しょうかい》に入る。

哨戒に入って二日目に第二巡回戦隊から連絡が入った。

一瞬だがレーダーで敵海賊をとらえたというのだ。

しかしすぐにロストしたともいう。

この辺りは恒星ルチルと王国の発展を妨げている超新星ウルツァイトの影響が無視できず、相変わらずレーダーの類は信用できない。

この情報を得た第三機動艦隊の司令官であるアッシュ提督が判断を下す。

例の囮にした輸送船と海賊とのランデブーポイントを計算させ、戦隊を組んでそこに突入するというのだ。

アッシュ提督の命令から十二時間後に該当の宙域に到着する。

ここでは完全にレーダーは使えない。

レーダーだけでなく、レーザー兵器も使用できない宙域だった。

予想されていたことではあるが、やはり戦闘にはある程度の損害の覚悟はいる。

全艦船が有視界で敵及び輸送船を捜す。

捜索を始めてすぐに囮の輸送船と海賊船を同時に発見する。

囮に対して海賊がまさに襲い掛かろうとしていたのだ。

◇◇◇◇

第三機動艦隊の艦橋では目標の発見と同時に衝撃が走った。

「提督、敵及び輸送船を発見しました。方位X軸方向一、二、六。Y軸方向、零、零、九。Z軸方向、二、二、三。距離六六六零です。なお、敵の規模及び艦船は……」

「おい、どうした、報告を続けよ」

「違います。我らの想定した海賊ではありません！」

「なんだ、それでは分からんぞ！」

旗艦艦長と、通信士との会話が続く。

もうほとんど怒鳴り合いだ。

「報告します」

「そんなことは良いから、規模を伝えよ！」

「敵はカーポネ率いる海賊団です！　戦隊規模、およそ我らと同等。航宙イージス艦二隻、航宙フリゲート艦二隻、他小型艦一隻。あれは間違いなくカーポネ海賊団です！」

「そ、そんな馬鹿な話があるか。カーポネは菱山一家の四天王だぞ。奴らがこんな首都に近い場所なんかに来るか」

「いえ、間違いないです。イージス艦に見覚えがあります」

「そ、そんな……ここに居る艦隊だけでは不利だ。相手はあのカーポネだ。対人戦には我らは……」

要らない子は捨てられる

「なにをしている」

アッシュ提督から叱責の声が掛かる。

「は、直ちに全艦船を以て突入します」

「馬鹿野郎！　我らだけでは勝ち目はない。カーポネと分かった以上増援を要請する。直ちに無線だ。本部に全艦隊出動の要請を掛けろ。それと艦載機にも通信将校を特使として乗せて向かわせろ。無線が届かない場合もある。すぐにだ。急げ」

「「ハ！」」

想定外の報告を受けた機動艦隊の司令は無線など届かない宙域であることなど頭から一切抜け落ちてはいたが、それでも念のための措置があるので、増援依頼の命令を受けた部下たちは命令通り繋がらない無線を一回は入れてみせ、すぐ後に特使を送る準備を急いでいた。

一方で、第三機動艦隊の司令はすぐに身の安全を図るべく増援要請の状況など確認せずに次の命令を出していた。

「何をしてる艦長。我らはすぐに転進して増援を待つ。すぐに転進させろ」

「ハ、しかし、それでは後ろを取られませんか？」

「う〜む、そうだ。第三巡回戦隊に命令。増援を待つ間、カーポネの状況を監視させろ。状況の許す限り牽制攻撃もかけろと」

「殿をさせるのですね。分かりました。通信将校、今の話を聞いていたな」

「は、直ちに打電します」

「短距離光通信でも送ります」

短距離光通信とは、無線の類が使えないこの宙域に特化した通信手段で、レーザー光に信号を乗せ目的の船に連絡する手段だ。

レーザー兵器は威力がものすごい勢いで減衰するために使えないが、それを考慮して、僚艦との距離を計算して出力を決めたレーザー波を主砲を使って送り出す。

当然主砲を向けられた船しか使えない通信手段だが、無いよりましという訳で、それがあるおかげで、こんな無線の使えない宙域でも艦隊行動がとれているのだ。

今度の命令だけは、さすがに必ず伝えないと身の危険すらあるために、いちいち指示が無くともこの宙域で唯一伝えられる通信手段である短距離光通信で伝えるとわざわざ断ってからの復命だった。

今、第三機動艦隊の旗艦『ヌビア』から第三巡回戦隊の旗艦『マシュウ』に向かって通信がなされた。

アッシュ提督からの命令を受けた第三巡回戦隊のポットー戦隊長はパニックになった。

先の作戦会議では、第三巡回戦隊の仕事は警戒だけのほとんど出番なしと聞かされていたが、いきなり最前線で、しかも、ほぼ死んで来いとの命令を受けたのと同じだ。

もともと有能ではないから軍から出向させられたポットー戦隊長には気概も勇気もない。

しかし、現場からのたたき上げで出世してきた第三巡回戦隊の旗艦『マシュウ』の艦長は落ち着いていた。

「戦隊長、ご命令を」

「艦長、命令と言ったってアッシュ提督は我らに死んで来いと言っているのだぞ」

「いいえ、司令。アッシュ提督は増援が来るまでカーポネの監視を命じられました。必要なら牽制のための攻撃も許されただけです」

ポットーは艦長とのこのやり取りで落ち着けたので、自身が生き残る手段を考え始めた。

そうだ、牽制をすれば抗命にはならない。

どうせこんなエリアだ。海賊連中を見失っても経歴こそ傷がつくが、処罰の対象にはならない。

そうだよ、うちには要らない連中がいるんだし、あいつらを使おう。

「艦長、僚艦の『アッケシ』に命令」

「何を命じますか」

「すぐに海賊船団に近づき牽制せよと伝えよ」

「直ぐに伝えます。我らは、アッケシの後詰めに入ります」

「いや、我らは状況をアッシュ提督に伝えねばならない命を受けている。『アッケシ』が確認できる最大限の距離を取って状況の確認を急げ」

「それでは『アッケシ』を見殺しに」

「アッシュ提督の命令はそれも含んでいると判断される。我らは、この後に続く増援に対して情報を持ち帰らねばならない。私の命令に従えないかね、艦長」

「いえ、しかし……」

艦長は最後まで苦しそうだ。

「艦長、これ以上は抗命になるぞ」

「は、通信兵。今の話を聞いたな。すぐに光通信で伝えよ。旗艦『マシュウ』は直ぐに、反転して零ポイント一五の距離まで全速で後退」

「ハ、反転全速」

艦橋にいる航海長が艦長の言葉を復命して『マシュウ』はこの場を離れた。

ちなみにアッシュ提督以下他の艦船は既にこの場からは見えない。

さっさと逃げ出していた。

◇◇◇◇

航宙フリゲート艦『アッケシ』の艦長であるダスティー少佐は、ポットー戦隊長のとんでもない命令をたった今通信兵から受け取った。

『こいつら何を言っているんだ』

独り言をつぶやきながら艦長のダスティー少佐は考えていた。

『これでは俺たちに死んで来いと言っているのと同じだぞ。くそ〜、ポットーの奴め、まだ俺のことを恨んでいるらしい。でも俺はそう簡単に死にはしないぞ』

『しかし、どうするか。この絶望的な場面で部下を守るために直ぐにでもこの場から逃げ出すのも選択肢には入るが、それだと明らかに命令違反だ』

この時ポットー戦隊長よりもダスティー艦長の方が冷静だった。

しかし、もともとの軍人としての資質の問題もあり、まっとうな思考はできない。

自分がいかに被害無くこの場から逃げ出すかという方向に思考が及ぶ。

先に部下を守るといったが、当然彼にはそんな殊勝な気持ちは無い。

部下がいなければ自艦も動かせず、自分を守る連中もいなくなるのは困るという思いからだ。

なので、自分さえ守られればどれだけ部下が死のうが全く気にもしない。

そんな彼だからすぐに思いつく作戦があった。

『あれか、生贄を出せばいいか』

それなら、邪魔なメーリカたちが最適だ。

それに、どうせ軍から押し付けられたお荷物も一緒に処理できるし、これ以上に無い名案だと、すぐに艦内電話を取って彼らに命じた。

『死んで来い』と。

◇◇◇◇

一方、海賊の方でもある程度このような事態を予想しており、カーポネも方針を変えた。

「おやじ、やはり出てきましたぜ」

「軍か」

「いや、ありゃ～コーストガードだ。しかし、巡回のような雑魚じゃない」

「なんだ。どれくらいの規模だ」

「機動艦隊だね。機動艦隊が一つに、ちょっと待ってくれ。それに巡回の奴が二つもある。連中かなり頑張ったな」

「そうか、俺らよりも数が多いな。レーザー砲を使えればまだどうにかできるが……逃げるか」

「そうですね、おやじの言った通り罠でしたしね。そうと決まればすぐに逃げますか」

「兄さん、ちょっと待ってくれ。発見されたんだぞ。このまま逃げたって後ろを取られるぞ」

「ああ、そうだな。あの遅いのもいることだし、どうしましょう」

「ああ、そうだな。あいつもそろそろ限界だし、置いて逃げるか」

「ちょっともったいないがしょうがない、それしかないですかね」

「それなら、あいつを囮にして少しでもあいつらにダメージを与えるか」

「あいつをコーストガードに無人で突っ込ませますか」

「作戦は現場に任すが、あいつだけなら逃げきれまい。『ブッチャー』を付けるか。あいつを囮にして、『ブッチャー』で拾って逃げさせろ。そうすればそうやすやすと後ろは取られないだろう」

「へい、判りやした。すぐに。おい、お前らおやじさんの話は聞いたな。すぐに掛かれ」

「「「へい」」」

カーポネは大海賊と言われる菱山一家の四天王と言われるだけある。

有事の際の判断力はポンコツぞろいのコーストガード上層部の連中とは全く違う。

違うが期せずして今回ばかりは離脱という同じ判断をしていた。

尤もその判断に至る思考は全く違うが、偶然とは恐ろしい。

しかし、そのおかげで海賊との大規模戦闘は避けられ、また、勝手に囮とした輸送船は無事だった。

◇◇◇◇

そんな海賊とコーストガードの駆け引きがあった時に、俺たち第二臨検小隊は後部格納庫で待機中だった。

「今回は出番がないそうだ」

「出番が無いのは楽でいいが、うちらに何をさせるつもりだ、上の連中は」

「ああ、第三巡回戦隊は付近の警戒だとさ。実際の作戦行動は第三機動艦隊が行い、取りこぼしを第二巡回戦隊が始末するそうだ。で、うちらは出番なしという訳さ」

「それなら私は楽でいいけど、隊長は何か思うところあるんじゃゃ無いの」

「まあ、無いと言ったらウソになるけどな。上の命令に逆らえるほど俺は偉くは無いし、ここは素直に従うさ」

『ビビ～、ビビ～』

「艦内電話だ。スピーカーに繋げろ」

「はい」

『艦長より第二臨検小隊に対して発令』

俺たちが待機しているところに艦長からいきなりの艦内電話が入った。

艦長からと電話では言っていたけど、明らかに艦長の声ではないが、なんだろう。

『内火艇で敵艦艇に乗り込み、海賊を制圧しろ』

「こちら、ブルース少尉。命令を了解しました。直ちに内火艇にて敵艦に対して乗り込みます」

『幸運を祈る』

それで艦内電話は切れた。

いきなり艦長からの命令が入ったが、スピーカーに繋がれていたので、周りにはすぐに命令が伝わり、格納庫はざわめきだした。

「隊長、どういうことだ」

「隊長、さっき聞いた話と違うけど」

「まあ落ち着け。艦長より命令が下されたんだ。逆らえないよ。すぐに出発だ」

ざわめいている部下たちには悪いが、俺にとっては待ちに待った出撃だ。

海賊相手に戦えるのがうれしく思えてしょうがない。

この時の俺は、まだ部下たちも一緒に犠牲になるかもしれないという危険を全く気にしておらずに、ただ単に喜んでいた。

後でどんな目に遭うとも知らないで。

ざわめいていた部下たちもメーリカ姉さんの一言ですぐに落ち着き、それぞれの仕事にかかっていく。

マリアは俺よりも先に内火艇の操縦席にいた。

そのマリアが俺に声を掛けてきた。

「隊長、艦橋より座標を受信しました。コース設定はすぐに終わります」

「そういう事だ、出発するぞ」

メーリカ姉さんも部下たちに向かって言葉をかけている。

「上の都合で良いように使いつぶされるのは本意じゃないが、今隊長の言った通り発令されたのならしょうがない。すぐに行くよ」

「「「はい、姉さん」」」

全員が乗り込んだのを確認後、内火艇を発進させた。

いよいよ夢は現実に

一方、海賊の方はというと、現場宙域には生贄としての老朽駆逐艦とその駆逐艦から仲間を連れ帰るために残された航宙フリゲート艦『ブッチャー』が残った。

今、この戦闘可能な宙域内にある艦船はコーストガードが『アッケシ』のみで、かろうじて状況を監視できるぎりぎりの位置に同じ第三巡回戦隊の旗艦『マシュウ』がある。

また、敵である海賊としては老朽駆逐艦『ハウンドドッグ』と、宇宙軍で使用中の最新の艦船と同世代でコーストガードのどの艦船と比べても遥かに新しく高性能な航宙フリゲート艦『ブッチャー』の二隻が残った。

残りは、コーストガードも海賊もさっさとこの宙域を離脱している。

海賊側のフリゲート艦『ブッチャー』内では状況を見て、悩んでいる。

「船長、どうしやす。おやじの言うようにはいきませんね」

「ああ、連中も逃げ出すとは予想外だな。これなら俺らもここを離れても問題ないか」

「船長、ちょっと待ってくだせい」

「なんだ」

「あの連中、こっちに乗り込んでくる気ですぜ。内火艇が一隻向かって来やす」

「連中にこっちの意図が見抜かれたか。やむをえまい。おやじの計画から外れるが、乗り込んでくるならこっちは迎え撃つまでだ」

「どっちに乗り込んでくるかまだわかりませんぜ」

「なに簡単だ。この船がここを離れれば、連中はあの駆逐艦しか乗り込めまい。そうと決まればあっちに乗り移るぞ。お前らはここから離れて見ていろ」

「へい、ご武運を」

「なあにあのちっぽけな内火艇一隻だ。向こうと合わせればこっちには百人いるだろう。数的にもうちらの方が断然有利だ。いざとなったら船ごと壊してもいいからな。久しぶりに大暴れできるぞ」

「そうですね。惜しむらくはうちらの船だという事ですか。できればうちらが乗り込んで暴れれば良かったんですけどね。まあ、俺は暴れられれば満足ですがね」

「俺もそうだ。それ行くぞ」

◇◇◇◇

「隊長、海賊の連中ですが、航宙駆逐艦を残して去っていきます。どうしますか」

「どうするも何もないよ。こっちは初めからあの航宙駆逐艦が目標だろう。俺らは命令通り乗り込むだけだ」

マリアは上手に内火艇を操り、老朽著しい航宙駆逐艦に近づいていった。

「マリア、判っているね。セオリー通り後部ハッチ付近につけなよ。最初の占拠目標は後部格納庫だからね」

コーストガードの臨検にもセオリーがあるらしい。

俺は学校では何も習っていなかったので、素直にメーリカ姉さんの指示に従った。

一応責任は俺にあるが、やはり経験の差は拭い切れない。

何か問題があった場合のみ俺が処罰を負う覚悟をすれば良いだけだ。

尤もこの調子なら、俺の希望通りに事が進みそうだ。

チャンスを逃さないようにせねば。


………


そう言えば昔誰かにも同じことを言われたな。

……あ、思い出した。

俺がふられた時にテッちゃんに言われたセリフにあったな。

殉職する前にその原因となった話を思い出したか。

これは縁起が良いのか悪いのか。

俺が妄想に駆られているとメーリカ姉さんから声がかかった。

「隊長、目標に接舷します。大きく揺れますのでショックに気を付けてください」

「お、おう。報告ありがとう」

その後すぐに、やや強めなショックが船全体を襲う。

『ゴゴン』

「接舷」

「ハッチオープン。全員下船」

メーリカ姉さんの声が響き渡る。

彼女もかなり緊張している様子が伝わる声だった。

しかし、全く緊張感の無い人もいるから不思議だ。

「私の分隊のみんな〜〜。忘れずに『ひまわり三号』を持った〜〜。予備の弾も忘れずにね」

「そ、そうだね。ここなら使えるわね。マリア、今回はあなた方に十分働いてもらうわよ。ケイトは分隊を連れて付近の警戒」

「姉さん。突入口発見。エアロックを開きます」

「ドミニク。ラーニの背後を警戒。ケイトはそのまま突入班を連れて突入」

「「ハイ」」

「隊長、安全確保」

「分かった。俺らも向かおう」

エアロックを開いた直後から一斉に艦内の空気が宇宙空間に流れ出ているので、細かなごみなども飛んでくる。

そんな中を俺たちは警戒を続けながら進む。

まさか無人な訳がないので、いずれどこかで海賊に鉢合わせするのだが、できれば自分たちの有利な場所で海賊連中を見つけたいものだ。

「ストップ！」

先頭を歩いているケイトから声がかかる。

俺は急いで確認のためにケイトの横に行く。

俺を見たケイトが説明するように話しかけてくる。

「この向こうが格納庫ですが、居ますね。それもかなりの数が」

「どれくらいとみるかね」

「まず五十人は居ますね。いやそれ以上か」

「ここでいつまでも留まる訳にはいかないよ。少なくとも人数だけでも確認しないと、仕事をしていないと言われるぞ」

俺の後からついてきたメーリカ姉さんが言い放つ。

ケイトとラーニが格納庫入り口付近を警戒する。

「入り口付近に敵確認できず」

それを聞いて、俺とメーリカ姉さんが格納庫に警戒しながら入っていく。

その直後に海賊を発見。

やはり待ち伏せされていた。

俺は現状置かれている状況を静かに分析する。

目の前二十メートル先の海賊たちは優に百人はいる。

まさに絶体絶命という奴だ。

もう、俺は心の中で狂喜乱舞している。

これぞ正に俺の望んだ瞬間だ。

俺は直ぐに声を上げる。

「逃げろ！　俺にかまわず、ここは任せて先に行け！」

俺は待ちに待った瞬間に思わず叫んでいた。

「ここは俺が支える。お前たちだけでも生きて帰れ。これは俺の命令だ。さあ、行け！」

俺はすぐに部下たちにこの場を離れるように命じた。

俺の中の相当に拗らせた『中二病』が俺に囁く。

『フ、決まったな。まさに最高の瞬間だ。これぞまさにヒーローだ。命を張って部下を守る。これぞ男として生まれたものにとって最高の死にざまだな。フフフ……』

俺はすぐに部下たちにこの場を離れるように命じた。

先のセリフは一年も前から考えていたセリフ集の中の一つだ。

現状では待ち望んだ最高のシチュエーションだ。

止めて、落ちる

今まさに、長らく拗らせた思いが実現する瞬間だ。

俺がほんの一瞬だが妄想に駆られている時に、俺の後ろでメーリカ姉さんとマリアが話し込んでいる。

「マリア、行けそうか」

「大丈夫です。こんな時のために作った『ひまわり三号』を信じてください」

「ああ、正直少しは不安が残るが行くか。一応念のために前に作ってもらった爆薬も準備しておくぞ」

「え～、信じてくださいよ。でもいいです。念のためは大事ですよね」

二人はそんな会話をした後、事態が進行していく。

しかし、その後の事態は俺の望んだものとは全く違う展開に進んで行くのだ。

先ほど出した俺の命令を部下たちは全く聞いていない。

そう俺の命令はあっさりと無視された。

唯一俺の命令を聞いていたメーリカ姉さんが一言。

「そんな訳行くかよ」

え？

俺って、少尉だよ。

彼女の上官だ。

何、その一言。

いくら俺がヘタレとは言え、今の対応って組織人としてどうなの。

そんなの有り？

俺が彼女に言い返そうとしていると、メーリカ姉さんはすぐに別の命令を発していた。

「マリア、出番だよ」

「はい、メーリカ姉さん」

呼ばれたのはマリア。

しかし、どこからどう見ても、彼女も彼女の率いる分隊員全員も、およそ荒事に向きそうにない女性たちばかり、しかも人数も海賊より格段に少なく十五人しかいない。

俺の最高の瞬間が、部下を守って殉職するといった俺の夢のかかった瞬間が、どこかに行ってしまう。

現実は、なかなか理想通りにはいかない。

しかも、最悪の方向に進んで行く。

俺には彼女たちが戦いにもならずに海賊たちに簡単にあしらわれて、その後は女性ならではの被害、そう海賊たちに凌辱されて殺されていく未来しか見えない。

相手はあの有名な海賊団の『菱山一家』だ。

しかも、その菱山一家の四天王だぞ。

彼女たちが逆立ちしたって敵う相手ではない。

「そ、そんな事許すか！」

俺が辛うじてメーリカ姉さんの命令を取り消そうとしたら後ろから後頭部をどつかれた。

『ゴン！』

なに？

「隊長、邪魔」

メーリカ姉さんの副官役でマリアと同じようにもう一つの分隊を預かる分隊長のケイトが俺の事を後ろからどつき、首根っこをつかまえてマリアたちの後ろまで下げてきた。

え？　え？

俺って隊長だよね、学校を卒業したばかりとは言え、士官だよ、君たちの隊長。

それなのに、この扱いって何？

酷くない？

しかもだよ、『邪魔』ってなんだよ。

仮にも隊長に向かって邪魔とは。

俺は思いっきり抗議したかったが、首根っこを掴まれ、しかも引きずられているので声も出せない。

俺の心配をよそに、海賊たちはこの後の乱暴を楽しみにして舌なめずりをするようにいやらしい笑いを浮かべている。

海賊たちは俺らを発見した時のあまりの意外な展開に喜んでいる。

「兄～、これはおいしそうですね」

「ああ、この後の楽しみが増えたな」

「でもあっしは、もう少し歯ごたえのある者たちと戦いたかったですよ」

「それじゃ。お前は楽しまないのか」

「そんなことは言っていないですぜ。それよりも、もういいですか。我慢できませんぜ」

「ああ、向こうからご馳走を持ってきてくれたんだ。やってしまえ」

そう言うと、一斉に海賊たちはマリアたちにバトルアックスを振り上げながら襲い掛かった。

その様子を見た俺は、震えた。

やはり死ぬのは怖い。

死ぬのは怖いが、それ以上に俺の判断ミスで彼女たちが乱暴されるのはもっと怖い。

前に酷い目に遭い、死を望んだが、今の俺は死を恐れてカラダが震えている。

しかし、マリアたちは平気な顔をして俺の前に立ちはだかり手にしている『ひまわり三号』と言われている物を海賊たちに向けた。

「やってしまいな、マリア」

「はい、メーリカ姉さん。みんないいかな。それじゃ構えて、撃て〜〜〜」

マリアのかわいらしい声と同時に分隊全員の手にしたものが一斉に火を噴く。

轟音……が聞こえるはずは無く、真空なので音は聞こえないが轟音を発したように見え、それと同時に目の前までに迫ってきている海賊たちが倒れていく。

マリアたちは次々に手にしたものから火を噴かせ、海賊たちを倒していく。

今戦っているのはマリアたちの分隊だけ十五名だ。

残りの分隊はただそれを見ているだけ、いや、マリアたちを応援している。

次々に倒されていく海賊を見て、応援のボルテージが上がっていく。

その場で跳びはねたり、大声を出して手を叩いたりと、興奮していく。

海賊たちは半数が倒された頃になってやっと自身らの不利を認め逃げだしていくが、それでもマリアたちは容赦なく海賊たちを後ろからどんどん倒していく。

最後の海賊を倒すともうケイトが率いる分隊たちの興奮は最高潮だ。

唯一この流れに乗りきれていないケイトを除いてだが。

そのケイトだが、俺が前に出てマリアたちの邪魔をしないようにずっと俺の首根っこをつかまえているので、跳びはねたり手を叩いたりできないでいた。

それでも、どんどん倒されていく海賊たちを見て興奮している。

最後には俺の首を掴んでいる手に力が入る。

え？

ちょっと待て！

パワースーツを着込んで首を押さえている手に力を入れるって、ちょっとまずいよ。

え？

よせ、それ以上俺を握っている手に力を入れると、あ、やばい。

く、く、苦しい。

し、死ぬって、止めて、やばい、これ以上はダメ！

やめて〜〜。
ほら、落ちるって、落ちるから止めて。
俺がいくら心の中で叫ぼうがケイトは全く気付いていない。
ほら〜、落ちた。

第二章　船をもろうた。

ここはどこ、私は誰

ここはどこなんだろうか。

どうやら寝かされていたらしい。

少しずつ意識が戻り、目を開けた。

見たことのない部屋に寝かされていた。

あ、ここで言うのだな。

「見たことのない天井だな」

キァ！　言ってしまった！

このセリフ一度は言ってみたいセリフだったんだ。

思い起こせばあれほど悩んでいたことが、こんな身近にヒントがあったなんて。

そう思い、かなりの量を読みふけったファンタジーノベル。

その中から決めゼリフを色々ともらったが、まさかこのセリフまで言える日がこようとは思わなかった。

俺は、部下をかばって殉職するつもりだったんで、生き残ることで言えるセリフは全てあのセリフ集には入れてなかったけど、やはり定番なので覚えていた。

こんなセリフもファンタジーノベルに沢山あって、俺自身いつかは言ってみたいセリフとしてあこがれていた。

ま、まさか言えるなんて、このセリフが言える日が来るなんて思いもしなかった。

……

しかし、本当にここはどこなんだろう。

真っ白な部屋じゃないから神様の前じゃなさそうだ。

となるといきなり転生か。

す、するともう一つのセリフが言えちゃう、ここで言っちゃうか。

よ~し、今度は十分に気持ちを込めて言うぞ。

「ここはどこ、私は誰？」

言っちゃった、言っちゃった。

もう思い残すことはない。

◇◇◇◇

ここまでくるともはや手遅れ、かなり進行した中二病だ。

孤児院で育ったせいで、幼い頃には流行っていたであろうファンタジーノベルには縁がなかったために免疫のない状態で、士官学校に通うようになって初めて接した中二病の世界。

その年になるまで免疫が無かったので強烈に中二病に罹患してしまった。

おたふく風邪やはしかと同じようにこういうものは幼少時に罹らないまま大人に成って罹るととんでもなくなる。

今のナオはまさにこの状態だ。

今彼は、自分が何故軍の士官になったかも忘れて、幸福に浸っている。

それでも一通りのセリフを堪能したのか、少しずつまともに戻っていく。

ナオは今ベッドで、自分の体の確認を始めた。

◇◇◇◇

手足も動かすことができる。

どうやら体は何ともないようだ。

自分の体の状況を一通り確認すると、起き上がった。

起き上がり、部屋を見渡す。

船の中のようだが、少なくとも自分に与えられた士官用個室じゃない。

それよりもかなり良い造りだ。

いったいどこだ。

「だ、だいぢょう《隊長》～～～」

え？

なに？

何やら白い物体が俺に飛び込んでくる。

飛び込んできた謎の物体は泣きながら俺に抱きついてきた。

今の俺は着ていたパワースーツを脱がされて寝かせられていたので、軍支給のアンダーウエアのみの格好だ。

そんな俺に対してパワースーツを着込んだ相手が俺をめがけて飛んでくる。

これは、ちょっとまずい。

確実に死亡案件だ。

俺は、謎の物体に飛び込まれたと同時に絞殺された。

いや、訂正、正確には今まさに絞殺されそうになっている。

誰か助けて〜〜。

次の瞬間に、部屋の扉が開き、謎の物体と同じようにパワースーツを着た二人の兵士が、今まさに俺を絞め殺そうとしている謎の物体を引きはがす。

あ、ケイト。

お前、また俺を殺そうとしたな。

どういう了見だ。

「どうにか間に合いましたね、隊長」

パワースーツを着た兵士が暴れていたケイトを床に押さえつけながら俺に話しかけてきた。

押さえつけられているケイトは泣きながら何か言っていた。

「だいぢょう〜〜、いぎでいだのね〜」

俺はケイトを無視してホッとする……間もなく、メーリカ姉さんが部屋の中に走りこんできた。

どうやら部屋の異変を聞きつけ助けに来たようだ。

中に入り、部屋の様子を見た彼女は一瞬で状況を悟った。

「このおバカ。バカケイト。隊長をまた殺したのね」

いや、メーリカ姉さん、俺はまだ死んではいない。

「何度、隊長を殺せば気が済むのよ。さっき殺したのをもう忘れたの、このおバカが」

だからメーリカ姉さん、俺まだ一度も死んでないよ。

「二度目なのよ、二度目。あなたが隊長を殺したのは。いい加減にしなさい」

だから俺は一度も死んでないって。

よっぽどメーリカ姉さんは俺を殺したいらしい。

ひょっとして、あんたが黒幕か。

まだ、メーリカ姉さんはケイトのお叱りを止めていない。

俺は、いい加減この漫才に飽きたので、ひとまずメーリカ姉さんを止める。

「メーリカ准尉。ケイトのことはもういいから。さすがに、ケイトもこれ以上俺を殺そうとはしないだろう。そうだろう、ケイト」

「はい、二度としません、グスン。それよりも、良くご無事で」

お前が言うか。

「私は、心配で心配で……グスン」

ケイトはまだ泣いている。

「ああ、分かったから、もう良いよ。少なくとも俺は無事だ」

さっきまではだが。

ケイトのタックルで、あばら骨が数本ヒビでも入っていなければいいが。

「それより、メーリカ准尉。状況を教えてほしい。ここはどこだ」

「ここは私たちが突入した航宙駆逐艦の艦長室です。いま、この艦の制圧を行っております」

「制圧中だと。まだほかに海賊がいるのか」

「分かりません。すぐに艦橋を制圧できましたので、センサーで確認したところでは倒した海賊以外にはおりませんでした。今、ラーニに二人ほどつけて各ブロックを確認させております。まずは制圧できたかと。確認がまだですが」

「そうか、倒した海賊はどうなった」

「はい、総勢で百三名おりましたが、六十五名の死亡を確認しております。残り三十八名につきましては、パワースーツを脱がせて、保管庫に突っ込んであります。ほとんど怪我をしておりましたから、この船の備品から応急セットだけを一緒に放り込んでおきました。怪我が元で死なれて、あとで本部から責任をどうとか言われたくはありませんでしたからね」

「ああ、ありがとう。それで構わない。ところで、死亡したのは外にでも捨てたかな」

「いえ、一応証拠品ですので、冷凍保管庫にこれもスーツを脱がせて放り込んでおきました。その作業が先ほど終わったばかりでして、船内の確認まで手が回らずに、ラーニだけに任せているので、船内の確認作業が終わっておりません」

「そうか、それより、俺が倒れてからどれくらいの時間が経ったんだ」

「そうですね、一時間は経っていませんね。四、五十分と言ったところですか」

え、四、五十分でここまで仕事するなんて早すぎませんか。

実はあまりに優秀なもんで嫉妬から要らない子にされたとか。

でも、すごいな。

俺ってこの職場に要らなくない？

完全に俺はお飾りだね。

俺も嫉妬しそうだ。

俺が落ち込むよりも早くに叫び声が聞こえた。

「メーリカ姉さん、大変、大変だよ」

奥にある艦橋でマリアが騒ぎ出した。

「くそ〜、どこでも騒ぎばかりおこして。マリア〜、今度はお前が何をしたんだ」

と言いながらメーリカは今入ってきたドアから艦橋に戻っていった。

「何があったんだろう。俺も行こう」

先ほどまでみんなから押さえつけられ、かなり落ち込んでいたケイトが心配そうに聞いてきた。

「隊長、大丈夫？」

おまえが突っ込んで来なけりゃ～な。

「ああ、大丈夫だ。それより艦橋が心配だ」

そう言うと俺は寝かされていたベッドから起きだした。

あらいやだ、服を脱がされていたわ。

俺は着ていたパワースーツを脱がされて、寝かされていたのだ。

きわどい下着姿ではないが、まあこれも軍に支給された下着のようなパワースーツの下に着る服だけだった。

「悪いが俺のパワースーツを取ってくれないか」

「あ、隊長。隊長のパワースーツは壊れています」

「へ？」

「首のところに亀裂が入っておりました」

それはあんたらがやったんだろう。

「使えないのか」

「宇宙などの真空では無理ですね」

「分かった、でも下半身部分は使えるだろう」

コーストガードのパワースーツは上下セパレートになっており、下半身部分はブーツと繋がっている。

靴が無い以上、下半身だけでもパワースーツを着用しないといけない。

「それなら大丈夫です。これをどうぞ」

俺はうら若き女性の前でズボンを穿くという羞恥プレイを楽しみながら……いや楽しんではいないぞ。

ズボンを穿いてすぐにケイトと一緒に艦橋に向かった。

新たに海賊がって、これってピンチじゃね～

「マリア、何があったのか？」

「あ、隊長、良くご無事で」

「ああ、ありがとう、それよりも何がそんなに大変なのだ」

「あ、そうでした。これ見てください。この船の外部監視用赤外線感知望遠モニターの映像ですが、航宙フリゲート艦クラスの船がこちらに向かって来ます。時折艦橋付近から光がちらつきますが、そのままこちらに警戒しながらゆっくりと近づいてきております」

「敵か」

「はい、メーリカ姉さん。私たちがこちらに乗り込む前にいた船が逃げた方向からこちらに向かってきますし、敵で間違いないかと思います」

「はは～ん、読めたぞ」

「え？　隊長は何かわかったのですか」

「ああ、あいつらのやりたかったことがだ」

「隊長、もったいぶらないで教えてくださいよ」

マリアが俺に聞いてくる。

「この船に乗り込むときにあいつらこの船を残して、もう一艘離れて行っただろう。その時に、話したかとは思うが、この船で待ち伏せするためだと」

「ああ、それは聞いたかも」

「それでは、俺らが来る前に何故あいつらはこの船ともう一艘だけ残していなくなったか考えたことあるか」

「そんなの分かるかよ」

「これは俺の憶測だが、コーストガードの艦隊を見て、海賊たちは状況不利と判断したんだろうな。でないと逃げたりしないから」

「それは分かるかも」

「その際、より安全に逃げるために何かしらの事をしたかったんだろう」

「何かとは何だよ」

「この足の遅い船を連れては逃げられないと判断されたんだろうな。だとしたらこいつを置いて逃げればいいが、それだと、これをただで俺らに渡すことになる。端末などに情報が残っていないとも限らない。そうなると安全を考えるのなら、こいつの爆破だが、それもちょっともったいない。俺なら同じ爆破をするなら、敵の艦隊の中でするな。できれば敵の旗艦を巻き込めればより良い」

「それなら分かる。流石に私ではそこまで思いつかないけど、いくつかの案を出されてどれかを選べと言われれば私でも同じ方を選ぶ」

「ああ、そこで問題が発生した」

「問題、なんだいそりゃ～？」

「コーストガードの艦隊も逃げた」

「「「あ！」」」

「もうわかっただろう」

「この船を俺らの艦隊にぶつけるつもりだったというのは分かった。分かったけど、うちらも逃げただろう。なら、海賊たちも逃げればよかったのに」

「ああ、俺もそう思うよ。でも俺らが艦長より命じられただろう。これに乗り込めと。うちの内火艇が見えた段階で、逃げるのをやめたんじゃないかな。後で捕まえた海賊たちに聞いてみれば良いけど、簡単に俺らを相手できると待ち伏せしたんだろうな」

「隊長、隊長。それより今近づいてくるのはどうします。ていうか、何であれがこっちに来るのかが分からないよ」

「え？　マリア、今までの説明聞いていた？　だから、俺らを待ち伏せするのに、海賊たちがこっちに乗り込んできただろう。そうでないとこの船に戦闘員だけで非戦闘員がいないことが説明できないだろう。なので、今近づいてくるのは、俺らを片付けた後の仲間を回収する為だろう」

「え、それじゃあ、どうしましょう。また海賊と戦うことになりませんか。ピンチかも」

「そうだな。マリアに聞きたいんだが、さっき使ったひまわり何とかって奴、まだ使えるか」

「ひまわり何とかじゃないもん。『ひまわり三号』だよ」

「分かったから、そのひまわりだっけ、まだ使えるか」

「だから『ひまわり三号』だって。隊長分かった？」

「分かったから使えるのか」

「使えるけど、残りの弾は少ないよ」

「どれくらい使えそうか」

「そうですね。当然百人相手では無理。せいぜい二十人てとこかな。上手に使って弾を節約しても、あんまり変わらないと思うよ。三十人までは無理かな」

「あの船が三十人という訳は無いよな」

ただ船を動かすだけならリモート操作もあるので十数人いれば何とかなるが、作戦行動を必要とした場合には絶対に最低人員というのがある。

どう考えても航宙フリゲート艦なら五十人は要るだろう。

これはあくまでの最低限、付近の探査や警戒などをしながら航行するのに必要な人員で、戦闘もとなると百人以上いや百五十人以上いなければできない相談だ。

そこでなのだろう、マリアが叫んでいたのは。

「絶対に無理だよ。船を動かすだけでも五十人は要るよ、多分。あ、それじゃあ、私たちってどうなるの」

「絶対に不利じゃん」

「もしかして絶望的かも」

「「隊長！」」

みんな心配そうに俺を見る。

「うちらも、海賊さんの計画を真似るか」

「どういうことなの」

「まあいいから。ところでマリア、この船を動かせるか」

「はい、大丈夫だよ」

「なら、直ぐに作戦開始だ。この船をあの船にぶつける。ぶつけて、あの船を動かなくすれば、うちの内火艇でも逃げられる。多分大丈夫だよ。ぶつけることができれば、生きて帰れるよ」

「隊長、分かったよ。マリア、今の話聞いたな」

「はいメーリカ姉さん」

「進路、目標に設定、速度、壊れない限りで最大船速」

「何を言ってるんだか」

「え、でもこの船ではせいぜい一宇宙速度も出せれば御の字。下手すりゃ途中で壊れそうだよ。ほとんど整備らしいことされていないみたいだし。むしろよくここまで連れて来れたと感心してるから」

「なら。微速前進」

艦橋でマリアやメーリカが見守る中で俺は船ごと海賊の船にぶつけることを決めた。

直ぐにマリアに命令して船を海賊船に向け発進した。

どんどん近づく二艘の軍艦。

「マリア、この船シールドは使えそうか」

「多分、使えるかと思うけど、こんな場所じゃ意味無いよ。うちもだけど相手もレーザー兵器の類は使えないから」

「ああ、分かっているよ。俺が聞いているのは物理的な衝撃に対するシールドだ。これくらい古い軍艦なら何かしらあるだろう。光子ミサイルなどを防ぐ目的の奴」

「あ、そうだね、『アッケシ』にもあったよね」

「電磁シールドがある筈だ。それなら物理攻撃に対処できると聞いたことがある」

「でも師匠が言うには大した効果は期待できないと聞いたことあるよ。無いよりはましくらいに考えておけとも聞いたけど」

「ああ、それでいい。それ使えるか」

「ちょっと待って、これだね。そんなに効果は期待できないけど使えそうです」

「なら、それを艦首だけできるだけ強力に張ってくれ。それだけでもぶつけた時の効果が違う」

「分かりました」

マリアは制御装置の前で操作していく。

海賊船が近づいてくると、先ほど発見した艦橋付近の光のちらつきが激しくなる。

大きさは明らかに相手の方が大きい。

当然まともにぶつかれば被害はこちらの方が大きいだろう。

なので、ぶつける前には彼女たちを内火艇で逃がさないといけない。

「そろそろ逃げる準備でもしようか。艦橋には俺一人いればいいから、みんなは内火艇に乗ってこの船から離れてくれ。ぶつける瞬間に俺も逃げ出すから、後で拾ってくれればいいよ」

「そんな訳行くか。第一隊長のパワースーツは壊れているだろう。宇宙空間に行けないだろうよ。私とマリアが残るよ」

「さすがに部下を残して危険な目に遭わす訳にはいかない。俺は許可できない」

俺とメーリカが言い合いを始めた。

そんなのお構いなくマリアが叫ぶ。

「隊長、あれなんだと思う」

マリアの指さす方向を見ると、先に海賊船を発見した監視用のモニターだ。

そのモニターに映る海賊船の艦橋付近からしきりに点滅する光が見える。

「ああ、あれな、多分だけど、信号だと思うよ。あらかじめ決められた符丁を送っているんだろう」

「どうしよう、こっちが敵だと分かっちゃうよ」

「ああ、もうバレているんだろうな。あ、こっちの意図も察したようだな」

エンジンが壊れた

しきりに味方に合図を送るが一向に返事が無い船が、こちらに向かって来る。

海賊船の艦橋に居た連中はさぞ不安になっているだろう。

その海賊たちが乗る航宙フリゲート艦『ブッチャー』ではこのような事態を迎えて大騒ぎだ。

「兄～、どう思いやす」

「確かにおかしいな」

「まさか失敗したんじゃないでしょうか」

「バカ言え。あの内火艇では四十も入れれば良い方だぞ。駆逐艦には百は居たんだ。それもあのやわなコーストガードが相手で、数で勝っているのにあいつらが負ける訳ないだろう。なにより艦長の兄貴が直接指揮をとっているんだぞ。どう考えても負ける要素が無いだろう」

「それじゃあ、今向かってくる船は艦長が操縦していると」

「いや、それもおかしいな。艦長なら、約束通りに合図を送り返してくるはずだ。仮に、仮にだぞ、兄貴が合図を送れない状態でも他の誰かが送ってくるはずだ。なにせいつも使っている合図だし、誰も間違えるはずは無い」

「それじゃあ、あれをどう考えやす。あの船には合図を送れるものが無いとか」

「それこそないぞ。全員のパワースーツに持たせてあるだろう。誰のでもいいからそれを使えば済むことだ」

「艦橋には誰もいないとか」

「そんな馬鹿な、それこそ幽霊船だ。アハハハ」

「幽霊船ね……兄～、あの船、一直線にこっちに向かって来やす」

「当たり前だろう、合流するんだから」

「ち、違う。この船にぶつける進路だ」

「「「え？」」」

艦橋にいる海賊たちは一瞬言葉を呑んだ。

次の瞬間、叫んだ奴の言葉を理解した。

それもそうだ、最初にカーポネのおやじに命じられた作戦と同じなのだ。

「て、敵襲～～！」

「兄～、どうしやす！」

「回頭、全速。衝突を避け、逃げるぞ。とにかく急げ～～！」

「進路反転、全速前進」

海賊たちは慌てたのだろう。

船の速度操作を担当している者は直ぐに命じられたようにエンジン出力レバーをレッドゾーンに操作する。

操縦桿を扱う者は、速度の変更よりも遅れて回頭作業に入る。

順番が逆ならまだ影響は少なかっただろうが、この手順だと最悪の結果を招く。

船が大きく進路を変えるときに外側に向かう慣性力（この場合遠心力と言った方が分かりやすい）は船の速度が上がればより大きく発生する。

始めに回頭による慣性力を感じれば、船の中に居る者たちは、回頭作業に入ったことを察し、それなりに態勢を整えるものだ。

艦橋に居る連中はどのような力が加わるかが予め指示が出ているので、直ぐに回頭すると分かっている分だけまだましなのだが、それでもかなりの数の海賊たちは床にたたきつけられた。

他の部署に居る連中はいきなりの慣性力に耐え得る筈がない。

ほとんど全員がその場で投げ出され、床にたたきつけられている。

また、エンジンもほとんど最小出力運転に近い状態からいきなり出力最大以上にされている。

普通戦闘時には出力を百二十パーセントくらいまでは出すことはあるが、それこそ緊急事態でもなければ百四十パーセントもの出力は出さない。

普段絶対に出さないエンジン出力を、エンジンが暴走する寸前くらいまで出した。

急に加わる慣性力と、完全に過負荷となる出力の放出。

こんな条件が加われば大抵の機械は壊れる。

その大抵の機械にこの船のエンジンも含まれたのだ。

ものすごい音とともに艦橋にあるモニターに一斉にアラートが表示し始める。

「な、何が起こった！」

倒れた体を起こしながら兄～と言われたこの場の責任者が辛うじて声を上げた。

「兄～、大変ですぜ。エンジンが壊れた。この船が動かない」

「そ、そんな訳……」

その言葉を発したが、目にするモニターは一斉に真っ赤になり、船の加速が止まる。

それと同時に、人工重力も徐々に弱くなる。

重力を発生させる装置にも不具合が発生したようだ。

あちこちから不具合が発生する警告が入って来る。

「兄～、生命維持装置も緊急バッテリーに切り替わった」

「どれくらい持つのかわかるか？」

「そ、そんなの知らないよ。これ奪った時の乗員をその場で全員殺したじゃん。誰もそんな細かいこと聞いていないよ！」

「やむを得ないな。総員退艦～！」

海賊船内では艦橋からの緊急放送で、総員退艦を知らされた。

カタログ上ではこの船の乗員は二百名弱であったが、海賊とてそうそう人を集められないので、当然乗り込んでいる海賊はカタログに記載されている乗員より少ない。

その上、コーストガードへの攻撃のために七十名がこの船から駆逐艦に移っていたので、現在この船には六十名前後の人数しか乗っていない。

それが幸いして、少し窮屈ではあったが、内火艇やら艦載機などに分かれて乗り込んで、脱出することができた。

艦橋に居た海賊たちも、艦橋から一番近い場所にあるカタパルトにほとんど転げながら向かう。

普通の船長のように、全員の退艦などの確認はするはずもなく、とにかく逃げ出していった。

◇◇◇◇

一方ナオたちが居る航宙駆逐艦の艦橋では、海賊船の異常が発見されていた。

海賊たちの異常に最初に気が付いたのはやはりマリアだった。

彼女は監視用モニターで海賊船を監視している。

「隊長、隊長。あの海賊たち、なんか変」

「ああそうだな、回頭中に回頭が止まったぞ」

「メーリカ姉さん。それだけじゃないよ。船からなんだか色々と飛び出してくるよ」

「こっちに乗り込んでくるのか」

「いや、反対方向へ、なんだか逃げ出しているような」

「そんな馬鹿な話があるか。あっちの方が戦力は上だぞ」

「どうします？　隊長」

「ああ、とりあえずは衝突を中止しよう。まずは様子を見たい。マリア、悪いが停船させてくれ」

「分かった。停船しま～す」

「あ、隊長、あの船どんどん離れていくよ」

「ああ、エンジンを止めても慣性で動くからな」

「隊長、どうします」

「マリア、この船で細かな操縦できるか」

「多分、できると思う」

「なら、あの船に並走させてくれ。出来れば、そうだな、十キロメートルくらい離して位置取ってくれ」

宇宙空間で十キロメートルの距離なんか無いにも等しいくらいだ。

とにかく至近距離まで近づいて様子を探ろうとしていた。

「分かった」

時間にして十分ばかり、慣性で動いている海賊船に駆逐艦を並走させた。

「動き無いね」

「どうします、隊長」

「行くしかないかな」

「それしかないでしょうね。あ、でも隊長はだめですよ」

「パワースーツ使えない隊長はこの船に残って指揮をお願いします」

「ああ、それならマリアの班はこの船に残って非常時に備える。悪いがメーリカ姉さん。姉さんがケイトの班だけ連れて行ってもらえるか。多分全員逃げ出したとは思うが、何があるか分からないから」

「私もそれしかないかと思った」

「マリアの使っていたひまわりだっけ、あれケイトの班でも使えるかな」

「大丈夫です。何度もあれで遊ばせてもらいましたから」

「それなら、マリア。君の班の使っていたやつメーリカ姉さんに渡してくれ」

「あ、隊長。今『ひまわり三号』って言えなかったからごまかした」

「良いから、渡せ」

「はい、みんな〜、隊長命令だよ。『ひまわり三号』をメーリカ姉さんに渡してね」

「「はい」」

「そうと決まれば、この船をあの船に接舷させてくれ。ゆっくりで良いから慎重にね」

「任せて、隊長」


それから三十分かけて慎重に船を接舷させた。

「メーリカ姉さん、頼むね」

「任せて、隊長」

「少しでも怪しいと思ったら、直ぐに逃げろ。最悪、この船で逃げるから。内火艇じゃないから生き残る可能性は全然違うし、絶対に無理はするな」

「分かっています。それじゃ〜、行くよ」

「「ハイ」」

艦橋のあるフロアのすぐ下の階に脱出用の入口があるので、メーリカはケイトの班を連れて航宙駆逐艦から出て行った。

鳴りやまないアラート

航宙駆逐艦の艦橋でひたすら待つだけの時間が過ぎていく。

あまりに暇なために海賊船の監視に疲れて、俺は壊れたパワースーツの代わりを探し始めた。

こういった宇宙船には必ず緊急時のための生命維持装置付きスーツが必ず準備されている。

戦闘を目的としたパワースーツではないが簡単な船外活動くらいはできるやつだ。

まあ、目的は緊急避難の際に船外に出られることを可能とするためなのだが、宇宙船船基本法で艦橋には準備が義務付けられている。

海賊が法律をまともに守るとは思えないが、それでも本来装備された奴があるかもしれないという可能性に賭けて、緊急備品の格納されている場所を探した。

艦橋内中央艦長席の下に緊急備品が保管されていた。

これは艦長を守る目的で、艦長専用の物だろう。

しかし、封印が相当古い。

封印の年代が読めないが、下手すればこの船が造られた時に収められたやつかもしれない。

だとすると半世紀近く前のものだ。

使えるのかな～。

「艦長、メーリカ姉さん、大丈夫ですよねって、あれ、何しているんですか」

「ああ、姉さんなら俺を簡単に殺せても、あの人はそう簡単には死なないよ。尤も実際に手を下したのはケイトだが」

「何を言っているんですかって、それより何か探しているのですか」

「ああ、船外活動ができるように、緊急用のスーツをな」

「避難用スーツですね。そんなところにあるのですか」

「ああ、この船は軍艦だろう。軍艦は艦長を守る仕組みが沢山施してある。この緊急備品も艦長用だ。最後まで指揮をとれるように、艦長席で事足りるように工夫されているもんだ。ほらあった。しかし、相当に古いな。これ使えるのかなって、使って大丈夫か」

マリアたちとそんなたわいもない会話で時間を潰した。

◇◇◇◇

そのころメーリカは、海賊船に接舷した右舷から乗り込んでいた。

「全員乗り込んだな」

「「「ハイ」」」

「ラーニ、悪いが半数を連れて後部格納庫から侵入。侵入後、可及的速やかに艦橋を目指せ」

「ハイ」

「途中何があるか分からない。十分に周囲を警戒せよ」

「分かりました、姉さん」

「ケイトは三人を連れて、そこのハッチから艦橋を目指せ。警戒は十分にな」

「はい、わかりましたメーリカ姉さん」

「残りは私に付いて艦橋まで外から行く。艦橋脱出用ハッチから乗り込む。とにかく全員で艦橋を目指す。艦橋の占拠が最優先だ」

「「「ハイ」」」

「では、行動開始」

メーリカの号令で一斉に散らばっていく。

隊長のナオとも意見が一致したことだが、この船には誰もいない筈だ。

もし、予想通りなら艦橋に一番乗りできるのはメーリカだが、残りもそれほど時間を空けずに艦橋までくるはずだ。

全員がそろえば、警戒も十分にできるだろうから、今起こっている不可解な現象もその理由が分かるだろう。

メーリカは無重力空間の特性を利用して、どんどん艦橋に外から宇宙遊泳などを使って向かう。

ラーニも後部ハッチに着くと、そこは既に内火艇などが出払った後なので、後部ハッチは全開だ。

しかし、内部は薄暗い。

ラーニは付近を警戒後に偵察を出した。

直ぐに偵察が戻り安全を一応確保して全員が乗り込んだ。

最初にまず安全の確保だ。

人の隠れることが可能な場所は全て確認後、初めてゆっくりと周りを見渡した。

「ラーニ、どう思う」

「確かに異常だな」

「異常ってもんじゃないよ。何このアラートの数。警告灯が全部ついているじゃん。こんなの見た事が無い」

「ああ、こうなるとマリアたちじゃないと分からないな。まあ、私は姉さんの命令を素直にこなすだけだ」

「そうだね。艦橋に行けばもう少しわかるかも」

「ああ、それじゃあ前進。艦橋に向かうぞ」

ラーニは七名の仲間を連れてどんどん奥に入っていった。

艦内はいたるところで警告のアラート表示が点滅している。

空気のあるエリアに入ると、今度は音も加わり、かなりやかましい。

これはラーニの処だけが経験したことでは無く、ケイトたちも同様で、メーリカから指示があったハッチから中に入るとすぐに空気のあるエリアになったが、同じように警告ばかりだ。

「ケイト、不安にならない？」

「十分に不安だよ。でも、隊長のために頑張るしかないよね」

「あなたはそうでしょうね。危うく隊長を殺しかけたのだからね」

「それも二度よ」

「もうそれ以上言わないで。それよりも、早く艦橋に行こう。何かわかるかも」


艦橋にいち早く突入できたのは、メーリカだ。

どこからも邪魔をされずに、艦橋の窓に辿り着けた。

窓から覗くと艦橋内は薄暗く、奥に人が残っていても見えない。

それ以上にメーリカが気にしたのは壁一面にある計器類が一斉に異常を知らせるアラートを発していることだ。

「これは変だな。まあ、いつまでもこうしていては埒があかない。そこから突入するよ」

メーリカが艦橋横にあるハッチを開けて中に入る。

続いて数人が中に入り、ハッチを閉じる。

ハッチ開閉時に艦橋内の空気が外に吐き出されたが、それも収まり、艦橋内の気圧も元に戻ると、メーリカはアラートが発する警告音が気になりだした。

「これはまいったね、話もできそうにないよ」

「姉さん、何か言ったの」

すぐ横に居たバニーがメーリカに聞いている。

本当に会話に苦労しそうだ。

そうこうしていると、ケイトが艦橋に入ってきた。

途中には誰も居なかったようだ。

本当に予想通りの時間に入って来たので、メーリカがケイトの直ぐ横に行き、耳元で会話を始めた。

「誰も居なかったようだね」

「ハイ、姉さん。途中どこも警告音ばかりで、それでも捜しましたけど、誰も居ませんでした」

「どうやら船内はどこも警告ばかりかね。これは、早くにマリアたちを連れて来ないといけないね」

「ラーニがここに着いたら呼びにやるか」

今艦橋に居る全員で手分けして、せめて音だけでも止めようと、コンソールをいじり始めた。

それからすぐにラーニたちも合流した。

「メーリカ姉さん。到着しました」

「あ、ラーニ。途中どうだった」

「誰も居ませんでしたね。これは総員退船の命令が出されましたね。とにかく慌てて逃げ出したような跡ばかり、後はここと同じアラートの嵐ですね」

「原因は分かりそうか」

「全く。マリアでも呼ばなければお手上げですよ」

「だろうな、私もそう思う。悪いがマリアを迎えに行ってはくれないか」

「良いですけど、うちの内火艇でも使いますか」

「いや、ここからワイヤーを張らせよう。ワイヤーを使って人を連れて来させてくれ。それなら簡単に行き来ができそうだ」

「分かりました。下のエアロックエリアから私たちが外に出て、向こうの艦橋にあるエアロックエリアの間にワイヤーを張ります。直ぐに準備します」

「ああ、確か向こうの船にも脱出用にワイヤーユニットがあったから、こっちにもある筈だ。それを使えばすぐにでも張れるだろう。残りは付近の警戒だ。まだ安全が確保されていない」

「「了解しました」」

ラーニは今まで連れていた七名をそのまま借りて、艦橋の下の階にあるエアロックエリアに向かった。

「どうやら、ここは普通に使えそうね」

ラーニがエアロックの操作パネルをいじり、ドアを開けた。

ドアのすぐ横に、緊急避難などで使うためのワイヤーユニットがあり、それも問題なく使えそうだった。

「私がこれを使って、向こうに跳びますね」

ラーニがワイヤーユニットを使い、自身のパワースーツにワイヤーフックを取り付け、備品として保管してある宇宙空間移動装置をつけ、航宙駆逐艦に向けジャンプした。

そこからが大変だ。

ラーニは駆逐艦のエアロックエリア前にあるステージに着くと、直ぐ所定の場所にフックを掛けてワイヤーを張った。

そこから手にしたライトで合図を送ると、ワイヤーに滑車のような装置を使って次々に仲間が移ってきた。

ちょうどワイヤーを挟んで両方の船に分かれて人が配置に就いた。

応急措置

そこまでしてから、ラーニが駆逐艦内に入り俺に航宙フリゲート艦の状況を伝えてきた。

「向こうの船には海賊は発見できませんでした。艦橋の占拠には成功したのですが、異常なまでのアラートが発生しており、状況が分かりません。とにかく艦橋のアラートを止めなければ、全く分からない状況です。メーリカ姉さんが言うにはマリアの班がこないと手に負えないと」

それを聞いたマリアが俺に聞いてくる。

「隊長、どうしましょうか」

「行くしかないだろう。しかし……」

俺はしばらく考えた後、マリアに聞いてみる。

「マリア、この船とあの船の間で通信ができないか」

「え？　それはちょっと……無理かも。この船もそうだけど光通信はできそうにないよ」

「光でなければどうだ。確か、ラーニたちはワイヤー装置で移動してきたのだろう。救助活動などで、有線通信を使うこともあると聞いたことがあるぞ。この話はかなり昔からある筈だから、この船にも装置がある筈だが、どうだろう」

「マリアさん。私見ましたよ。エアロックエリアに、その緊急避難用として確かにありました」

「それなら大丈夫ですね」

「よし、ならこの船には俺の他二人もいればいいだろう。残りは向こうに移動して姉さんを助けてやってくれ」

「それなら私が残ります」

常にマリアの陰に隠れがちだが、マリアの班で分隊長を務めているマリアを補佐する立場のカスミが声を上げてきた。

「え？　カスミが残ってくれるのなら安心ね。でもあっちがちょっと心配かも。行ってみなけりゃ分からないか」

「そうか、ではカスミ、悪いがここで俺とお留守番だ。残りは移動開始。あ、あのワイヤー移動装置はいつでも使えるようにはしておいてくれ。何かあったらすぐにこっちに逃げられるようにな」

「分かりました。エアロックエリアにも人を残しますね」

「ああ、そうしてもらえると良いかな。あ、全員と連絡が付くようにしておきたい。電話の傍にいてくれ」

「分かってます」

海賊たちが遺棄していった航宙フリゲート艦にメーリカ姉さんたちが乗り込んでから一時間後、俺たちが占拠した航宙駆逐艦から今度はマリアたちがメーリカ姉さんたちの応援のために移っていった。

マリアたちが艦橋に入るとすぐに鳴り響くアラートの音だけを消すことに成功した。

その後マリアたちの班全員で、アラートの解析とその処置をはじめた。

ちなみに俺は、宇宙空間に出る可能性も考え、結局向こうのフリゲート艦から避難用スーツを持ってきてもらった。

あっちの船の方が断然新しく、この避難用スーツも今軍で使用している物と同じものだった。

正直あの古いものでは怖くて外に出れなかったという訳だ。

ニーナが言うには、あっちのエアロックエリアの脇にあるロッカーに多分使われた形跡の無いものが多数保管されていたという。

海賊たちがこの船をどのように入手したのか気になるところだ。

マリアたちが艦橋内の警告音を止め、じっくりと原因を探すと、とんでもないことが判明した。

『隊長大変、大変』

マリアから電話が入る。

「なんだい、マリア。また騒いで、何がそんなに大変なのか。海賊本隊が戻ってきたとでもいうのか」

メーリカとも電話で話せるようになっている。

いや〜、連絡が付くだけで離れていても安心できる。

あ、いや、まだ駄目だ。

また、マリアが何かを見つけたようで連絡が入ったからだ。

『メーリカ姉さん、冗談でもそんな怖いこと言わないで。あ、それどころじゃないです。この船危ない』

「だからなにが危ないのだ」

『この船の生命維持装置や人工重力発生装置などがバッテリーだけで動いています。そのバッテリーも警告を発しています。充電残量が警告領域になっていると』

「どれくらい持ちそうか」

『分かりません。ただ、この船まだ新しいから、今の軍での仕様で考えますとあと数時間ってところですか』

「あと数時間か。カタログ上の話だと五から六時間くらいは持ちそうだな。とにかく、予備動力だけでも稼働させないとまずいな」

『そうですね、もうこの艦橋だけでどうにかなるレベルじゃないです。それにやれることもそんなになさそうですし』

「マリア、どうにかなりそうかな」

『分かりません。一度動力ユニットに行って確かめないと』

「そっちの艦橋も留守にはできないな。手分けすることになる」

『まだ電力が供給されていますから艦内電話が使えますよ』

「分かった、連絡が取れるのなら手分けしてくれ。艦橋にはマリアの班から操艦などに詳しいものを二人位残して、あと動力ユニットの警戒として姉さんの所の半分ってところかな」

『そうだね。ここには私が残ろう。ケイト、半分を連れてマリアを守ってやってくれ』

『分かりました姉さん』

◇◇◇◇

海賊の使っていたフリゲート艦に移ったマリアの班は艦橋に残った二人以外の全員でこの船の動力ユニットが収められている機関室に移動した。

「あちゃ～、これは酷いね。とりあえず手分けして、まずアラートを止めないといけないね。マニュアルは見つかった？」

マリアは機関室に入ると開口一番に仲間に声を掛けた。

「マリアさん、ありました。きちんと法規通り、エンジン制御盤の横のロッカーに収められていましたよ。今、封印を外しますね」

このロッカーは古くは宇宙全体が一つの国にまとまっていたころから踏襲されている宇宙船基本法に準拠して、遭難時のレスキュー隊員などがエンジン関連の操作ができるように保管が義務付けられている奴だ。

そのために、普通はこのマニュアルは使われることなく、しっかりと封印されている。

この封印は物理的にしか壊せない。

早い話がすぐ脇にある斧で、ロッカーのカギを壊すのだ。

なぜここまでされているかというと、エンジンコントロールの際に、制御する人間を識別するキーがあるが、担当者以外の人間でも、――この場合レスキュー隊員を想定されている――そのレスキューに来た人間がエンジンなどの重要な操作ができるように暗号カードも一緒に入っている。

これが無いと、資格の無い人間ではどんなに知識があってもエンジンなどは操作できない。

まあ、ハッカーのような連中から見たらこのセキュリティーロックはざるだと言われているが、それでも、攻撃などの武器に関するもの以外の制限がこれにより解除できる。

なので、このような緊急事態には最初にこのマニュアルを確保する必要がある。

マリアたちも、ここに入った時に最初にこれを探したのだ。

「ありがとう。ではこれを使って、マニュアル通りにエンジンを停止させるか。え～と、最初に、これをオート・モードからマニュアル・モードにして……」

『マリア、調子はどうだ』

艦内電話で艦橋からメーリカが声を掛ける。

「あ、メーリカ姉さん。今始めたところ。これから一旦エンジンを止めるね」

『え、エンジンは止まってるんじゃなかったっけ』

「実際にはエンジンは動いていないよ。でもシステム的にはエンジンは稼働中なの……え、ええ～」

『どうした、マリア。何かあったのか！』

「エンジンの出力操作が変なの。出力が百四十八パーセントになっている。これじゃあ、壊れても不思議じゃないよ。いったいぜんたい海賊さん達は何をやっているんだか。直ぐに止めますね。カオリ、燃料操作弁を一番から順番に止めて行ってね」

「ハイ、マリアさん。では一番止めますね。続いて二番………八番止めました。これで全部止めましたよ」

「カオリありがとう。エンジンを停止します。メインスイッチをオフにします。メーリカ姉さん、隊長、聞こえますか。エンジンを止めるのに成功しました。これで本当の原因を探れますよ」

面倒な曳航作業

「あとどれくらいかかりそうか?」

『あ、隊長。無理言わないでくださいよ。それはやってみないと分からないよ』

「オイオイ。忘れてはいないと思うが、お前、さっき生命維持装置がもうじき止まるとか言っていたぞ。まあ、まだあの時から一時間もたっていないから、早くとも三時間くらいの猶予はあると思うが、大丈夫か」

『あ!』

「おい、マリア。なんだよ、そのお前の『あ!』は。さては忘れていたとは言わさないぞ。お前、趣味に走って余計なことをして時間を潰すなよ」

『分かっていますよ、メーリカ姉さん。これから簡単に調べて、まずは予備の補助エンジン稼働を優先させますね』

「おい、カオリ、聞こえるか」

『ハイ、隊長。なんですか』

「お前が忙しいのは分かるが、悪いけどマリアの暴走を監視してくれ」

『ちょ……それは無理かも』

「大丈夫だ。ダメなら傍にいるケイトに言えばすぐにでも止められる。何なら落としても構わないと言ってくれ」

『隊長、もう勘弁してくださいよ』

とにかく、マリアたちは機関室で、今回の海賊が取った不可解な行動の原因を探った。

調査をするまでもなく原因はすぐにわかった。

海賊たちの無理な操艦で、エンジンを壊したために、逃げ出したということだったが、問題は、メインのエンジンが完全に壊れたことで、色々と重要な装置、特に空気などを艦内に供給する生命維持装置や人工重力に関する装置の作動に問題が出たことだ。

海賊たちがさっさと逃げ出したのも、この生きていくうえで重要な装置のアラートが出たことで慌てたからのようだった。

艦橋の方でもエンジンを止めたことで、今まで一斉になっていたアラートのほとんどが止まり、船内センサーなど、いくつかの監視システムが使えるようになった。

装置類の稼働が確認出来たらすぐにメーリカたちが手分けして艦内のスキャンを始めていた。

「補助エンジンを作動させないとね」

「マリアさん。その補助エンジンですが、直ぐには無理ですよ」

「なんで？　それまで壊れてはいないよね」

「ハイ、でも補助エンジンの燃料タンクにエラー表示があります。『エンプティ』だって」

「え～～、燃料切れなの。直ぐに補助エンジンの燃料タンクに燃料を回さないとね。それには、このマニュアルでは、え～～とね、リザーブタンクから非常燃料弁の二番を開けばいいんだ。アオイ、非常燃料弁の二番ってわかる」

「ええ、分かりますけど、このリザーブタンクにも燃料が入っていないようですよ」

「そ、そんな～。そこからなの。それじゃメインタンクからリザーブタンクへの燃料の移送はって、エマージェンシーポンプの三号を作動させて移せばいいのね」

「え？　マリアさん。今の電池状況で、ポンプを動かしても大丈夫ですか」

「え、あ、あちゃ～。そうでした。そうなると、非常用電源の確保が先か。非常用発電機を動かすか。しかし、そうよね。あの海賊さん達って、ここまでいい加減なことしかしてなかったもんね。非常用発電機用の燃料も空よね」

「ハイ、しっかりと空です」

「マリアさん。ダメコンにありませんかね」

「あ、そうよね。流石に海賊さんだってダメコンはしっかり用意しているよね。直ぐに調べて。これくらいの船なら、修理用の工具を動かすのに発電機も一緒にある筈だから」

ちなみに、ここで言われているダメコンとはダメージコントロールの略で、戦闘を生業とする艦船では非常に重要な要素である継戦能力に直結するものだ。

早い話が攻撃などで壊れたところを応急的に修理することを言う。

現場などではしばしば略されて話されることがある。

「マリアさん、ありました、ありましたよ。燃料も満タンですし、直ぐにでも使えます」

「良かった。それじゃあ、バッテリーの傍まで運んで、充電端子につないで運転して頂戴。燃料が満タンなら五時間は運転できるから、これで、燃料用ポンプを回せるわ」

そんなマリアたちの普通ならありえない程の尽力によって、航宙フリゲート艦は補助エンジンまで動かすことができた。

◇◇◇◇

マリアたちが悪戦苦闘している間、航宙駆逐艦ではやることが無くなった。

いや、捕まえた海賊たちも捕虜として預かっているので、全くすることが無いことはないのだが、俺がここにいる必要はない。

そうなるとがぜん好奇心が出てくる。

古い航宙駆逐艦と、現行世代の航宙フリゲート艦のどちらに居たいかと問われれば、懐古趣味の変態でもない限りよりきれいな航宙フリゲート艦の方を選ぶだろう。

ということで俺は、マリアが応急措置をしている間にワイヤーを使って航宙フリゲート艦に移った。

「隊長、この後どうします」

「え？　アッケシのところまで戻るだけだろう。それにしても、あれから何も言ってこないね。あ、通信が使えないんだっけ、ここ」

「それもそうだけど、アッケシならとっくに逃げたよ」

「え？　なんで、俺らを置いて逃げたの」

「ええ、気持ち良い位に下種《げす》の判断でね」

「私見ました。私たちが発艦したらすぐにこの宙域を去ったのを」

「だからどうしますかと聞いたんですよ」

「これも動くんだよね」

今、俺は航宙フリゲート艦の艦橋でこの先のことについて話している。

駆逐艦の方にはカスミの他にはメーリカさんの部下数人が詰めている。

「ハイ、こちらの方がスピードは出せますよ。整備状況はどちらも同じようにほとんど為されていませんので長距離となると不安がありますが、これなら三宇宙速度までは出せそうですね。この船、きちんと整備された状態では六宇宙速度までは出る筈ですから、その半分も出せる補助エンジンって凄いですね」

「あれ、この船であの船を曳航ってできるかな」

「あの船って、あのオンボロ駆逐艦ですか」

「置いていけば良いんじゃ無いのか」

「メーリカ姉さん、今から捕虜をこっちに移し替える気力ある？」

「すみませんでした。マリア、どうなの」

『え、こっちにあたらないでよ、メーリカ姉さん。あ、そうそう、質問の答えね。普通の曳航は無理でしょうね。ここではそういった部類の物は全く使えないから、曳航用のトラクタービームを出してもほとんど力を発揮できないよ。あれもレーザー光を使うから』

「マリア、物は相談なんだが、今二隻は接舷しているよな」

『え～、それって、もしかして』

「ああ、そのもしかしてだ。こういった場合のレスキュー設備もあったはずだよな」

『あの接舷ワイヤーを使うのですか。あれ、こんな宇宙空間では面倒なんですけど。危険防止のためにリモート操船用の通信ケーブルも繋がないといけないし』

「なんだ、できるんだ。それをやるぞ」

『え、私はできるとは言っていませんよ。メーリカ姉さん』

「面倒なだけだろう。みんなでやれば早く終わるさ。そうと決まればやるよ。全員でかかるからね。あ、隊長はここで指示ね。向こうにはカスミもいるし大丈夫だね」

結局この後五時間かけて、船首、船中、船尾にそれぞれ二本ずつのワイヤーを渡して六本のワイヤーで船を繋げた。

残念なことにリモート通信ケーブルは繋げることができたのだが、通信がうまくいかなかったためリモート操船は諦めた。

幸い両艦橋は音声通信が可能であるために、両方で、細心の注意を払って操縦することになった。

この場合の操縦で難しい方の駆逐艦には幸いなことにカスミがいる。

うちの隊員の中で一番操縦が上手な人間だ。

しかも、マリアとはかなり長い付き合いもあるので息もぴったり。

ちなみにフリゲート艦の操縦をするのがマリアだ。

「で、隊長、この後どうする」

「『アッケシ』がいないんじゃ一番近くの政府機関に出頭だな。運の良い事に、ここはうちの母港の有るルチラリアに近いからそこに行こう」

「え、え、でも隊長。この船で惑星に降りるのはあまりに無理があるよ」

「そりゃあそうだ。近くまで行けば、監視衛星があるだろう。そこに行けば通信も通じるし、その後のことは上の指示を待てばいいよ」

「分かった、それじゃあ行きますか」

「あ、ちょっと待って。こんな機会でもなければ艦長席に座れないから、気分だけでも味わいたい」

「隊長～、何するんですか」

俺の話で周りが引いてしまった。

でも、どうせすぐに死ぬ身だ。

艦長席に座るなんてこの先ありえないから、気分だけでも味わってもいいよね。

俺は航宙フリゲート艦の艦橋中央部の一段高い場所にある立派な艦長席に座って、ここで初めて指示を出した。

「惑星ルチラリアにある監視衛星に向け出発」

「了解しました。カスミ、こちらの指示に合わせて出発させてね」

「こちらカスミ。了解しました」

「進路二七六八、速度一ポイント三宇宙速度」

マリアは先ほど航宙フリゲート艦の補助エンジンだけでも三宇宙速度まで出せると言っていたけど、航宙駆逐艦を曳航しての移動ということで、話し合いの結果この速度以上では危なそうだということになった。

「復唱します、進路二七六八、速度一ポイント三宇宙速度。駆逐艦操縦カスミ了解しました」

「発進」

第二臨検小隊が受ける初めての臨検

ナオは今幸福の絶頂にいる。

ナオの好きな軍の募集ポスターにあった提督席じゃないが、それでも現行世代の艦でもありコーストガードでは絶対に乗れない新しいフリゲート艦の艦長席で艦長ごっこを楽しんでいる。

襲われた輸送船はナオたちが海賊船に乗り込む直前には現場宙域を離れて首都星ダイヤモンドに向かっていたし、コーストガードの艦船も海賊の艦船もとっくにこの宙域から逃げ出していたのでこの宙域にはナオたちが占拠した二隻の軍艦しかない。

その軍艦が並んでゆっくりとナオたちが所属する第三巡回戦隊の母港に帰って行く。

しかし、駆逐艦を曳航しているので、速度が出せず、普通なら数時間もかからない宙域からほぼ半日の十二時間かけてルチラリアに到着した。

結局、海賊と遭遇してからだと優に一日以上は経っていたので、当然襲われていた輸送船はとっくに首都星ダイヤモンドに着いているし、アッシュ提督が頼んでいた応援も第三機動艦隊の母港の有るビスマスに到着している。

今、首都宙域を挙げての大騒ぎになっていた。

考えたらあたりまえで、囮にされた輸送船が運んでいた貴重金属のスカーレットメタルだけでも百キログラム近くあったのだ。

金額ベースでも三百億ゴールドはくだらない。

金額もそうなのだが、大騒ぎになるのには別の理由もあった。

このスカーレットメタルという金属は産業界では今や欠かすことのできない金属で、これが奪われれば、少なくとも首都の宇宙産業関連の工場は一か月近く操業を停止してしまうくらいのインパクトがあった。

その輸送船が昨夜遅くに首都星に着き、襲撃の有ったことを関係機関に報告した。

また、これに先立ち第三機動艦隊から海賊『菱山一家』の『カーポネ』がその輸送船を襲っている事実が報告され、ただちに第一機動艦隊へ応援出動命令も出されたばかりだ。

そんな慌ただしい状況が首都宙域全体に広がっていた。

少なくともコーストガード全体で、逃げたカーポネの捜索を始めていた。

軍も協力をして、手の空いている艦隊を出して海賊を捜索していた。

そこまで艦船を出して捜索していたのだが、広い宇宙で発見の可能性は無いものに等しい位難しい。

何より超新星ウルツァイトの影響で、特にルチルとの間の宙域ではレーダーや無線の使えない空間が広がっている。

結局何も見つけることができずに時間ばかりが過ぎて行った。

そんな中をのこのこと海賊船を使って母港近くに帰ってきたナオたちは、この騒ぎに直ぐに取り込まれた。

元々レーダーも無線も使えない宙域を非常にゆっくりとしたスピードで向かっていたので、船の中では本当に暢気なものだった。

母港の有るルチラリアにあと二時間という距離までくると、きちんと仕事をしていた監視衛星に発見された。

そうなると、発見した監視衛星では大騒ぎになる。

まだこの時点ではナオたちが乗っているとは知られていないし、まだこの距離では無線が使えない。

これは恒星ルチルの太陽風の影響で、普段は十分に無線が通じる距離なのに、運が無かった。

この場合誰に運が無かったかというと、多分両者だろう。

監視衛星では光通信で、ルチラリアに連絡を出して、惑星の反対側なら無線が通じていたから、そこから連絡が付く艦隊を捜した。

たまたま付近を航行中の第一巡回戦隊を捕まえることができたので、該当宙域への派遣を要請し、要請を受けた第一巡回戦隊が現場に急行してきた。

ナオたちの毎時一宇宙速度くらいでの移動に対して第一巡回戦隊は最大船速の五宇宙速度で急行してきたので、目的の監視衛星まであと一時間のところで第一巡回戦隊と遭遇し、ナオたちは巡回戦隊から停船を命じられた。

◇◇◇◇

「隊長、あれ第一巡回戦隊だよね。私知っているよ、『アカン』と『クッチャロ』だよね」

「ああ、でもあれ、私たちに停船を命じて来たよ」

「おい、停船を命じられたら直ぐに停めろよ。敵と間違われるぞ」

「分かった隊長。カスミ聞こえる。停船するよ」

『聞こえているよ。停船します』

「隊長、あれ」

船が止まってから、何かを発見したメーリカが俺に言ってきた。

「ああ、分かっているよ。まあ当然の処置だろうな」

「まさかね〜、私たち第二臨検小隊が他の隊に臨検を受けるとはね。冗談だとしても、笑えないよね」

「何馬鹿言っているんだ、マリア」

「は〜い、隊長」

「メーリカ姉さん、臨検に備えてくれ。カスミ、聞こえるか」

『ハイ、隊長。何ですか』

「臨検を受けるから、そちらの指示に従ってくれ。あと、臨検隊が来たら、捕虜と死体もその場で引き渡せ」

『え、ええ〜。それって……』

「ああ、いい顔されないがそれが俺らの仕事だ。まあ受けた方はびっくりだろうがな」

『それって恨まれませんか。私たちって、ただでさえ要らない子と言われているのに』

「どうかな。でも、今の俺らは漂流者とそう変わらない。組織として働いている上級の部署に仕事を引き渡さないと、後でもっと面倒になる。多分俺だけがだけどな」

『それって隊長の面倒を私が代わるって話じゃないですか』

「ああ、そうだな。こちらの臨検隊の許しを得たら俺もそっちに行くからそれまで我慢してくれ」

『分かりました。船を止めたから仕事もないですし、臨検と隊長をお待ちしております』

船を止めたら俺らにもやる事が無い。

なので、ここは勉強とばかり、第一巡回戦隊の先輩たちの仕事ぶりを観察することにした。

俺たちの前に現れた第一巡回戦隊の二隻の航宙フリゲート艦は実に絶妙な位置取りで、俺らの進路をふさいだ。

船が停船したことを確認すると、二隻の航宙フリゲート艦から同時に内火艇がこちらに向かってくる。

「臨検の時って、二隻で同時にするものか」

「普通はそうですね」

「姉さん、普通じゃないですよ。決まりで、そうしないといけないんです」

「あれ、そうなの？　ならなぜ海賊相手の時に俺らだけだったんだ」

「それはアレですね」

「アレだろ」

「だから、アレってなんだ」

「ポットー司令の計略？」

「ポットー司令が逃げるためだろうな。俺たちを向かわせたら一応の言い訳が立つとか」

「聞かなきゃよかったよ。あ、着いたようだ。後部ハッチを開けておいてくれ」

「ハイ、分かりました」

「それでは、ここはメーリカ姉さんに任せて俺は後部格納庫に行くよ」

「それじゃあ、私がお供します」

ケイトが俺に付いてくると言ってくれた。

「ケイト、数人連れて行けよ。格好がつかないからな」

後部格納庫につながるエアロックエリアの内側で臨検隊が来るのを待った。

「我々はダイヤモンド王国首都宙域警備隊だ。船長に会いたい」

入ってきた臨検隊の隊長だと思われるコーストガードの少尉の階級章を付けたおっさんが型通りの挨拶をしてきた。

おっさんは、ケイトたちのスーツを見て驚き、所属の確認を始めた。

「え？　君たちはいったい、どこの部署のものだ。所属と階級、姓名を述べよ」

俺を無視する格好で、いきなりケイトに尋問口調で聞き始めた。

ケイトは驚き俺の方を見るが、俺が静かにうなずき、ケイトに質問に答えるように促した。

「私たちは第三巡回戦隊、航宙フリゲート艦『アッケシ』所属、第二臨検小隊曹長のケイトです。第一巡回戦隊、第一臨検小隊の皆様をお待ちしておりました、少尉殿」

「え？　ロストしたと報告のあったあの……まあいいか。この船の船長と、君たちの隊長にお会いしたい。案内をお願いできるかな」

「え？　隊長ならそこに……」

ケイトが困りだしたようなので、俺が一歩前に出て第一臨検小隊の隊長に敬礼をして自己紹介を始めた。

捕虜の引き渡し

「私がそこのケイトたちの隊長を務めます『アッケシ』所属第二臨検小隊、小隊長のブルース少尉です」

「これは失礼しました。私は第一巡回戦隊旗艦『アカン』所属第一臨検小隊の隊長をしておりますグーズ少尉です」

え？

俺に対して敬語だよ、敬語。

ありえないでしょ。

同じ少尉なんだから、こういう場合には先に任官したものが指揮取る筈だよな。

先任士官とかいうやつ。

これって軍だけってことは無いよな。

まさかコーストガードでは無いとか……ありえないよ。

「あの～、グーズ少尉、何故私に敬語なんでしょうか。グーズ少尉の方が先任だと思うのですが……」

「確かに、ブルース少尉。しかし、少尉は軍からの……しかも、あのエリート養成校を出ているかと」

はは～ん、これはあれだな。

確かに今はというやつだな。

あの学校を出た俺は、一応軍内でもキャリア扱いだからすぐにでも上に行くと思っての配慮だな。余計なお世話だよ。

それは確かに、マリアたちに邪魔されてなければ今頃俺は大尉に二階級特進していたさ。

そして足のない格好でふわふわ浮いてあなたに敬礼をしていたことだろうが、残念ながらマリアたちの、いやメーリカ姉さんの邪魔が入って、少尉のままだよ。

くそ～、余計なお世話だ。

「確かに軍からの出向ですから、ですが、いやなればこそあなたが先任ですので敬語はおやめください。軍に戻れば私は准尉ですからあなたの方が上官となりますし」

「分かりました。では対等にということで。いきなりで、申し訳ないが、説明願えますか」

「はい、では艦橋に案内しますので、歩きながら説明させていただきます」

俺はグーズ少尉を伴って艦橋に向かった。

途中で、約束通り、今までの経緯を説明しておいた。

艦橋に着くころに、駆逐艦に乗っている捕虜と遺体の件も説明し終わり、グーズ少尉にその件の引き渡しについての言質を取った。

喜べカスミ、苦労せずに引き渡すことができたぞ。

艦橋に着くとすぐにグーズ少尉が俺に聞いてきた。

「ブルース少尉、すまないが向こうの艦とは連絡が付くかな」

「はい、大丈夫です。この艦内電話で話はできます。少々お待ちください」

俺はそう断ってから、向こうの艦橋に居るカスミを呼び出した。

「カスミ、聞こえるか」

『はい、隊長。聞こえます。何でしょうか』

「こちらにいる第一巡回戦隊のグーズ少尉が、そっちに居る同僚と話がしたいそうだが、捕まえられるか」

『ハイ、今隣に第二臨検小隊のダリル少尉がおられますが、彼でも構わないでしょうか』

「グーズ少尉、聞こえましたか」

「ダリルなら申し分ない。悪いが代わってもらえるかな」

「聞こえたな、カスミ」

『ハイ、聞こえました。ダリル少尉、フリゲート艦の方からグーズ少尉がお呼びです。代わってもらえますか』

そう言って、カスミが向こうでダリル少尉に電話を代わった。

暫く電話口でグーズ少尉とダリル少尉とで話し合いが行われて、結論を見たようだ。

「ブルース少尉。先ほど少尉の言っていた捕虜の件だが、確かに我々が扱いを代わろう。しかし、私の判断できる範囲を著しく超えたのも事実だ。ここには私の部下のほとんどを残すが、私は一旦旗艦に戻る。暫くここに居てもらうことになってしまうが構わないだろうか」

「ええ、今回のような場合、そう簡単に臨検が終わるとは思っておりません。戦隊長の指示を待ちます。戦隊長にそのようにお伝え願えます」

「ブルース少尉。そう言ってもらえると大変助かります。なお、向こうの捕虜たちが居る保管庫だが、うちから兵士を監視のために出すので、安心してほしい。何なら向こうに居るあなたの兵士もこちらに引き上げても構わないぞ。船も我々が引き取ることもできる」

「そのご提案、大変感謝します。早速で申し訳ありませんが、向こうに少数ではさすがにかわいそうなので、こちらに移動させていただきます。よろしいでしょうか」

「ああ、向こうは第二臨検小隊全員が待機するので構いません。すぐにダリルにもそう伝えます」

『隊長。私たちもそっちに行っていいって。これからすぐに行きますね』

「ああ、カスミか。待っているよ」

それからしばらくして、向こうに居た全員がこちらの艦橋に集まってきた。

艦橋に居てもやる事が無いので、マリアたちだけにしわ寄せは行くが、艦橋と機関室に数人付けて、残りは士官食堂にでも行って休んでもらった。

「隊長は良いのか？」

メーリカが俺に聞いてくるから答えた。

「ああ、こんな機会でもなければ艦長席に座れないからな。それにやる事は無いが艦橋に誰もいない訳にはいかないだろう。士官が居なければ交代でもっていう手もあるが、仮にも士官がいる以上士官は残らないとな。その士官だが、ここには俺とメーリカ姉さんしかいないから交代してもらうかもしれないが、最初は俺がいるから遠慮せずに休んでくれ。あ、サチは当番として艦橋に残っていてね。機関室にはマリアが残る人間を決めるだろうから。そうだろう、マリア」

『ハイハイ〜。私が残っているから大丈夫だよ。機関室は任せてね。と言ってもこっちでもやれることは限られているけどね』

『隊長、大丈夫です。私がマリアの暴走は止めますので安心してください』

『ひど〜〜い、カオリ。私暴走なんかしないから』

「分かった、分かった、任せるから何かあったらすぐに連絡してくれ」

『ハイハイ、了解しました隊長』

最後に心配になる会話をしたのがなんだかな〜。

まあ、どうせ待つだけだ。

それから三時間後に、やっと動きがあった。

なんと、進路を塞いでいた二隻のフリゲート艦が動きだした。

ゆっくりと、非常にゆっくりとだがこちらに向かってくる。

この船に二隻とも近づいてくるがどういうつもりだろう。

一応艦内放送で知らせておくか。

「え〜、こちら艦橋。外の様子に変化あり。フリゲート艦二隻が本艦に接近中。衝突は無いとは思うが、一応衝撃に備えるように。以上」

これでいいだろう。

あの海賊たちもエンジンを壊したのだ。

それこそいきなり衝撃でもあったら、マリアが機関室で何をしているのか分からないのに、下手すりゃ爆発だってあり得る。

それだけは避けておきたい。

俺の放送の後にみんなが艦橋に集まってきた。

正直みんな暇だったのね。

「何だい何だい、何があったのか」

「隊長、何か聞いていますか」

「いや、何も」

すると艦橋に今まで詰めていたサチが二隻の接近のコースを計算して、教えてくれた。

「二隻は本艦を含む二隻を挟むように接近中。多分ですが、接舷するようです」

「接舷か」

「何か分かったのですか、隊長」

「二隻の接舷なら、理由は限られる。まあ、捕虜たちの引き取りだろうな。あの駆逐艦ではここからそう遠くには行けそうにないしな」

「どうやらそのようですね。二隻は間もなく接舷します」

『ゴ～ン』『ゴゴゴ～ン』

二隻とも接舷したようだ。

二隻の接舷から二十分ばかりしたら、艦橋にさっき来たグーズ少尉がまたやって来た。

「ブルース少尉。驚かせて申し訳ない。無線が使えないので、こうなってしまったことを詫びよう」

「グーズ少尉、申し訳ありませんが接舷した理由をお教え願えませんか」

「ああ、あの船に乗せてある海賊の遺体と捕虜の収容だ。人数が人数なもので、接舷させてもらった。うちにはチューブが使えるのでな。人数を運ぶには接舷するしかなかった」

確かに捕虜だけでも内火艇の定員以上はいたのだ。

内火艇で、護衛を入れて輸送しようものなら何往復させなければならないかわからない。レスキュー設備のチューブが使えるのなら、それこそさっさとチューブをつなげて移動させるのが合理的だ。

しかし、チューブが使えるのなら実施するのに、なぜここまで時間が掛かったのだろう。

俺が不思議に思っていると、グーズ少尉がすまなそうに俺に言ってきた。

「作業をするのに時間がかかったことをお詫びする。なにせ、巡回戦隊だけでは判断が付かずに本部に問い合わせていた為、その返事を待ったのだ」

「そうですか。なら我々もじきに解放されますね」

「いや……申し訳ないが、君たちの処遇については、もうじきここに到着する第一機動艦隊の総司令官に任されていると聞いている。我々は、移送が済み次第この宙域を離れるが、ブルース少尉は第一機動艦隊の到着を待ってほしい。これがその命令書だ。発行は第一巡回戦隊戦隊長だが、正式な命令書なので、指示に従ってくれ」

そう言うと胸から一通の命令書を取り出して俺に手渡してきた。

これまたご丁寧に、艦内のプリンターを使って、その上に戦隊長のサインまである書式に則った命令書だ。

ここまでされると、俺たちには選択権は無い。

俺は命令書を読み、グーズ少尉に敬礼後に、命令を受諾した旨を伝えた。

マリアたちの暴走

それからかっきり一時間後にグーズ少尉を含め第一巡回戦隊はこの宙域から去っていった。

幸いというか、仕事をしっかりとしたというか、第一巡回戦隊の人たちは、駆逐艦の方を封印して、立ち入りを禁止してくれたので、こちらが分かれて駆逐艦の面倒を見る必要が無くなった。

さっきまでと全く変わらず、フリゲート艦の方で時間を潰す仕事を始めた。

本当にやる事が無いのだ。

艦橋の指揮もメーリカ姉さんと交代してもらい、俺も艦内探検で暇をつぶすことにした。

そのことを話すとメーリカ姉さんから一つの依頼が入った。

「隊長、艦内を散歩して暇をつぶすのなら、悪いが機関室からマリアを連れて一緒に行ってくれないか」

「なんでだ」

「正直、これ以上マリアを機関室に入れておくには少々不安がある。艦内調査とかの名目があればそんなに嫌な顔をせずに隊長に付き合ってくれるさ」

メーリカにそう言われて、俺も思い当たる節があった。

艦内電話でマリアと話すときにただでさえ高いテンションが必要以上に高くなっているのが気になったのを思い出した。

「確かにそうだな。分かった、これからマリアを連れて艦内巡回に出る。艦橋の指揮権をメーリカ准尉に移譲する」

一応仕事中なので、ここはきちんとしておく。

まさか暇なので、艦内を散歩しに行くとは言えないからな。

その辺りの塩梅もきちんと心得ているメーリカ姉さんも敬礼して返してくれた。

「これより、艦橋の指揮権を隊長より預かります。ケイト、バニーを連れて隊長を護衛してくれ」

「「了解」」

俺はケイトたちに守られるように艦内の中央部にある機関室に向かった。

機関室の傍までくると、中からは大きな音がしている。

「なんだ？　機関室ではする事が無かった筈だが」

「あ〜〜！　またマリアが暴走している〜〜！」

ケイトがそう叫ぶと、急ぎ機関室の中に入っていった。

俺もケイトに続いて中に入っていった。

「な、な、おま、お前ら何しているんだ！」

マリアがカスミと一緒に、メインエンジンの周りで、エンジンをかなり強引な方法でバラしていた。

「カスミ、お前はマリアの暴走を抑える筈じゃ無いのか」

今、目の前で二人はとんでもないことをしていた。

パワースーツを着ていることを良いことに、そのパワーを遺憾なく使って、壊れているメインエンジンの筐体《きゅうたい》を壊していた。

先に部屋に入ったケイトにより、船が爆発する前にマリアを抑え込むことに成功していたので、俺は近くにいたカスミに今の作業を止めるように命令を下した。

「暇なのがいけなかったようだな。二人に命令だ。これから私と一緒に船内の巡回に回る。すぐに巡回に出るぞ」

「ええ～、こんな機会はまず無いよ。せっかくのチャンスだったのに」

「そうですよ、隊長。もう壊れていることだし、何より私たちに時間もあるから、もう少しだけやらせてほしいです」

「だからその時間はお前らには無くなったんだよ。俺から命令が出ただろう。自由時間は終わりだ」

「そんな～」

「当たり前だ。下手すりゃこの船ごと爆発するぞ。そんなのを見逃せるか」

「そんなへまはしないもん」

「良いからすぐに巡回に出るぞ」

そう言って二人を無理やり機関室から出した。

船首の方から順番に巡回するつもりだったので、船首まで歩く間二人は俺に向かってブツブツ言ってくる。

本当に往生際の悪い連中だ。

「だいたい軍艦のエンジン回りは整備個所を除き極秘じゃなかったっけ。軍人でもないお前らは絶対に見てはいけないはずの処だ。下手しなくとも処罰対象になるぞ」

「そんなの分かっています。でも、この船は王国の軍艦じゃないですよ」

「それはそうだが、全くの白とは言えないだろう」

「う、う、うう〜。確かに、私の記憶では数年前からキャスベル工廠で造られているフリゲート艦ですが、軍の仕様とは少し異なりますから、多分ですが、王国の同盟国へ輸出されたものじゃないでしょうか。軍の物でなかったから絶対にセーフです」

「だったらなおさら悪いわ。良いから巡回するぞ。これ以上悪いものが出ないようにしっかり見て回るぞ」

不満そうな二人を加えて、船内巡回の続きを始めた。

しかし、先ほどカスミから出た言葉は頂けない。

むしろ不吉だ。

彼女の言によれば完全にこの船は外交案件になる。

海賊が鹵獲《ろかく》した段階で、所有権は輸出先から離れるが、それでも色々と問題が出そうだ。

学校を出たばかりの俺でも厄介ごとだと分かるのに、上層部はこの事実を知ればさぞ頭を抱えることだろう。

……あ、となると俺らにもとばっちりが。

お前な～、マリアの仕出かしたことがさらに状況を悪化させなければ良いが、俺はこの先が心配になってきた。

そんな暗澹たる気持ちで歩いていると、艦内放送が入る。

『隊長、隊長、聞こえますか』

「マリア、近くの電話を取ってくれ」

「ハイ、これをどうぞ」

「マリア、ありがとう。で、聞こえるぞ、メーリカ准尉か」

『ハイそうです』

「何かあったんか」

『それがまだよくは分かりませんが、大型の船がこちらに近づいてきます。至急艦橋にお戻りください』

「ああ、分かった。これから向かうが、悪いが全員を集めておいてくれ」

『ハイ、分かりましたが……何故でしょうか』

「この辺りはほとんどルチラリアだ。近づいてくるのが海賊などの敵性勢力とは考えられない。だとすると、俺らに対して命令権の有る連中が乗る船だ。大方第一機動艦隊だろう。そうだとすると、このエリアに到着次第、あちらから乗り込んでくるか、呼び出しがかかる筈だ。そこでグズグズでもしようものならその後がどうなるかは容易に想像がつくだろう」

『ハイ、分かりました。そうですね、直ぐに集めます。機関室はどうしましょうか』

「機関室に人を置く必要はもう無いよ。バッテリーだけでも間に合いそうだし、それよりも第二第三のマリアが出ないとも限らない」

『え？　やはり仕出かしていましたか』

「ああ、そっちに行ったら教えてあげるよ。今第一主砲管理室前だから艦橋までは時間はかからないだろう。これから艦橋に向かう。以上だ」

「聞いた通りだ。すぐに艦橋に帰るぞ」

「隊長、酷くないですか。何です、第二第三のマリアって。なんだか私が悪の代表のような言い回しは無いでしょ」

「それだけのことをしでかしていたんだよ。今から頭痛いよ。これから会う上の方たちにどうやってごまかせばいいんだよ」

「え？　まずいことになるの」

「わからん。ほれ、艦橋に着いたぞ」

「あ、隊長。あれです」

メーリカがモニターに映った船をさす。

「あの船の種類や所属が分かるか」

「あ、私分かります」

そう答えたのはカスミだ。

彼女はどうも戦艦フェチのようだ。

「あれ、うちの旗艦ですよ。第一機動艦隊の旗艦『ドラゴン』です。航宙巡洋艦の『ドラゴン』ですよ。あれ、一隻だけで行動することはないので、あの後にどんどん来ますよ。第一機動艦隊の艦船が」

「あ、本当だ。次が見えた」

「あれ、二番艦の航宙イージス艦の『タナミ』ですよ」

その後、第一機動艦隊の艦船が現れ、カスミのテンションが最高潮に達した。

興奮して倒れないといいが。

そうこうしていると、無線が入った。

「あ、無線通じたんだ」

「先ほどから通じるようになったようです」

「どうしますか、向こうから呼びかけが入っていますが」

「バカなにやっているんだ。すぐに応答しろよ」

「隊長何を」

「バカ、直ぐに所属を伝え、その後の指示を仰げ」

「ハイは～い、応答しますね」

「お待たせしました。こちら第三巡回戦隊『アッケシ』所属、第二臨検小隊です。第一巡回戦隊の指示により航宙フリゲート艦にて待機中。指示を待ちます」

『え、え〜、こちら首都宙域警備隊旗艦『ドラゴン』だ。そちらに乗艦する。備えされたし』

「後部ハッチを開きます」

『いや、チューブにて移乗するのでその必要はない。エアロック周辺は特に注意されたし』

「了解しました。われら全員艦橋にてお待ちしております」

事情聴取

それから僅か三十分でチューブが渡されて、どんどん人が入ってきた。

艦橋に入ってきた兵士が突然割れて中から偉そうな人が前に出て来た。

俺がその人の前に出て、敬礼して挨拶を始める。

「第三巡回戦隊航宙フリゲート艦『アッケシ』所属第二臨検小隊、隊長のナオ・ブルース少尉です」

俺の挨拶を受け、相手も敬礼後に身分を明かした。

彼は見るからに偉そうだ。

階級章が既に将官クラスだ。

そう、提督と言われる部類の人が何故だと問いたい。

「ご苦労だった。貴殿らの活躍は既に第一巡回戦隊から報告を受けている。私は第一機動艦隊旗艦『ドラゴン』艦長のストーン少将だ」

いきなり大物がやって来たが、どうするつもりだ。

艦橋に集めた連中がざわつきだす。

こんな大物そうそうお目にかかれるようなものじゃない。

年初の挨拶の時にモニター越しに見られるかどうかの大物だ。

「ブルース少尉、旗艦で総監がお待ちだ。悪いが一緒に来てもらう」

「ハ、閣下。他の兵士はどうしましょうか」

「この艦を私のところで接収するので、引き継ぎだけを残して退去……と言ってもここではそれもできないか」

すると、メーリカが出てきて、閣下にこう言った。

「メーリカ准尉です。ブルース少尉の下で副官を務めております。引き継ぎですが、ここと機関室とがありますので、全員で引き継ぎをやらせていただきます」

「おおそうか、それならぜひそうしてくれ。そうだな、引き継ぎが終わり次第、私の副官をよこすから彼の指示に従ってくれ」

「了解しました」

「では少尉、行こうか」

俺は旗艦の艦長に続いて、繋げられたチューブを通り、旗艦『ドラゴン』に向かった。

この船はかなり大きい。

それもそうで、コーストガード最大の船であり、割と最近まで宇宙軍で働いていた軍艦だ。

宇宙軍では航宙超弩級戦艦や、航宙戦艦といったこれよりも大きな軍艦はあるが、それでも宇宙戦艦に続く大きさの航宙巡洋艦というクラスの船だ。

このクラスの船になると居住空間にもかなりの余裕がある。

俺は、艦橋に続く作戦司令室という会議室のような艦隊参謀が詰める広めの部屋に続く、第一機動艦隊司令官であり、コーストガードの総司令官でもある首都宙域警備隊総監が詰める部屋に連れて行かれた。

いわばコーストガードにおける最高位の人の宇宙における執務室だ。

ちなみにこの人は普段は首都にある本部に立派な部屋を持っており、よほどのことが無い限り宇宙まで出てこない。

前にうちのカスミが言っていたようにこの船は単独では動かさない。

確かに単独では動かされることは無いのだが、単独でのお留守番は割とよくある。

また、副司令官だけを乗せ、司令官は本部でお留守番なんてことも頻繁にある。

いや、そちらの方が多い位だ。

そんな訳で、本当に稀にしかこの部屋は使われないとか。

本当に無駄な使い方をする。

これも首都宙域という狭い範囲だけを活動範囲とするためにできる話だ。

出動しても、ほとんど数日の航海なのだから、中には日帰りなんてことも多々あるのだ。

その辺りが軍との大きな違いだ。

話を戻し、俺は艦長に連れられて総司令官室に通された。

中に入ると、本当に広くとられている部屋だ。

先ほど通ってきた作戦司令室という広い部屋の半分くらいの広さはある。

作戦司令室は参謀や職員など十名以上常時詰めているのに対して、この部屋は総監一人だ。

秘書がいることが多いとは聞いているが、それでも広い。

「総監、お連れしました」

「オイオイ、艦長。宇宙では総司令官だよ」

「これは失礼しました。彼が第二臨検小隊の隊長です」

艦長から話を振られたので、俺は敬礼をして名乗った。

「第三巡回戦隊航宙フリゲート艦『アッケシ』所属第二臨検小隊、隊長のナオ・ブルース少尉です」

「君が我らを悩ませたあの少尉かね。まあいい、掛けたまえ」

ナオは総司令官に勧められるまま室内の応接スペースにあるソファーに腰を掛けた。

宇宙に来て応接スペースがあるのがすごい。

流石組織のトップの部屋だ。

総司令官が俺に座るように勧めた後に総司令官も対面に座った。

そこでおもむろに口を開き俺に聞いてきた。

「一応、第一巡回戦隊から君たちのことは報告を受けている。また、君たちが海賊に向かった経緯も君らの上官たちから報告は受けた。まあ、確認という意味しかないが君からも詳しく状況を聞いておきたい。構わないかね」

一応質問して良いかと聞いているが、俺には選択権は無い。

「ハイ、はじめからというと少々長くなりますが、構いませんでしょうか」

「ああ、このことはしっかり調べておかないといけないことだからな。報告書だけでは済まされないまでにことが大きくなっているのだ」

そう言われたので、俺はアッケシのダスティー艦長から突撃命令を受けたところからマリアが変な武器のようなもので海賊たちを倒して航宙駆逐艦を占拠したところや、その後に向かってくる航宙フリゲート艦を幸運から鹵獲できたことを偽りなく丁寧に報告した。

「やはりそうか……」

なんだか首脳陣が頭を抱えている。

何か問題でもあるのか、正直俺には分からない。

「君らの言い分はよくわかった。君らは我々と一緒に首都星に向かってもらう。多分、早い段階で、君らには辞令が出される。職場の異動だ。覚悟しておいてくれ。以上だ」

最後に何やら相当きな臭いことをつぶやかれたのが非常に気になる。

別に出世は望んではいないが、事務職に回されるのだけは勘弁してほしい。

俺は艦長に連れられて、部屋を出た後に士官食堂に案内された。

そこには既にうちの連中も集められている。

「悪いが君たちはここで待機してくれ。どうせ数時間の辛抱だ。この艦は直ぐにフラーレン宇宙港に向かう」

艦長は俺にそう言うと、自身の仕事に戻っていった。

艦長が俺の傍から離れると、メーリカ姉さんが俺のところまできて報告をしてくれた。

「航宙フリゲート艦の引き継ぎは無事終了しました」

「何も問題は出なかったか。例えばエンジンがどうとか」

「ああ、マリアの仕出かしたことか。それはマリア自身がごまかしていたぞ」

「マリア、何か言われたか」

「いえ、なにも。ただ酷い壊れ方だなとは言われましたが」

マリアの答えに俺はほっと胸を撫で降ろした。

どうにかごまかせたらしい。

しかしこの先どうなるのかだな。

あ、そうだ。

総監に異動の話をされたんだ。

みんなには一応伝えておこう。

「隊長、上との話はどうでした」

「ああ、俺らのしてきたことを報告しただけだ。相当に困ったような顔をされたがな。それよりも最後に気になることを言われたぞ」

「気になる事」

「ああ、本部に着いたら異動の辞令が出そうだ」

「え？　どこにですか」

「そこまではさっぱり分からないよ。ただ、直ぐにでも異動させると言われただけだ」


俺らの心配事に全く関係なく旗艦『ドラゴン』は旗下の艦船を引き連れてほとんど最速で首都のフラーレン宇宙港に向かった。

艦長が言っていた数時間よりも早く、二時間弱で到着したのには驚いた。

なんでもこの宙域では使われることの少ない異次元航行まで使っての移動だ。

相当に慌ただしく事態が動いているようだ。

港に着くと俺らは直ぐにでも本部に呼び出しがあると思っていたのだが、基地に併設されている軍の宿泊施設にほとんど軟禁状態のように留め置かれた。

そこは軍の施設とはいえ、首都にある高級ホテルと何らそん色ない施設で、居る分には快適な部屋なのだが、いかんせん、ここに連れて来られた経緯が経緯なので、不安でしかない。

結局ここに軟禁されてから二日目に本部より呼び出しがあった。

俺はみんなを連れて、前に辞令を貰ったあの本部に向かった。

訪問の目的を説明するために受付に行くと、なんと俺らを出迎えてくれたのが前に俺を出迎えてくれた受付嬢のサーシャさんだった。

「あれ、サーシャさんだったっけ」

「あ、ブルース少尉。お話は伺っております。十一階のＣ会議室においでください。皆様もご一緒でとのことでした」

「あ、そこって前に呼ばれた……」

「ハイそうです。場所は覚えておりますか」

「ああ、大丈夫だ。そこから行けばいいのかな」

「ハイ、エレベーターで向かってください」

「ありがとう、サーシャさん」

俺らは連れ立ってエレベーターホールに向かった。

「隊長、隊長。今の人誰？」

「隊長の恋人なの？　それともガールフレンド？」

「隊長も隅に置けないね」

などなど姦《かしま》しいこと甚だしい。

「俺が初めてここに来た時に親切に案内してくれた受付嬢だ。しかも、会ってから一月もたっていないよ。少なくともそれ以降はお前らしか会っていないから覚えていたんだ。彼女は受付のプロなんだろう。一月くらいでは忘れないだけだろうな」

そんな感じでワイワイと会議室に向かった。

ここでも前の時のようにドア前でノックすると中から返事があり、そのまま全員で中に入っていった。

けったいな異動命令

中に入ると、これまた以前にお会いした人が苦虫を噛み潰したような難しい顔をして待っていた。

「待っていたぞ、諸君」

待っていたのは俺らの方だ。

二日とはいえ、何で俺らが軟禁されねばならないのか分からない。

「お待たせしました。本部よりの呼び出しにより第三巡回戦隊航宙フリゲート艦『アッケシ』所属第二臨検小隊参上しました」

「うむ、では始めようか。ナオ・ブルース少尉」

「ハイ」

「貴殿を特例により、航宙フリゲート艦『アッケシ』より出撃した時点まで遡《さかのぼ》り、アッケシ所属から外れ、首都宙域警備隊本部、総務部付きへの異動を命ずる。また、総務部内において小隊の編成を命じる」

？

「何をしている」

訳の分からない辞令を目の前で読まれたので、困っていたら怒られた。

「ハイ、謹んで拝命します」

怒られたので慌てて拝命してその場を下がった。

「メーリカ准尉」

「ハ！」

「貴殿を航宙フリゲート艦『アッケシ』より出撃した時点まで遡り、アッケシ所属から外れ、首都宙域警備隊本部内に作られる小隊に異動を命じる」

「ハイ、謹んで拝命します」

続いて、第二臨検小隊全員への辞令が読み上げられて、この場は終わりのようだ。

「以上だ。明日からは君たち用にここに部屋を用意するので、そこに上番するように。何か質問はあるかね」

質問があるかじゃないだろう。

全く分からないよ。

いったいどこから質問したらよいか……。

「あの～、質問してもよろしいでしょうか？」

「何かね、確か君は……」

「カスミです。第二臨検小隊マリア班軍曹のカスミです」

「カスミ君。質問は何かね」

「ハイ、私たちは明日から何をすればよろしいのでしょうか」

カスミの質問はまさにこの場に居る全員の疑問だ。

ナイスだ、カスミ。

すると、只でさえ苦虫を噛み潰したような顔をしていた係の人は、さらに険しい顔をしてから答え始めた。

「君たちは私たち総務の人間の仕事を知っているかね」

「ハイ、現場のサポートですか。裏方のような仕事をしてくださると」

「確かに私たちは君たちラインの裏方だ。スタッフと言い換えても良いが、その裏方の仕事とは、どんなものか教えよう。良いかね、我ら総務はここ首都宙域警備隊の雑用係だ。それも無茶振りされるありとあらゆることをさせられる。そう、今の君たちのような立場の人間の対応も含めてだ」

「は〜〜」

「君たちは明日からここで待機して、上から命じられることをこなすだけだ。安心しても良い。そう長くは待機させられないだろう。すぐに仕事が上から降って来る。それまで気長に待っていてくれ」

大人たちの悪だくみ

そう言う係官は今まで苦労してきたことを思い出していた。

彼はボードン・フォン・ブルーギルというブルーギル男爵家の三男だ。

相当優秀だったのだろうか、彼はナオ・ブルースが推薦を貰っていたあの第一王立大学のキャリア官僚を養成する学科の卒業生だ。

一応貴族階級に属していたことから順調にキャリアを重ね、ステータス的には劣ると言われているが首都宙域警備隊で官僚をしている。

流石に彼くらいの家格では首都に居ることすら難しいのに首都宙域警備隊の本部で総務部長の職に就いていることからも運と実力を兼ねそなえた稀有な人物といえよう。

そんな彼ですらここ最近胃に穴が開くほどの心労を重ねているのだ。

その主な原因は今から二日前に起こった。

いや、正確にはそれ以上前に起こった事件のとばっちりを彼が受けたのが二日前の事だった。

それはナオたちを乗せた第一機動艦隊が首都にあるファーレン宇宙港に帰って来たところから始まる。

「部長、総監がお戻りになります」

「そうか、分かった」

「総監から指示が無線で出ておりました」

「なんだ、指示とは、あまり良い予感は無いな」

「我々のところに来る話で良い話なんかありませんよ。部長の予感は確定でしょうね」

「いいえ、副部長。それは違うかと」

「ほう、では良い話だというのか」

「いいえ、『良い話ではない』じゃなくて『絶望的な話』の間違いかと」

「なんだね、それは」

「ハイ、なんでも今回の一連の騒動で、王室も動いているとか。既に王室の査察部が調査を始めたと聞いております」

「そ、その話は誠か」

「ハイ部長。既にお隣の警察本部内に捜査本部も立ち上げられました」

「そ、そうか。ここでおびえていても始まらないか。すぐに会議の準備をするぞ。関係者を大会議室に集めてくれ」

「ハイ」

こんな会話から彼の不幸は始まった。

総監が本部に帰ってくるまでに大会議室には本部内で働いている関係者全員が待機していた。

総監は自室に入ることなくこの会議室に入り、会議が始まった。

「ただいま諸君。例の輸送船襲撃事件だが、海賊を蹴散らし海賊船二隻を鹵獲した隊員を無事に連れ帰ることができた。その際に今回の一連の出来事を私自身が彼らから確認することができたので、秘書から説明させる」

「ハイ、では私が総監に変わりましてご説明させていただきます。尚、現時点でのメモはおやめください」

「悪いが、機密事項に触れる恐れがあるので、従ってくれ。方針を決めるまでだ」

「では、説明に入ります」

秘書はそう言うとナオから聞いた顛末を説明した。

説明を最後まで聞いた者の中から声が上がった。

「今聞いた話だと、先に上がった報告とで差異が生じたな。実際に作戦に当たった者からの報告なので、こちらの方が正しいとは思うが、そうなると重大な問題が生じるぞ」

そう言ったのはコーストガードで査察部門を率いる監査部長だった。

「ええ、しかし今の説明で合点も行きましたね。隣から来た輸送船の報告にも合致します」

そう、隣とは警察本部のことで、同じビル内に本部を構えている組織だ。

宇宙空間の出来事はコーストガードのテリトリーになるが、輸送船は港に入った直後に港内の公安部に被害報告をしたのだ。

この公安部を管轄しているのが首都警察本部だ。

普通なら、この公安部は被害届を受け取ったら、そのまま担当であるコーストガードにこの案件を回して終わるのだが、今回はそうもいかなかった。

まず、襲われたのがあまりに不自然だったからだ。

レーダーも使えない宙域で襲われるには、あまりに偶然が重ならない限り、事前に航路を把握していないとできない。

しかし、この輸送船は王国の重要な資源を運んでいる関係上、航路については完全に秘密にされている。

その秘密が何故漏れたかという疑問があったために、公安部署に調査を依頼したのだ。

次に、実際に襲われていた時に、第三機動艦隊が付近にいたのにもかかわらず、救援もせずに離脱したことだ。

これは明らかに業務放棄だと抗議も付けて被害届が出されている。

普通ならコーストガードと被害者とで主張が異なる場合には、被害者側が襲われたことで混乱しているという理由で、コーストガードの主張が取り上げられて終わる。

しかし今回の場合はそうもいかなかった。

まずは被害届がコーストガードだけで扱われずに他部門も経由しているので、被害届そのものをごまかすことができない。

また、被害届にコーストガードの業務放棄もあり、外部特に王室の査察部が出張ってきたこともその理由だ。

こうなるとコーストガードも何もしない訳にはいかない。

コーストガードとしても、この時ばかりは動きが早かった。

いつ何時王宮から何を言われるか分からない状況では、自身でも調査して火消しに走らないといけないとばかりに、事件が発覚してから直ぐにコーストガード内の監査部が動き出したのだ。

直ぐにアッシュ提督本人から事情聴取を行い、その後すぐに順番にポットー戦隊長、ダスティー艦長にと事情聴取を別々に行って一応の報告書を作っていたが、先に挙げたように、被害に有った輸送船の報告とは異なっていた。

そのためにナオたちが保護されるまではこの先の進展はなかったが、第一巡回戦隊がナオたちに接触したことで急に事態が動いたのだ。

どうやら本件は被害に有った輸送船の方に真実が含まれていたのだ。

それを総監が直に確認したので、コーストガードとしても決着を付けなくてはならなくなった。

今関係者を集めて開かれている会議がそれだ。

「大事なのはこれからだ。わがコーストガードはどうするかということだ」

総監の問いに監査部長が答えた。

「明らかに我々の側に瑕疵《かし》が判明した以上、処罰は必至ですね」

「その処罰が問題だ」

「だいたい何についての処罰だ」

「ここで絶対に触れてはいけないのが、囮作戦だ。これぱかりは国に知られる訳には行かない」

「いや、国よりも世論だ。世論に注意しないと、国がひっくり返るくらいのインパクトがある」

ここで言われている囮作戦というのが、あの輸送船の詳細な運航計画を海賊に流したことだ。

元々は海賊たちがどこから仕入れたのか、この輸送船の計画を知ったことから始まった。

知ったと言っても大まかの計画で、襲撃が成功する確率はかなり低いと思われるような内容だった。

そこで、コーストガード側が海賊たちの行動を自分らの都合に合わせて動かそうと、詳細な計画を流したことから始まる。

元々あの辺りはレーダーも無線も使えないエリアが広がっているので、目視でしか発見できない。

なら、広い宇宙で確実に見つけられるように、海賊が輸送船を襲う場所をコーストガードの方で誘導させるために流したのだ。

これなら、輸送船の航路に沿って捜していけば必ず海賊を見つけられる。

確かに第三機動艦隊は海賊の発見には成功したのだ。

問題は発見した後に逃げ出したことだ。

そもそも軍やコーストガードは、圧倒的に不利な状況でも、民間船を置いて逃げ出すことは許されないことになっている。

しかも、今回はほぼ同程度の戦力での逃げ出しなので、どう考えても行動を正当化はできない。

そこで、現場の三人からは虚偽の報告がなされたのだろう。

ナオたち第二臨検小隊の生存は絶望と思われたので、それこそ『死人に口なし』とばかりに三人が同じ供述をしたので、一応の真実味があった。

ナオたちが生きて保護されるまではだが、こうなると全てを明らかにされてしまう。

最低でも囮作戦だけは隠し通さなければならないので持たれた会議だ。

「何か妙案はないかね。このままだと王室の査察部にばれるぞ。そうなれば警備隊そのものが破滅だ」

『その原因を作ったのはあんたたちだろう』とこの会議に出席している事務官たち全員が思ったのだがさすがに声は出さない。

今この場で震えているのはこの計画を進めていたラインと呼ばれる現場責任者たちだ。

全員が全員軍からの出向か転籍組だ。

彼らの考えは、この機会に大きな功績を立てて軍への復帰か自分らを追い出した連中を見返すことしか考えていなかった。

ここで、監査部長が声を掛けた。

「やはり目に見える形で処罰は必要でしょう」

「き、き、君は総監に責任を取れと……」

「総監にはしかるべき責任は取ってもらわないと、この件は収まりませんが、何も責任を取って辞任しろとまでは申しません。総監が取るべき責任は部下の監督責任だけと申し上げます」

「どういう事かね」

「はい、例の囮作戦については、我々全員は知りませんし、そもそもそんな計画はありません」

「な……」

「今回の責任の所在は業務放棄と無謀な命令に対しての二点です。これについては現場にいた最高責任者のアッシュ提督が負わねばなりません。また、基本法にあります、部下を死地に追いやる命令に対してポットー戦隊長やダスティー艦長も相応の責任を取るべきです。この三人については正式に査問委員会を開きその結果をもって陛下に奏上して総監自らご説明に上がる必要があります。その際に、監督責任として総監自ら相応の責任を取る格好で陛下に許しを請うしかないと考えます」

「君はそれで今回の騒動が収まると思うかね」

「いいえ、まだ足りません」

「ここで世論操作が必要になります。そう思いませんか総務部長？」

◇◇◇◇

ほらきた、こんな面倒ごとを総務部長だからという理由だけで俺に押し付ける。

世論操作などは広報のような使える手段を総動員しても成功するかどうかなのだ。

そうなると俺の仕事の範疇になるが、胃が、胃が痛む。

「今出た三人の扱いだが、どの程度が妥当だと思うかね」

「ハイ、査問委員会を開いた結果によりますが、相当に重くしないと王室が納得しません。そもそも無い筈の囮作戦も知る所になるでしょうから、それを見てみぬふりをしてもらわないといけません。そのためにはお三方には降格は必至ですね。その上で、退職金返納の上、依願退職でしょうか」

「そ、そんな重い処罰が……」

「それでは三人が納得しないのでは」

「虚偽報告が判明した時点で、それくらいの処罰はあってもしかるべきかと。それに軍出身ならご存じでしょうが、軍なら明らかに軍法会議ものです。しかも、最悪、最高刑すら考慮される案件ですよ。なんならあのお三方を一度軍に戻した上で、軍法会議で処罰を決めてもらいますか。可能かとは思いますが、これだと総監も無傷とはいかなくなるかと思います」

「分かった。内部がこれにより要らぬ混乱が生じないように手当てをしておいてくれないか、総務部長」

さらに面倒ごとを押し付けられた。

「方針としてはこれで行こう」

「ちょっと待ってください。今までの事だけでは国民に対しては足りません。現に輸送船が襲われたのですから。ですので、国民の目を他に向ける必要があります」

「どうしろというのかね」

「英雄が必要です。海賊に襲われた輸送船を圧倒的不利な状況で救った英雄がいるじゃないですか。彼らへの叙勲のお願いを王室にしないといけないかと思います」

「この案件も総務部扱いか。仕事が多くなるが頑張ってくれ」

「ちょっと待ってください。今の話だと、ダスティー艦長にも英雄に対して命令を発したという功績が発生しますが、それでいいのでしょうか。ダスティー艦長だけが功罪合わせて減刑されるようならアッシュ戦隊長やポットー司令が黙っているとは思いませんが」

「どう思うかね総務部長」

勘弁してくれ、これ以上俺にどうしろというのだ。

えーい、どうとでもなれだ！

要はブルース少尉たちには功績を賞させて、その功績をダスティー艦長が少しでも得られなければ良いだけだろう。

「無理を承知で申し上げます。ブルース少尉たちだけに功績を認めるのなら、命令を受けた時点まで遡り、ブルース少尉を異動させてはどうでしょうか。直属の上司というだけの功績なら、功績が発生した時点での上司でなければ良いだけです」

「そんな無茶苦茶な」

「ですから無理を承知で申し上げたまでです」

「ちょっと待て、案外行けるのでは。法務部長、この場合問題が出るか」

「少しお待ちください。………結論から言いますと、法律的には時間を遡っての異動命令は違法ではありません。また、ここコーストガードの就業規則にも抵触しませんので、可能かといえば可能です。しかし……」

「ああ、前例がないという奴だな。この際構ってはいられない。直ぐに手配しろ。人事部長、良いな」

「辞令を作るだけならすぐにでも出来ますが、組織内での混乱を考えますと正直不安が残ります」

「多少の混乱は今回の一連の騒動の処理で押し切れ」

「分かりましたが、異動先は如何様に」

「ここは司令部付きが妥当か」

「いえ、そのようなことが許されますか。もし、司令部付きにしますと、功績の一部は司令部にも発生します。ご自身で処分を下すのに、他から文句が出ないか心配です」

「……え～～い、分かった。この際前例が無いのだ。全員総務にでも付けろ。あとは人事と総務とで決めておけ。良いな。これで解散とする」


そんなことがあり、前日まで、人事と折衝を重ねて無理筋なのは百も承知だが、総務部付きの実働部隊を誕生させたのだ。

質問が出たが、俺ですら何をやらせたらよいかなど思いもつかない。

どうせ、上から何か言ってくるだろうからそれまで飼い殺しを覚悟しておけ。

そう言えたらよかったのにな。

そんな俺の苦労が少しでも汲んでもらえればな～。

俺はブルース少尉たちに辞令を渡して逃げるように部屋を出た。

その俺を副部長が捕まえる。

「部長、総監がお呼びです」

「用件は分かるか」

「先ほど査問委員会の結果が出ました。ですので、その件かと」

ああ、分かった。

これをもって陛下に言い訳に行くのだな。

となると俺はその御守りか。

「分かった、これから総監に会いに行くとするよ。もし王宮に行くことになるようなら君も同行を命じるから、出かける準備だけはしておいてくれ」

俺は副部長の期待を裏切らずに総監に連れられて王宮に出向いた。

組織の苦労人

総監はそのまま陛下に謁見を申し込んでいたが、総務部長は、彼の副官たる副部長と一緒に、査察部に出向いて一連の顛末を説明して、納得してもらうよう折衝を続けた。

結局深夜までかかって、一応の納得をしてもらい査察部を出た。

そんな彼を待っていたのが、彼と一緒に大学で学んだ仲の一人だった。

彼は王宮で管財部の課長をしている。

この場合コーストガードの総務部長と王宮の管財部の課長とでどちらがより出世しているかは微妙だ。

彼はステータス的に評価が低いコーストガードの部長で、もう一人は政治の中心にある王宮での課長だ。

まあ、そんな訳で軽い口調で総務部長を捕まえて、話を始めた。

「ボードン、久しぶりだな。こんなところで会うなんて珍しい」

「見え透いたことを言っているんじゃないよ。君がこんな深夜まで俺を待つなんて何かあるのだろう。……どうせ知っているんだろう。俺らが今苦労しているのを」

「悪い、悪い。許せよ」

「で、何の用だ。お前も暇じゃないだろう」

「ああ、仕事の話だ。コーストガードにご褒美がある」

「褒美だと。それって拒否はできないよな」

「褒美の内容を聞かなくてもいいのか」

「どうせろくでもないものだろう。不幸になる話はできるだけ聞きたくないよ」

「何を警戒しているか分からないが、まあいいか。明日、またここに来てくれ。管財部で待っているよ」

「ああ分かった」


翌日、総務部長は副部長を連れ立って、また王宮に出向いた。

昨日、管財の課長から呼び出されたためだ。

「良く来てくれた。早速で悪いがご褒美の話をしよう」

そう言うと管財課長から一枚の行政文書を渡された。

「これを読んでくれ」

「おい、これって……」

「ああ、そうだ。君たちが鹵獲したフリゲート艦だ。これを君たちへという陛下からの思し召しだと」

「理由を聞いても良いかな」

「ああ、俺の知っている範囲で構わないなら」

と言って説明してくれた。

彼の説明では、今回の件はコーストガードに重大な瑕疵はあったが、それ以上に賞さなければならない功績もあった。

あの海賊菱山一家に少数で勝ったという事実だ。

なにより海賊から艦船を二隻も鹵獲したことが大きい。

目に見える形での成果を挙げたために国民に見える形で賞さなければならなくなったという話だ。

しかし、ナオたちへの叙勲は国を挙げて祝う訳にはいかない。

理由はナオたちが何故少数で立ち向かわなくてはならなくなったか、その訳も国民の目に触れてしまうため。これを嫌った政府上層部は、叙勲はする方向だが地味に行うつもりで、コーストガードには、鹵獲したまだ新しい船を下賜することで国民に功績に応えたことを示そうと今回の処置となった。

それ以外にも理由はありそうであるものの、そこまでは分からないが、引き取り手が無いというのもあるようだ。

明日、大々的に目録を使って総監に軍艦の下賜をする式典を行うという。

王宮でも鹵獲した軍艦が直ぐに使えるようなものじゃないことは理解しているので、陛下より、軍艦と一緒に修繕改装費用も下賜されるとある。

「それで、俺にどうしろと」

「ああ、うちも鬼じゃない。修理整備用ドックを持たないコーストガードに急に修理しろと言っても無理だろう。そっちもこちらで用意してある。しかし、俺らができるのはここまでだ。そのドックまであの船を運ばない訳にはいかないが、それをコーストガードで責任を持ってやってほしい。明日の式典以降ならすぐにでも移動してもらって構わないとのことだ」

「ああ、分かった。そういう事なら直ぐにでも作業にかかろう。もう一度確認するが、明日式典以降なら船を移動させても構わないという訳か」

「いや、先ほど式典の後にはとは言ったが、これは建前だ。どうせ式典では目録だけで行われるので、移動ならいつでも構わないだろう。だってあの船は現在お前らの管理下にあるのだから。その所在が今回の式典で正式に決まるだけだ」

「そういう事ならあいつらを使いませんか」

ここまで黙って話を聞いていた副部長が耳元でささやいてきた。

「あいつら？」

「ブルース少尉の小隊です。今なら総務の権限で好きに動かせます」

「ああ、それなら手間は省けるな。しかし、あいつらに動かせるのか」

「大丈夫です。報告書では、海賊襲撃現場からルチラリアまではあいつらだけで動かしてきておりましたから」

「そうか、ならすぐにでも命じよう。あいつらも暇を持て余していたから、ちょうど良いな」

「どうした。何か問題でもあるのか」

「いや、回航の目途がついたのだ。直ぐにでもドックに向けて回航させる準備に入るよ。ここはお礼を言っておくべきなのかな」

「どちらでも。まだまだ大変そうだが頑張れよ」

「ありがとう」

総務部長が王宮から本部に戻ると、その足で総監を訪ねた。

先の船の回航の件で、一応総監の耳に入れておくためだ。

◇◇◇◇

総務部付きの人間をどう使おうと彼の仕事の範疇であり、どこにも許可などを取る必要はないが、ことが事だけに一応総監に相談した格好を取った。

簡単に総監から許可を取った後に、その足でナオを訪ねて来た。

ナオたちは本当に暇そうに与えられた部屋でそれぞれ好きなことをしながら屯《たむろ》していた。

『こいつら本当に言わないと何もしない連中だな。俺がこれほど苦労しているのに、その原因を作ったお前らは……』

総務部長は部屋に入り眉間のしわをさらに深くしてナオを呼んだ。

ナオはちょうど大好きなファンタジーノベルの新刊を読んでいたところだった。

部長に呼ばれてきまりが悪いのか、悪さを見つけられた生徒が反省のそぶりを先生に見せるように急に姿勢を正して部長の前に出た。

ナオは敬礼した後に、部長に聞いた。

「総務部長殿。命令でしょうか？」

「ああ、早速だが、君たちにうってつけの仕事が出てきた。これが命令書だ」

ナオは命令書を受け取る前に、部下たちを整列させた。

整列後に、また部長と向き合い命令を受けた。

「ナオ・ブルース少尉。貴殿を仮称航宙フリゲート艦『ブッチャー』の艦長代行に命じ、貴殿の部下を率いて月面上にある宇宙軍工廠の第十三号ドックまで回航させよ」

「はい、謹んで命令をお受けします」

この命令だけを伝えた部長は、忙しそうにこの場を去っていった。

◇◇◇◇

「隊長、今度は何をするのかな」

いつものように全く緊張感を感じさせない口調でマリアが聞いてくる。

「航宙フリゲート艦の回航だと。しかし、この『ブッチャー』って船、うちらのところにあったたっけ。そもそも、名前の付け方が違うような」

「これはあれだね。うちらが乗ってきたやつ」

「ああ、あの海賊から奪ったやつか」

「そうですね。さっきも部長は仮称と言っていたし、鹵獲した船の名前ですね。それがコーストガードに来たのでしょう。まだ名前が決まっていないから仮称として前の名前を使ったんだと思いますよ」

「要は、それをうちらが修理のためにドックへ運べという訳か」

「そうですね、メーリカ姉さん。どうせ上の連中は暇しているうちらにこんな雑用させとけば良いと考えたのでしょうね」

「でも、でも、おかしくないの。あの船は航宙フリゲート艦だよ。それをうちらだけで曳航させるなんて」

「マリア、曳航じゃないよ、回航だよ」

「何が違うんですか」

「あの船を自走させて運べって言ってるんだよ、ケイト」

「あの船をうちらだけで」

「実際に運んできたじゃん。上もそれを知っているから命じたと思うよ」

「まあ、そんなとこかな。とにかくあの船に戻らないと話にならないな。カスミ、悪いが至急移動手段を見繕ってくれ。どうせ定期便経由でルチラリアに行って軌道エレベーターあたりのルートだろう」

「ここから宇宙船で運んでもらえなければそれしかありませんね。幸いここは総務部ですからすぐにでも手配はできるでしょう。全員分の手配をしてきますね」

そう言うとカスミは出て行った。

「さあ、次にここに来るのはいつになるか分からないので、部屋をきれいにして明け渡すぞ。もしかしたらあの新しめの船に修理後も乗れるかもしれないからな」

「どうせうちらにはそんなの回ってこないよ。まあ、仕事と言われればやらない訳にはいかないけれどもね」

「そういうことだ。またよろしく頼むよ、メーリカ姉さん」

「ああ、それじゃあ、カスミが戻るまで掃除しておくよ」

「「はい、メーリカ姉さん」」

色々と手配が大変だったようで、カスミは部屋を出て行ってから一時間後に帰ってきた。

「隊長。二時間後に民間の輸送船がありましたので、乗せてもらえることになりました」

「民間？　どこの港に行けばいいんだ」

「ファーレン宇宙港で大丈夫です。民間と言っても軍の仕事をしているやつで、ファーレン宇宙港からルチラリアに戻るやつでした」

「そうか、わかった。それじゃあ、ここの掃除も終わったことだし、持ち物を持ってファーレン宇宙港に集合だ。取りあえず、ここは解散としよう。後で港でな」

「「はい、隊長」」

問題の勲章

俺たちは、その後宇宙港から輸送船に乗って、ルチラリアに向かい、ルチラリアでは飛行機や鉄道を乗り継ぎ軌道エレベーターまで到着した。

「隊長、疲れましたね」

「ああ、こんなに面倒だとは思わなかったな。エレベーターはすぐにでも動かしてくれるらしい」

「ええ~、少し休みましょうよ」

「こんな辺鄙《へんぴ》な場所じゃ休む処なんかないだろう。さあ乗るぞ」

軌道エレベーターの終点にある監視衛星まで直通で向かった。

途中にある観光スポットなどのステーションは通過させたが、通過中にマリアたちにかなり恨めしそうな顔をされた。

「休む場所あったのに~!」

だと。

確かに観光スポットだからそれなりに楽しめたかもしれないが、そもそも宇宙に出ることを生業《なりわい》としている俺らが宇宙観光なんかで楽しめるものか。

時間も無いことだし、諦めてもらったが、後々まで言われそうだな。

監視衛星には俺らの使っていた内火艇が、残っていた。

どうも、あの船を管理している兵士たちが今でも使っているようだ。

内火艇の操縦士に行き先を告げ、航宙フリゲート艦に向かった。

航宙フリゲート艦の後部格納庫に内火艇が入ると、中で管理していた兵士が挨拶にやってきた。

「本部からの命令により、この船の回航を任されたブルース少尉だ。責任者にお会いしたい」

「現在、この船の管理を任されております、ビスマス基地警備隊所属、第二警備小隊隊長のジャドー少尉です。ブルース少尉の件は基地より指示を受けております」

「では、早速だが引き継ぎをお願いします」

俺たちが到着した時には艦内ではすっかり引き継ぎの準備ができていた。

後部格納庫で引き継ぎが終わり、俺たちが乗ってきた内火艇でジャドー少尉たちは帰っていった。

このフリゲート艦を小隊三十名で管理していた訳では無く、十名ずつ三交代で管理していたようで、艦内には十名しか乗っていなかった。

なので、引き継ぎから退艦までが本当に早かった。

よほどここは居心地が悪かったんだろうか？


俺はこの場で全員を集め、配置を決めた。

もうマリアたちの班だけで機関室には入れない。

これはメーリカ姉さんとも意見が一致したので、機関室はメーリカ姉さんの右腕の小指くらいの位置にいるケイトに率いられる班のメンバーが多くなるように配置を決め、一番怪しいマリアは艦橋だけの勤務として、一緒に艦橋に向かった。

「隊長、この扱い酷くはありませんか」

「酷くない、当然の措置だ。早く艦橋に行って、出航させるぞ」

マリアは酷いというが、酷いことなぞあるものか。

一応あの時の引継ぎでごまかしたことにはなっていたけど、総務部の控室にいた時に何度かエンジンの件で総務の人から問い合わせがあった。

なんでも、軍艦のエンジン部分の被害がひどかったとかで、監察関係者からの問い合わせがあるとか言われた。

さすがに言外に『これ以上壊すな』とにおわせてはいなかったけど、一部には疑われていたようだ。

どちらにしても、もう一度ごまかさないと済まないだろうが、大丈夫だろうか。

艦橋に入ると、なんだか懐かしい感じがする。

ここを離れてから数日しか経っていないし、何よりこの船に乗ってからもそれほどの時間が経っていない。

それでもここでの時間の内容が濃かったのかとても懐かしく感じた。

「隊長、いや、艦長代行。準備が整いましたよ」

「あ、悪い。隊長でいいよ。どうせ二、三日だけのことだ。それでは出航するか」

と言いながら艦長席に着いた。

「エンジン、補助エンジンですが始動します」

「補助エンジン始動。エンジン出力正常に上昇中」

「艦内各部、航行に必要なものはオールグリーン。いつでも出港できます」

「では、メーリカ准尉。出港させてくれ」

「了解しました隊長。目標、首都星ダイヤモンドの衛星の月へ。マリア、発進。通常航行、速度二宇宙速度へ」

「メーリカ姉さん了解しました。目標、首都星ダイヤモンドの衛星の月、速度二宇宙速度」


無事に航宙フリゲート艦を発進することができた。

運航計画は民間の航路を利用すると連絡してある。

なにせ、メインエンジンが壊れていて、長距離を補助エンジンだけで移動するため、いつ何時遭難するか分かったものじゃない。

特にうちの場合、中から壊しかねない連中がいるので、笑い事じゃ済まされず、遭難しても民間に発見してもらえる航路を選んだ。

そんな航路をゆっくりと進む。

そんな俺らの横を民間の輸送船などが倍近いスピードで抜かしていく。

中には軍艦が亀の歩みのような速度で移動しているのをからかうような無線を入れて来る船もあ

るのだ。

「隊長、この船は三宇宙速度までなら安全に出せるので、出しましょうよ」

「いいんだよ、安全に運ぶのが最優先だ」

「くやしいよ。民間のぼろ船にバカにされるのなんて、隊長はどうとも思わないの」

「バカにされても良いの。安全が大事。だいたいお前らがエンジンを壊していたから心配なんだよ」

「でも今の速度だと、惑星ダイヤモンドまで四日はかかるよ」

「四日かかっても良いよ。想定の範囲だ。だいたい旗艦での数時間の移動が異常なんだよ。普通は数日かかる筈なの」

「それって貧乏旅行だよ。高速船なら半日で着ける筈だよ」

マリアとのくだらない会話からでも予定の日数が分かった。

計画を本部に出した時に計算しなかったかって。

俺がその計画を見ていないだけだ。

今回の回航に必要な書類は全部カスミが出していた。

できる部下がいると大変助かる。

そんな感じで四日間は本当暇な時間だった。

暇だが平穏な時間を過ごせたのは、ひとえにマリアを機関室に入れなかったのが良かったのだろう。

最初から知っていればあの時に機関室に入れなかったのに。

運よく問題にされなかったから良かった。

しかもだ、問題を発見されそうなドックに入れるのに立ち会えるのでごまかしもお願いできよう。

このまま平和が続くことを祈ろう。

殉職を諦めたか？

いいえ、諦めてはいません。

ただ事故なんかで死ぬのは納得ができない。

やはり、殉職はかっこ良いセリフを吐いてからでないと死んでも死にきれない。

まあ、今回はとにかく安全第一でいこう。

◇◇◇◇

ナオたちが順調に目的地に向かっている間、首都にあるコーストガードの本部では、新たな問題が上がってきた。

今回の事件での清算は関係者の処分と、陛下よりの下賜により、コーストガードの功績に対しての国からの報いは済んだことになった。

これはあくまでも国民に対しての事だけで、一番重要な功労者への評価が済んでいない。

王宮では、軍関係者を招いて協議を重ね、ナオたち第二臨検小隊全員への叙勲で落ち着いた。

問題はどんな勲章を与えるかだが、これは軍部に属してはいないが軍事に詳しい者からの提案で満場一致で『勇者に与えるダイヤモンド賞』で決まった。

しかし、この勲章が問題を孕むことになる。

そもそも、この勲章は主に英雄的な行動により、仲間を助け最大限の功績を残した殉職者に与えることの多い勲章で、当然叙勲とともに昇進もセットされている。

だいたいどこの国でも殉職者への報いとして二階級特進されるものだが、これは遺族に対しての遺族者年金などで報いるためでもある。

しかし、この勲章は得たものを生前にさかのぼり二階級特進とし、除隊に対する退職金も特進後の階級に準ずるものであるように優遇する大変栄誉ある勲章である。

しかし、この勲章は死者だけに与えるものではなく、生者にも資格があれば与えられるものだ。

過去にも大変稀ではあるが生者も与えられたことがある。

流石に生者に与える場合には必ず二階級の特進ではなく、ほとんどの場合が一階級の昇進を権利として与えられた。

極々稀ではあるが曹長から士官への場合や大佐から将官への場合などでは二階級の特進もあった。

曹長からの場合では准尉を飛び越え少尉に成るように、また大佐らの場合では准将を飛び越え少将へと二階級の特進をした事例がそれぞれ一例ずつあった。

尤も生者がこの勲章を受けるケースが非常に少なく、かつ、現場でのたたき上げで出世してきたものしか例が無かった。

この勲章の叙勲が生者に与えられるのが非常に稀であるのはそもそも当然の結果である。

その理由は、この勲章を受けるほとんどの場合が負け戦での殿を受け持つものに与えられてきたからだ。

死者も生者もほとんど、いや、全てがこのケースだった。

生者への叙勲は稀であるのだが、別に生者が叙勲するのに問題はない。

しかし、今回ばかりはエリート養成校を出たばかりのナオが叙勲するために問題をはらんでしまった。

何が問題かというと俗にいうエリートがこの勲章で昇進することで、長らく続いてきたエリート養成に関しての慣例が崩れてしまいかねないというのだ。

どういうことかというと、敗戦時の撤退に際して殿を受け持つことを俗にいうエリートと呼ばれる者がする訳が無い。

最前線で戦う猛者と呼ばれる者がその任に耐えるものだろう。

今回のケースでは、このような過去のケースよりもより鮮やかな成果を出したのだ。

少数の小隊を率いてあの強大な菱山一家のカーポネたちに臨んで完勝をもぎ取ったのだ。

襲われていた輸送船を救い、小隊のみならず現場にいたコーストガードにも一切の被害を出さずにことを成し遂げたのだ。

しかも敵から二隻もの戦闘艦を鹵獲するといった誰もが分かりやすい成果までおまけに付けてだ。

この勲章の主旨から見ても、これ以上に無いだけのことをしたのだ。

本来ならば国を挙げて勇者を賞するところなのだが、それをやると、コーストガードの瑕疵も表ざたになる。

コーストガードのことを国が積極的に庇う必然性がある訳では無いが、政府の一機関であるために、やむを得ず庇わざるを得なかったのだ。

そのためにも、王室はコーストガードの意向や軍部の思惑など一切考えずに英雄たちをきちんと賞する気持ちのようだ。

そこで、勲章の種類も決まった段階で、コーストガードに対して内定を知らせた。

組織内で、彼らをきちんと評価せよという意味を込めてだ。

この知らせも、王宮に勤める管財の課長から同期の総務部長へのリークという形で情報を流されたのだ。

その辺りの腹芸はこの人たちにはお手の物で、きちんと総務部長には王室の意図が伝わった。

位打ち

ナオたちへの叙勲の情報はナオたちが本部を離れた二日後にもたらされた。

この情報を得た総務部長は直ぐに総監に知らせた。

ほぼ同時期に総監にもこの情報が別の方面からもたらされていた。

尤も総監の方は総務部長よりもちょっと複雑なしがらみがあったようで、大変お困りのようだった。

総監は総務部長に命じて関係者を直ぐに招集して事態の打開を図った。

例の会議室に関係者を集めた総監が開口一番にこう話して会議が始まった。

「諸君。急な呼び出しに応えてもらい感謝している。例の件ではあるが一連の対応でやっと終わりが見えてきたが、最後の最後になって問題が、それもかなり根の深い問題が発生した。詳しくは総務部長から説明が入る。すまんが、先の話をここでもう一度してくれ」

「ハイ、総監。では、総監からお話がありました最後の問題ですが……」

こう話して、第二臨検小隊の叙勲について説明を始めた。

会議に集まった首脳陣の中にはこの話を既に知っているようなものがいたことに総務部長は驚いていた。

その知っていそうな連中の全員が軍からの出向組の者で、なおかつ貴族階級に属するものばかりなのは、背景に何やらきな臭いものがあることを事務官たちは一様に感じている。

おおかたの説明を終えると最初に口を開いたのは人事部長だ。

「総監。その勲章ですが、生者の場合でも昇進はさせないといけなくなります。流石に二階級は無いと聞いておりますが、ブルース少尉の場合はどうなるのでしょうか。こちらだけでの昇進にはならないのでは」

「人事部長。どういうことか」

「ハイ、彼の場合、軍からの出向扱いです。今軍に戻れば確か一階級落として准尉になるかと。だとすれば、軍での昇進もあるのでしょうか」

「正直分からん。軍での昇進は軍の人事が扱うはずだ。今はここだけの問題として考えればよいだろう」

「そうでしたね。すみませんでした。だとすると、彼は少尉ですから中尉に叙勲と同時に昇進させます」

総務部長がこの場で問いただす。

「私の提案からでしたが、彼は今総務部付きです。中尉になった場合の配属先はどうなりますか。まさかこのまま飼い殺しという訳にはいきますまい」

「しかし、どこに配属させるというのか。ただでさえ、ここに来た時にも散々苦労して第二臨検小隊に配属先を決めた奴だぞ」

「しかし、いい加減な人事では王室が黙ってはいないでしょう。軍でも、問題が出るのでは」

そう言うと、総監と先に叙勲の話を聞いていたらしい人たちの表情が一斉に曇った。

訳アリのようだ。

監査部長も危機感をにじませた。

「今回の場合、いい加減には済ませられませんね。一応国民に対しては報道しないようですが、秘密にした訳では無いでしょう。なんでも、直ぐには官報に載せないようですが、時期をずらしてきちんと官報には載せるようです。もしも、後で扱いが妥当でないと国民にばれたら、それこそここに居る全員が陛下より処罰されることを考えた方が良いかと思います」

「しかるべき部署なんか有れば最初から苦労はしなかったはずだ。あいつは疫病神か」

「しかし我々は彼に救われた事実があります」

◇◇◇◇

会議は堂々巡りでなかなか結論が出せずにその日は終わった。

結局、この後二日かけてやっと結論を出した。

何より軍関係者の思惑が非常に面倒だった。

彼をこれ以上目立たせるなというのだ。

何と言っても彼は軍が放出した人材だ。

それが目立てば軍の面目がつぶれる。

先に彼の叙勲を知っていた軍関係者は実家の貴族が属する寄り親から強い圧力を掛けられていたのだ。

それはナオが軍のエリートを養成するエリート士官養成校の出身だということが問題にされる。

この卒業生はエリートとして扱われるので、他の士官と出世するスピードが異なる。

その中でも本道と言われる参謀コースは軍の高官の子弟か上級貴族の子弟に限られてきた。

ナオは彼の適性上、そのコースが尤も彼の力を発揮できるはずだが、彼の出自の問題で、現場部門に配属先を打診したのだが、現場が彼のあまりに極端な特徴を嫌ってどこも受け入れなかったという経緯がある。

そんな彼が軍の窓際族のための部署として用意してあるコーストガードに配属早々に大金星を挙

げたとなると、軍上層部や貴族連中には面白くない。

そんな彼が同期たちよりも先に出世していくのが今まで培ってきたエリート養成における慣習の崩壊に繋がることを恐れているのだ。

そんな連中がコーストガードにいる知り合いなどを使って圧力をかけてくるのは自明の理だった。

総監すらそんな貴族たちから『どうにかしろ』と圧力があったようだ。

しかし、この会議に出席している全員が、外部から『どうにかしろ』と言われても、どうしてよいかが全く思いつかずに時間ばかりが過ぎて行った。


二日目の午後になって、ある出席者からこんなことが言われたのだ。

「関係ない話かもしれませんが、大昔の貴族社会において『位打ち』というのがあったそうです。もしかしたら使えるかもしれません」

「なんだね、その位打ちとは」

「はい、なんでもその当時のライバルを蹴落とす手法で、ライバルに身の丈に合わないより上位の位を授けるそうです」

「ちょっと待て、それではかえって問題を大きくしないか」

「位打ちの神髄はそこにあるのだそうです。だいたい能力の無い者により上位の職種をさせれば必ず自滅します。なにせ、能力もそうですが、それまでに培《つちか》うはずの経験まで無いうちに上位の職責を与える訳ですから、自滅するのだそうで、この位打ちのいやらしい所は、狙い撃ちされている本人には全く悟られないとか」

「それは何故だね」

「蹴落としたい側から出世を勧められるのですから、普通なら喜んで出世を受けていたそうです。すぐに自滅するとも知らずにです」

「それが今回のケースでも使えそうだというのか」

「彼の場合は、より簡単です。異動先に関しては彼には拒否権はありません。我々の命じたままです。そこで、より重責の部署に異動させ、無理難題を命じておけば自滅するかと思います。しかも、この場合ですが、王室の意向にも沿ったと胸を張って説明できるのが最大の利点です」

「確かにそうだな。彼を飼い殺しなんかできない以上、自滅させる方向で考えるか」

「いっそのこと船を与えるか。幸い陛下より下賜された船があるし、現体制のままなら余裕がある筈だ」

「いや、しかし、それはあまりに無理が。中尉程度では艦長職の任命には無理があるかと」

方針は決まったが、実際の職場の選定となるとさらに難問だ。

侃々諤々《けんけんがくがく》の議論の末、総務部長の一言で会議が決した。

「そう言えば、もう一隻の船の処理を考えないといけませんね。話が飛びますが、どうしましょうか総監」

「もう一隻だと」

「ハイ、ブルース少尉は二隻の船を鹵獲しました。もう一隻は既に王国では使われていない艦種であります『航宙駆逐艦』という小型艦です。この船の廃棄も費用が掛かりますし、何より現状でも無駄に費用が掛かっておりますので、私としては彼に命じて処理させたいかと。これなら数か月は時間が取れますが」

「ちょっと待ってくれ、総務部長。その話は聞いていない。陛下より賜ったのは一隻だぞ」

「はい、『使えそうな艦』が一隻でしたので。もう一隻は今話したように王国では数十年前に使用しなくなった種別の艦です。ですので、王宮の管財からは、鹵獲した部署が責任をもって処理しろと言われました」

「それ、使えないいか」

「どういうことです」

「我らは軍ではない。軍で使われなくなった小型艦でも巡回などのパトロールに使えそうだと言うのだ」

「では、その艦をどこかの巡回戦隊に所属させて使うおつもりで」

「それでは『位打ち』にならんだろう。独立させるんだよ。単独で行動させて自滅を待てば、それを理由に降格もできる。そうすれば貴族連中からも文句は出まい」

「人事部長。できそうか」

「小型艦とはいえ艦長ですよね。内火艇や救命ボート程度ならそれも可能ですが、せめて大尉の階級はほしい所です。………あ、いい方法を思いつきました」

「何かね」

「はい、艦長は無理でも、艦長代理ではどうでしょうか。正式な艦長を任命しなければ実質艦長です。しかも、中尉で、艦長職をさせればかなりきついかと」

「それは名案だな。なにせ彼は学校を卒業してからまだ一月と経っていない。艦長でなくとも他の仕事でも圧倒的に経験が足りないので、直ぐにぼろを出すぞ」

月面の宇宙軍工廠第十三ドックに

「問題があります」

「何かね、総務部長」

「あの艦をそのまま使うにはあまりに無理があります。同時に鹵獲した艦にはしっかりと改修工事に向かわせたのに、より古い艦にそれをしないと、彼が失敗してもその整備を理由に我々が責を問われかねません」

「整備させればいいだろう」

「予算をどうしましょうか」

「経理部長、何か案はあるかね」

「そうですね……唯一あるとすれば、陛下より頂いた整備費用の一部を充てることですかね。あの費用は整備費用の名目で頂いておりますが、船の指定はありません。一部を回せば出せないこともないかと」

「それいいかも。総監、その案採用しましょう」

「何か思いついたのか」

「はい、ごくわずかな金額を彼に与えて、整備まで任せれば、全くの経験の無い彼ですからその段階で失敗しますよ。私だって急にそんなことを言われればやれる自信がありませんから、学校出たての彼には無理な注文だと思います。これは私の予測ですが、付けられた予算を無駄にするか、全く使えないで整備ができないかのどちらかと思います」

「おお、それなら十分に降格の理由になるな。どうでしょうか総監。私は彼の案に賛成します」

「どうかな、経理部長」

「ハイ、頂いております予算が六百億ゴールドですから、その十分の一いや二十分の一の三十億ゴールドで戦闘艦として活躍できる武装を含む整備を命じれば良いかと思います。如何でしょうか」

「あの航宙フリゲート艦の改修工事の期間はどれくらいを見てあるかね」

「まだドックでの見分が済んではおりませんが、聞くところによりますとメインエンジンの交換が必要かと、それなら一年は見ませんといけないかと思います」

「よし、その船の四分の一の三か月でやらせよう。それくらいなら貴族たちも我慢はできるだろう。これで決まったな」

「ハイ、では彼には航宙駆逐艦の艦長代理として、部下をそのまま付けるという方向で。増員は必要かとは思いますが、それも整備状況を見てからということで。最初の命令を整備として期間を三か月で命じます。残りは、一応艦船の登録になりますので、艦船名とその所属ですね」

「そんなのどうでもいいだろう。どうせありえない話だからな。総務のままで構わない。どこに付けても経歴に傷がつく。総務ならラインでの失敗に関しては経歴に傷などつかないだろう。ところであいつは今何をしているのだ」

「ハイ、今日あたりに到着かとは思いますが、あのフリゲート艦を月面にあるドックに回航させております」

総監たち軍からの人間は一瞬不吉な予感を感じた。

学校出たての士官に回航というほとんど研修航海に近い作業とはいえ実務を経験させていたことに。

しかも、それが成功しそうだということに位打ちが失敗に終わるのではないかという予感を感じたのだ。

その悪い予感を打ち払うために、皆一様に彼は学校で経験したこと以前に、全く未経験の整備をさせるから大丈夫だと、自分たちを納得させていた。

もうこれ以上会議室にいる意味の無くなったコーストガードのお偉いさんたちはそれぞれの仕事に散っていった。

なにせこの二日間全く自分たちの仕事ができていない。

ナオ・ブルース少尉の処遇を決めるだけで二日間時間を取られていたのだ。

その当人は何も知らされることなく、間もなく月面のドックに近づいていた。

◇◇◇◇

「隊長、無線が入りました。軍工廠所属のタグ宇宙船からこちらに乗艦の許可を求めております」

「直ぐに応答せよ。乗艦許可を出せ」

「はい」

「こちら航宙フリゲート艦。貴殿の乗艦を許可します。乗艦方法をお知らせください」

「パーソナルムーバーで飛び移ります。艦橋下のエアロックからの乗艦を希望します。許可願います」

「許可します。艦橋にてお待ちしております」

それから十分と掛からずに艦橋に案内人と称する技術大尉がやってきた。

「月面工廠、エリア内案内部署所属トール大尉だ。この艦をこれから第十三号ドックに入渠《にゅうきょ》させます」

「この艦の艦長代行をしておりますナオ・ブルース少尉です。ただいまより操艦指揮権をお渡しします」

「操艦指揮権をお受けします。ここまでご苦労様でした。もうしばらくですので一緒にがんばりましょう」

そう挨拶を受けたら、直ぐに彼は操舵輪を握っているカスミの横に移った。

カスミやマリアに色々と細かな命令を出しながら艦を操っている。

外からは彼の指揮下にあるタグ宇宙船がサポートしている。

いくら重力が地上の八分の一とは言え、メインエンジンが使えない状態での月面上への着陸だ。

相当に神経を使う作業が続いたが、それもドックへ入渠に要したのは一時間ほどだった。

カスミの操艦技術もすごいのだが、何より案内人として乗艦してきたトール大尉の技術が卓越していると言えるのだろう。

ここは軍港のしかも修理を専門とする部署だ。

この艦のように壊れた船を着陸させることも多いのだろう。

外のタグ宇宙船と協力して本当に無理なく月面に着陸できた。

着陸後、直ぐにドックの方から第十三号ドックのドック長が艦橋に部下を引き連れやってきた。

俺の仕事は、このドック長に船を明け渡すのみだ。

「第十三号ドックのキールだ。少尉のことは話に聞いている。歓迎するぜ」

「ありがとうございます。まず先に形式だけでも、良いですか」

「おおそうだったな。キール技術少佐だ。この艦を引き取るために乗艦した」

「現在、この船の艦長代行のナオ・ブルース少尉です。全指揮権をキール技術少佐に引き渡します」

「指揮権を引き継ぐ。ご苦労だった」

「我らはこれより下艦します」

「貴殿らの下艦を許可する。少々時間はかかるだろうが、新品と変わりない位にしてそちらに引き渡すから安心してくれと、総監殿にお伝えください」

「分かりました。今のキール技術少佐のお言葉をそのままお伝えします。よろしくお願いします」

そう言って俺らはそろって下船した。

月面は、軍だけでなく観光や資源開発など王国でもかなり開発の進んだ場所だ。

重力が地上より非常に小さいために実際に住んでいる人は少ないが、それでもここで働いている人の数は多い。

そのための首都とこの月面を結ぶシャトルはひっきりなしに飛んでいる。

俺らはドック事務所で書面を発行してもらい、本部に戻るだけだ。

「隊長、隊長。ここなら観光しても良いよね」

「何を言っているんだ。俺らはまだ仕事中だぞ。遠足は家に帰るまでというだろう。仕事も同じだ」

「え？　なにそれ、聞いたこと無いよ」

「え、そうなのか。孤児院ではそろって外出するたびに言われたもんだがな。まあ、聞いたことが無いなら気にすることはないが、本部の総務部長にこの書類をもって報告するまでが任務だ。非常に残念な話だが、ここと ファーレン宇宙港との間は二十分間隔で連絡船が飛んでいる。観光などしている暇は無いよ。連絡船乗り場に移動するぞ」

月面の基地からファーレン宇宙港までは連絡船で一時間ほどで着く。

俺らがファーレン宇宙港に到着したら、入国ゲートのところで総務部長が俺たちを待っていた。

流石に驚いたが、俺は書面を総務部長に手渡し、回航の報告をした。

船を貰ろうた、そして初仕事も

部長はいらいらしながら俺の報告を聞いて、報告が終わり次第、俺らを外に止めてあるコーストガードの車に乗せた。

しかも全員を分乗させてどこかに連れて行く。

しかし、ここはいつでも慌ただしい職場だと感じながらも、俺は何も言わずに黙って連れて行かれた。

なにせ、部長の顔に浮かんでいる眉間のしわはもはや絶対に取れることが無いだろうと思われるくらいにくっきりと深く刻まれている。

余計なことを言って叱られるのを喜ぶほど俺はマゾじゃない。

俺らを乗せた車は王宮近くにある政府の合同庁舎の高層ビルに入っていった。

俺らはそのまま高層ビルの高層階にある大きな会議室に連れて行かれた。

会議室ではひな壇が作られており、ひな壇には偉そうな人が座っている。

いや、ひな壇だけでなく、ひな壇に対面するように置かれた椅子には俺のことを尋問してきた総監が最前列に座って、その後ろには見たことがある人も多く、多分全員がコーストガードのお偉いさんだと思われる。

それ以外にも背広を着た偉そうな人も多く、いったい何が始まるのか不安にすらなる。

はっきり言って場違い感半端ない。

俺らを発見した総監が声を掛けて来た。

「お前ら何をしている。こっちに来て座らんか」

俺らを座らせた総監もかなり心労が溜まっているような顔をしている。

そう言えばコーストガードのお偉いさん全員に疲労感が漂っているのだ。

つくづくここはブラックな職場だ。

彼らの様子からそれははっきりと窺える。

俺はさっさと殉職をするので良いが、俺の部下、特にメーリカ姉さんなどはこの先大変だなと正直彼女たちに同情した。

なにせ、あのケイトやマリアの面倒を見るだけでどれほど苦労を強いられるか、少し一緒に居た俺でもそう思うのだから、上層部がこれほど疲れるような職場だ。

この先どれほどの無理難題を言われるか分かったものじゃない。

俺はこの後どんなことが言われるか気にもせずに素直に同情していたのだ。

どれくらい時間が経ったのだろう。

五分と経っていないと思うが、急に会議室が静かになった。

その後会議室に作られたひな壇の奥にある扉が開き、きれいな女性が入ってきた。

みんなの様子から貴族の関係者だろう。

コーストガードのお偉いさんに関係する貴族のご令嬢だろうか。

本当にきれいな人だった。

女性がひな壇中央に到着すると、一拍の間を空け女性の紹介が始まった。

「ダイヤモンド王国第三王女、マリー・ゴールド・フォン・ダイヤモンド殿下、ご入場」

それを聞いた全員は一斉に頭を下げ礼をする。

こういった席での礼儀作法など知らない俺らは、周りに合わせて遅れながら頭を下げた。

すると、王女殿下が声を掛けて来た。

「皆さま、頭をお上げください。此度陛下より、王国の英雄たちに勲章を授与するお役目を頂きました。王国は皆さまの御働きで救われました。陛下に代わりお礼を申し上げます」

その後、何故王宮での授与にならなかったかの説明もしてくれた。

かいつまんで言うと、俺らは勲章を貰えるらしいが、その理由がどうも完全に国民にオープンにはできないようだ。

そのために隠れての叙勲式になったことを詫びていたが、別にそんなの構わないと俺は思ったのだ。

隠れての叙勲だが、全く秘密にする訳では無いときちんと説明してくれる辺り、この王女様は人の良い方なのだろう。

なんでも直ぐの官報には発表できないが、ほとぼりが冷めた頃にきちんと官報にのせるので、俺らには不利益は無いとまで説明してくれた。

いったいこの場合の不利益とは何だろうとは思ったが、流石にそこまでの説明は無い。

まあ俺などが気にする内容じゃないのだろう。

一連のお話の後に、メーリカ姉さんからひな壇に呼ばれ一人ずつ勲章を手渡される。

「メーリカ准尉殿。先の海賊との戦いにおいて貴女の国民の生命財産を身をもって守ろうとする英雄的な働きにより、王国は国民に対して面目を大いに保つことができた。ここにそれを賞して『英雄に贈るダイヤモンド賞』を授与する。なお、受賞者が奇跡的に生還したため、一階級の昇進を以てその功に報いるものであるとする」

その後ケイトやマリアといった階級の高い順番に呼び出され一人ずつ勲章を渡された。

ルーキーのリョーコが最後となりこの『英雄に対するダイヤモンド賞』の授与は終わった。

ここまで来た時に会議室内は少々ざわつきだした。

俺が授与されていないとか何とかの声が聞こえてくる。

俺が貰えるはずは無いのだ。

俺は総監に説明を求められた時にもきちんと説明してある。

ケイトに殺され掛けて、気を失っていたので何もしていないと。

ただ俺は彼女たちの上司なのでこの場にいるだけだと、この瞬間まで思っていた。

そうしたら、最後に俺も呼ばれた。

お情けで何か貰えるとのことだったので、俺もひな壇に上がった。

近くで見ても綺麗な人だ。

見とれていると、王女殿下は叙勲を始めた。

「ナオ・ブルース少尉。貴殿は英雄諸君を束ね、困難な任務を誰一人の犠牲も無く成し遂げた、その英雄たる資質と行動を讃え、ここに『英雄に贈るダイヤモンド十字賞』を贈る。この賞は王国が特に功在りと認めた者にだけ贈られる他の十字賞と同様に将来その身をもって王国に特別の忠誠を誓うことを望む者にだけ贈る賞となる。汝は王国に忠誠を誓うか」

流石に俺だって空気を読むよ。

今まで王国に対して忠誠心など感じた事が無いが、ここでは誓わざるを得ない。

「この身をもってすべてを捧げ忠誠を誓います」

俺はそう言うと頭を下げた。

すると王女殿下は俺に頭を上げるように言ってきたので、ゆっくりと、おっかなびっくりとだが頭を上げた。

すると王女殿下は俺の直ぐ傍まできて、自ら勲章を俺に付けてくれた。

これには俺も畏《かしこ》まらざるを得ない。

いくら孤児院出身だと言ってもこれがどれほど名誉な事かくらいは理解している。

これで一連の授与式が終わったようだ。

解散かと思っていたのだが、王女殿下がひな壇脇にある席に着いて、何かを待っている。

すると今度は総監がひな壇に上がり俺を呼ぶ。

俺は呼ばれるまま、もう一度ひな壇に上がり、総監の言葉を待つ。

総監の横には人事部長が、良く卒業式に卒業証書などを入れてあるあの綺麗な箱を持って立っていた。

俺は何が始まるのか興味を持って見守っていると、総監がいちまいの書類を手にして読み上げる。

「ナオ・ブルース少尉。只今を以て貴殿を中尉に昇進することを認め、貴殿自ら鹵獲してきた航宙駆逐艦をコーストガード所属とし、船体ナンバーKSS999、艦名『シュンミン』の艦長代理を命じる。貴殿は三か月以内にこの『シュンミン』を現場で活躍ができるように準備するのが初仕事となる。頑張ってくれ」

何だ『シュンミン』って、聞いたことないがきちんと軍艦に付けられる船体ナンバーも貰ったようなので、正式な軍艦なのだろう。

それの艦長代理？

え？

俺が艦長代理だと。

ならいったい艦長は誰が来るのだろうか。

ちょっと待て、おかしくないか。

俺の上に艦長が来るのなら俺は副長に任命される筈だ。

だとすると、俺は先の回航と同じように艦長が来るまでのつなぎという事か。

それで俺にあのオンボロ艦を整備させる命令が出たのだな。

しかしコーストガードもずいぶん思い切ったことをする。

俺が考え事をしていたので、人事部長が小声で俺に言ってくる。
「何をしている」
あ、式典の最中だった。
俺は慌てて辞令を受け取る。
「謹んで拝命します」
俺の動作がおかしかったのか、王女殿下は笑っておられた。
しかし、これって、かなり面倒ごとにならないかな?
ドックに運んで終わりじゃないよな。
だって三か月の猶予まで付けられたということは何かしら俺もやらないといけない。
………
あ、ひょっとして俺一人でやらされるのか。

最後の心配だけは杞憂《きゆう》で終わった。
後で知ったのだが、俺の小隊員全員も今まで通り俺の指揮下に置かれた。
なんだ、今までと変わりがないだけか。
職場があのオンボロ駆逐艦に変わっただけだ。
そう思ったら急に肩の力が抜けた。
まあ、いつも通りのんびりやるよ。

式典が終わり王女殿下や来賓と思われるお偉いさんたちが会議室から出て行く。

王女殿下が部屋から出て行くときにちょうど俺の傍を通った。

その瞬間に王女殿下は俺に小声で「近いうちにお仕事を頼みますのでよろしくお願いしますね」

と言い残してから去っていった。

一体全体何のことだ。

疑問ばかりが俺の頭の中を走り抜けていた。

第三章　俺の船が天婦羅に、天婦羅船になった

マキ姉ちゃんとの再会

俺は王女殿下に声を掛けられ、その意味を考えている。

どういうことだ。

いつまで考えてもさっぱり意味が解らん。

社交辞令だとしても何か変だ。

その場で固まっていると、マリアが俺のところまで来た。

「隊長、あ、違ったんだよね。艦長代理」

「なんだ、マリアか」

「なんだは酷くありませんか。まあいいです。ところで、私たちはこれから本部に戻って辞令を貰うことになっていますが、艦長代理はどうしますか」

「どうするも何も無いよ。何をするにしても一度本部に行って、詳しく話を聞かないといけないしな。何より、あの船、乗員は居なかった筈だし、俺一人でどうしろというのだ。その辺りも、あの総務部長にでも聞いてみるよ。だからお前らと一緒に本部に行くか」

「そうですね、それよりも艦長代理は変だと思いませんでしたか。艦長代理の貰ったあの船、あの船の名前おかしいですよね」

「おかしくないかと聞かれたら、『シュンミン』ってふざけた名前だとは思うよ。戦船《いくさぶね》なのに昼寝と同じような意味の付いた艦名なんか、明らかに悪意を感じるよ」

「え、艦長代理、別におかしく無いと思いますよ」

戦艦フェチのカスミが俺らの会話を聞いて加わってきた。

「何がおかしく無いんだ」

「既に航宙駆逐艦という艦種としては無くなって久しいですが、あの艦種は現役当時には艦名に季節を表す言葉が与えられていたようですよ。春ですと春雷とかですかね。旋風なんかもあったように覚えています」

「春雷も旋風も戦船の名としては勇ましく良い感じだが、春眠はどうかな。これは明らかに、お前ら仕事しないだろうっていう感じで付けられたとしか思わないが」

「艦名なんかどうでもいいんですよ。誰も意味なんか気にしませんから。それよりも船体ナンバーの方が気になりますね」

「船体ナンバー？　何でだ」

「だってそうじゃないですか。王国では船体ナンバーの付け方に決まりがあるのですよ。うちでは軍からのおさがりを使うから、軍で付けた艦名や船体ナンバーをそのまま使いますが、その船体ナンバーには決まりがあるの知っていますか」

「なんだい、それは。ひょっとしてあれか、戦艦は一千番台とかいう奴か」

「ハイ、そうです。民間などの宇宙船はアルファベットと数字の組み合わせで色々とありますが、軍艦は数字だけです」

そうなのだ、わが国では船体ナンバーには決まりがある。

民間船こそいろいろと細かな規則があるが、軍艦には数字だけなのだ。しかもその数字にも規則性があった。

例えば戦艦は一千番台で、超弩級戦艦だけが千百番台で順番に付けられる。巡洋艦が次の二千番台で、イージス艦が三千番台。それにフリゲート艦が四千番台になり、これ以外には艦載機母艦や補給艦などには次の次で六千番台が宛がわれている。絶対に九千番台なんかあり得ないというカスミの意見もよくわかる。

「だけど絶対に九千番台はありえない。あるとすれば現在欠番になっている五千番台が多分それだったんじゃないかと思っています。しかも何ですかあの九九九九って番号は。もうこれ以上ないよって番号じゃないですか。絶対に使うつもりのない仮ナンバーのような番号。流石にあれには悪意を感じましたね」

「俺は番号なんかまったく気にしないからいいけどな。人によって気にするポイントが違うのだな」

まあ、カスミの話を参考にしても、あの船には悪意しかないという事か。

俺はこの不吉な組み合わせを実は喜んでいた。

俺の殉職は船から総員退艦を命じて俺だけが残るという、艦長にしか許されない贅沢になるかもしれないという秘かな予感が俺を喜ばす。

流石に学生時代では艦長の決め台詞は考えていない。

これは、これから考えないといけないな。

そんなことを考えながら歩いていくと、本部に着いた。

受付ではまたサーシャさんが待っていて、俺らを案内してくれる。

「皆様は前にご案内しました十一階C会議室です。そちらからどうぞ。あ、ブルース中尉。中尉だけは別のところに案内するように言われております。こちらにどうぞ」

「隊長、本当に短かったけどここでお別れかな」

「ああ、どこに配属されても頑張れよ」

「メーリカ姉さん、何で隊長とお別れなの」

「そんなの決まっているだろう。みんな階級が上がるんだよ、階級が。特にお前とケイトなんか士官になるんだぞ。大丈夫かな」

「え？　私はマリアと一緒に士官になるのか」

「ケイト〜、お前は何を聞いていたんだ。お前の階級は下士官の上限なんだよ。その上は今の私と同じ階級の准尉だ。准尉からは士官待遇となるんだ。多分お前らはこの後すぐに研修が入るな」

「え？　何で今更研修なの」

「当たり前だろう、下士官から士官になるんだ。私も受けたが、ほんの二〜三日だ。やってもやらなくても意味の無い研修だが、軍の養成所に入れられての研修だ。な〜に、士官の心得なんかをありがたく聞くだけの研修だから安心しておけ。軍では戦場で昇進もあるようだけど、そんなときには現地での簡易任命だけだそうだからこの研修が本当に意味があるかは不明だけどもな」

「メーリカ姉さん、そんな研修なんか受けたくないよ」

「それもこれもこの後会議室に行けば分かるよ」

「メーリカ姉さん。それよりもなんで隊長とお別れなの。みんなで仲良く昇進でしょ」

「だからだよ。どこの世界で、士官が四人もいる小隊があるんだ。しかも下士官に至ってはどれだけいるんだよって感じになるだろう。今まで一等宙兵の者なんか皆下士官だよ。どれだけになるか考えてもみろ。なので、あの小隊はここで解散となるさ。おまけに隊長は艦長代理となるしな」

「私、隊長と一緒ならあのオンボロ駆逐艦でも良いよ」

「ああ、そうなるといいな。さあ、そろそろ行くか。隊長も元気でな」

「ああ、メーリカ姉さんも頑張れよ」

エレベーターホールで俺は彼女たちと別れた。

「賑やかな人たちでしたね」

「ああ、にぎやかで退屈だけはしなかったかな」

「そうでしたか、でもよい人たちのようで、お別れになりますと寂しくなりますね……あ、私ったら、無駄話をして申し訳ありませんでした。中尉はこちらのエレベーターで向かいます。ご案内いたしますので、こちらにどうぞ」

今回はいつもと違ってといっても、ここに来たのは、まだ数回だけなのだが、受付で場所を言われて向かうだけなのに、今回はサーシャさんと一緒に九階にある総務部に案内された。

事務机がたくさん並べられた場所を通り抜け、ミーティングスペースのような会議テーブルの置いてある場所まで案内された。

確かにここなら、案内が居なければ来れない自信がある。

「中尉、ここでお待ちください。すぐに担当の者が来ます」と言い残すとサーシャさんはどこかに行ってしまった。

暫く椅子に座って待っていると、びしっとスーツを着こなした女性が部下を連れてやってきた。

部下の人たちは情報端末を抱えている。

後から来た人たちはせっせと情報端末をスクリーンに繋げている。

「お待たせしました中尉……あれ、ひょっとしてナオ君？」

俺は、その時に初めて俺に声を掛けて来た女性をまじまじ見てしまった。

「あ！　マキ姉ちゃんなの？」

俺の明らかに場違いな言葉に周りにいた全員がその手を止めて俺らを見守った。

眼鏡をかけたクールビューティーな女性は一見するとできるエリート官僚のように見えるが、よく見ると昔の面影があった。

五つ年上の同じ孤児院で育ったマキ姉ちゃんことマキ・ブルースその人だ。

彼女もどちらかというと俺と同じように物静かな人で、良く俺らに勉強を教えてくれた。

俺なんか彼女に一番かわいがられた口だった。

そんなマキ姉ちゃんは俺より五年も早く孤児院を卒園していった。

それ以来会っていない。

「まさかとは思ったけど、ナオ君なの。びっくりしたわ」

「俺も、びっくりだよ。まさかこんなところでマキ姉ちゃんに会うなんて」

「こんなところは酷くない。ここは私の仕事場よ」

「ごめんなさい、決して悪気があったわけではないんだけど。それよりもなんでここに居るの」

「それこそ仕事よ。ああ、準備が整ったようだから、初めに紹介しておくわね。彼女たちは私の部下なの。まだまだ学校を卒業したばかりだから分からないことが多いけど、そんなところは大目に見てね」

「ああ、でもその意味が分からないよ」

「え？　ひょっとして、まだ何も聞かされていないの」

「何の事？　俺は式典で辞令を貰っただけだよ。あ、初仕事も一緒に貰ったかな。あのオンボロ船の整備だったっけか」

「ひょっとして、それだけ」

「ああ、この紙一枚と、せいぜいこの勲章かな」

「な、何しているの。それ大事な物でしょ。無くさないうちにきちんと仕舞いなさい」

ここで急に昔のお姉ちゃんに戻り、俺はしっかりと叱られた。

別れたはずの部下たちが

俺はマキ姉ちゃんから言われるままに勲章を仕舞って、マキ姉ちゃんの話を聞いた。

順番が逆になってしまったが、マキ姉ちゃんは順を追って説明してくれた。

まず、彼女たちについてだが、あの『シュンミン』の整備について艦長代理である俺の下について主に事務手続きをしてくれるそうだ。

その後については未定のようだが、そのままあの艦の運航管理を地上ですることになるだろうとも言っていた。

同じ時期にドック入りした航宙フリゲート艦、確か仮称だったが『ブッチャー』という名の艦にも総務部から人は就いたそうだが、あっちは新たに一つの課ができたとも聞いた。

同じコーストガードの船なのに大きさの違いか明らかに待遇の差があるのは面白くはないが、これも大人の事情があるようで、俺は直ぐにかかわらないことに決めた。

俺は殉職は望んでいるが厄介ごとは遠慮願いたい。

駆逐艦を貰ってからいきなり就いた部下が事務職員だ。

しかも、俺の人生における最初の先輩とも肉親ともいえる存在のマキ姉ちゃんだとは、人生の偶然とは面白い。

………

あれ、今のフレーズってちょっとカッコ良くない？

『人生の偶然とは面白い』なんて、決まったよね。

俺もどんどんこんなかっこの良い事を考えられるようになってきたな。

この調子なら、最後に渋く決められるかな。

『俺は艦と共に逝く。達者でな』

なんてこんな感じで、うん、この言葉も決め台詞の候補に入れておこう。


マキ姉ちゃんの説明の間にこんなことを考えていたら、しっかり叱られた。

この辺りは格好が悪い。

もう少し精進が必要だ。

「もう、話を聞いていたの。整備ができなかったり、間に合わなかったりしたらナオ君の功績に傷がつくのよ。下手をすると降格もあるとも聞いたわよ」

「でもさ、マキ姉ちゃん。今の話だと、予算と事務職員を付けるから、後は勝手にやってくれとしか聞こえなかったんだけど」

「職場では上司と部下なのだから『マキ姉ちゃん』はやめて。ブルース主任と呼んでね」

「え、マキ姉ちゃんは主任なんだ。すごいね。学校を出てから四年くらいしか経っていないよね。俺と五つ違いだし、学校も大学なら俺よりも一年多く四年制だから」

「ええ、そうよね。この話を頂いた時に昇進したのよ。コーストガードに入ってからちょうど四年で昇進したから同期では一番早かったようね。でも、ナオいやブルース中尉にはかないませんよね」

「そうなんだ。よく分かったよ、昇進おめでとう。でも同じブルースでは周りも混乱しそうだし、俺も自分で言いにくいからこれから仕事場ではマキ主任と呼ばせてもらうよ。それでいいよね、マキ主任」

「ええ、では私はナオ艦長代理とでもお呼びしましょうか」

「それでいいよ。それよりさっきの話だけど、どうなの。あの船の整備を『勝手にやって』って事だよね。これって、ここでは割とよくある事なの」

「そんなことありません。初めてです。正直私も少々困っております。船の整備なんか知りません し、艦長代理の指示に従えとしか指示を受けておりません」

俺とマキ姉ちゃんとの会話の最中にマキ姉ちゃんの部下の一人が電話を持ってきた。

「すみません、主任。部長よりお電話が入っております」

マキ姉ちゃんは部下から渡された電話を受け取り何やら話し込んでいる。

電話を終えると俺に向かって言ってきた。

「艦長代理。あの船の乗員の一部が決まりました。お手数ですが直ぐに面談をしてほしいと総務部長からの要請です」

「分かった。どこに行けばいいのかな」

「十一階のC会議室です」

「あれ？　そこって……」

「ハイ、艦長代理の元部下たちです。元の部下全員がそのままあの艦に配属になるそうです」

なんだかな～、お決まりのようで、これって厄介ごとをまとめてって奴じゃん。

ここでの俺らの扱いがどのようなものかが良くわかるな。

……あれ、それじゃあ、マキ姉ちゃんたちも俺に巻き込まれたという訳なのかな……。

「何を気になさっているかは存じませんが、大丈夫です。私は自分の仕事をするだけですから、出世がどうとか気にしておりません。それよりも艦長代理と仕事ができる方が何よりうれしく思います」

「今の言葉をいつもの口調で言ってもらえたらもっと嬉しかったけど、ありがとう。あまり待たせる訳にもいかないし、何より、あいつら退屈を一番嫌うし、直ぐに行こう」

俺はマキ姉ちゃんとその部下を連れて十一階のC会議室に向かった。

中に入ると、既に総務部長は退室されており、あいつらしかいなかった。

「隊長、私たちまた一緒だよ。喜んで」

「マリア、何言っているんだ。お前はもう少し言葉を選べ。それにもう隊長じゃないだろう」

「あ、そうでした。艦長代理、これからもよろしくね」

全く変わらない連中だ。

しかし、人のことは言えないが、こんなんで大丈夫かと思う。

下士官になる連中も不安だろうが、一番の不安はマリアとケイトが士官になるということだ。

しかも俺の部下だと。

正直不安しかない。

そんな俺を察したのかメーリカ姉さんが型通りの挨拶をしてきた。

「色々と思うところはありますが、私たち一同、艦長代理の下で働くよう辞令を受けました。当面は艦内での役割までの指示はありません。『シュンミン』付けとなっております。総務部付き航宙駆逐艦『シュンミン』への配属です。よろしくお願いします」

「唯一の救いはメーリカ姉さんが残ってくれて、あいつらを放し飼いにしなかったことかな。こちらこそ前途多難だがよろしくな」

「で、この後のことですが、私たちは艦長代理の指示に従えとしか聞いておりません。どうしますか」

「俺に出された命令はあの船の整備だ。とにかくあの船に戻ることからかな。主任、あの船に戻る手配を全員分頼めるかな」

「全員分といいますと、私たちもですか」

「ごめん、その辺りが良く分からないんだよ。事務職員の扱いはどうなるのかな」

「艦長代理」

「何かなカスミ……え～と軍曹になるんだっけか」

「いいえ、曹長になります。それより、事務の方も一度『シュンミン』に来てもらったらどうでしょうか」

「カスミ、それいいアイデアだよ。現状を知ってもらえば事務員の目からも色々とアドバイスも貰えるかも。何より予算をバンバン使っても怒られなくなりそう」

「マリアの言い分はこの際置いておいて、カスミの意見には私も同意します。幸いあの船に我々だけでは十分に余裕がありますから、ドック入りするまでくらいはあっちでも仕事ができるかと思います。どうでしょうか、マキ主任」

「連れて行ってもらえるのなら、お願いします。ただ、こちらでの仕事も残っておりますので、一緒という訳にはいきません。二、三日遅れても良いと言うなら連れて行ってください」

「ああ、それなら大丈夫だ。どうせ、そこの二人も後組みだし、何なら一緒に来ると良い」

「は？　どういう事でしょうか」

「あいつら二人はこの後士官新任研修に出される。なので、あいつらは置いておかれるので、あいつらと一緒に来てくれ。多分船は移動させていると思うから今よりは便の良い場所にあると思うし、その方が楽だよ」

「分かりました。艦長代理たちはいつここを発ちますか」

「俺は直ぐにでもいいが、メーリカ姉さんはどうかな」

「私の方もこの後の予定はありませんので構いません。それになにより仕事の期限が決められていますし、時間を潰したくはありませんね。艦長代理とご一緒します」

「ならそういう事で。手配を頼みます」

「え？　私たちは置いて行かれるの？」

「人聞きの悪い。お前らは勉強なんだよ。しっかりと勉強してから来ればいいよ。どうせ三か月はまともに仕事にならないのだから」

「いやいや、その三か月があの船を自由にいじれる時間でしょ。一日だって無駄にできないのに。私にとって貴重な三か月なの～～～」

「ああ、分かったよ。でもまあ、決まりだからな、しっかりと勉強な。あとは俺に付いてこい。船に戻るぞ」

「「「ハイ」」」

「そんな～～」

結局前に回航した時と同じルートで航宙駆逐艦『シュンミン』に向かった。

マリアが居なくても同じやり取りが繰り返される。

「「「観光させろ～～！」」」

「無駄だ、諦めろ」

マークでダメなら降参だ

船は航宙フリゲート艦の時とは違って、封印されて保管されていたので、エンジンも止めてあってすっかり冷え込んでいた。

予備動力を動かして必要な電力を得るか。

「カスミ、悪いがマリアが戻るまで、マリアの班を預かってくれ」

「ハイ、しかしどうしますか」

「マリアに前に聞いたが、この船もかなり整備がなされていなかったんだよな」

「ええ、こんな状態ではいつ壊れても不思議はありませんね」

「まだどこのドックに入れるか決まったわけじゃないが、ドック入りさせないといけないよな」

「ハイ、それ以外にないかと」

「なら、応急でも構わないが少なくとも首都宙域内のどこにでも行けるくらいまでは整備しておきたい」

「でも、ここでは無理です」

「ああ、それならビスマスまで行こう。あそこで設備を借りて日常点検位ならできるだろう」

「それがいいですね」

「そういう事だ。そうと決まればすぐにでも移動だ。メーリカ姉さん。動かすぞ」

「了解しました。ラーニ、ケイトの代わりにあんたが操縦席ね」

「ハイ、メーリカ姉さん」

「では、ひとまずビスマスに向けて出発」

「目標、スペースコロニー『ビスマス』。通常航行一宇宙速度で発進」

「目標スペースコロニー『ビスマス』、速度一宇宙速度にて発進します」

ビスマスに着くと、カスミたちは自身の伝手《つて》を使って資材や工具を借りて整備を始めた。

俺はここから首都星ダイヤモンドにあるコーストガードの本部にいるマキ姉ちゃんと頻繁に連絡を取っている。

内容はどこのドックにこの船を入れるかだ。

だいたい素人が簡単にドックの手配などできるはずがない。

尤もコーストガードのお偉いさんたちもそれを見越しての人事なのだが、真面目なマキ姉ちゃんは必死にドックを探している。

とにかくいろんな方面に顔が利く総務部にいてもそう簡単なことではない。

だいたいコーストガードの場合、全てが軍へのお願いで整備しているので、こういった事務手続きなんかやった事が無い。

しかも今回の場合には既に一隻の整備を軍に頼んでいる。

ただでさえ余裕のない軍の整備部門としても、計画以外の整備など一隻入れることができただけでもすごい事なのに、もう一隻は明らかに無理だ。

軍の総務部門なら、こういう時には民間へ整備の仕事を回すのだが、そういった協力もしてくれない。

どうやら俺が絡むのが面白くないとのことで、一切の協力が無いと連絡のたびにこぼしていた。

「だいたい素人の私たちにドックの手配なんか無理なのよ。上は何を考えているの。伝手の無い私たちには無理だと分かっていてこの仕事を回したのよ。男の僻《ひがみ》はみっともないと思わない？　ナオ君」

完全に愚痴だ。

しかも公的な場所なのに口調が昔に戻っている。

こうなると俺はなだめに回るだけだ。

「伝手があればいいのかな」

「そうよ、伝手があればって、孤児である私たちに絶対にある筈が無いのを分かって仕事を回したのよ」

「それなら、ダメもとで俺が聞いてみても良いかな」

「へ？　ナオ君、伝手あるの」

「ああ、ダメもとだから、期待しないでね。俺の士官学校時代の友人でキャスベル工廠の関係者がいるから、そいつに聞いてみるよ」

「キャスベル工廠って、あの大手でしょう。すごい」

「だからダメもとだからね。期待しないでね」

俺はそう言うと一旦無線を切った。

しかし、あいつは今どこにいるのかな。

こういう時にはきちんと手順を踏んだ方が良いので、軍の広報部に関係者との連絡窓口があったことを思い出した。

俺は直ぐに軍広報部に無線を繋ぎ、マークへ連絡を取れるように依頼した。

その日の夕方に艦橋にいた俺宛てに無線が届く。

「艦長代理。第一艦隊輸送護衛戦隊のマーク・キャスベル准尉から艦長代理宛てに無線が入っております」

「ああ、マークからか。ずいぶん早かったな。悪いが直ぐに繋いでくれ」

「ハイ、お繋ぎしました。通話をどうぞ」

『ナオ、どうした急に連絡をくれて。何があったのか』

「や〜、マーク。久しぶりとまでいかないな」

『ああ、宇宙港で別れてからまだ一月もたっていないぞ。それにしては元気そうだな。心配したぞ』

「悪い、悪い。実はマークに相談したいことができたので連絡したんだが、今大丈夫か」

『ああ、今は待機中だ。軍広報から連絡が来た時には驚いたが、私用だと言うので、待機時間まで待ったんでな、今になった。急ぎの話か』

「急ぎといえば急ぎかな。実は、急に古い船を一級整備までしないといけなくなったんだよ。しかも、その船は航宙駆逐艦ときているから、困っているんだ。軍艦で、しかも既に王国内では使われていない艦種の駆逐艦ときては整備できるドックなんか俺は知らないよ。俺は孤児院出身なので民間のドックなんて一つも知らないから、どこに頼んでいいか分からないんだ」

『そりゃそうだ。普通は知らないよ。そんなの孤児でなくとも、下手すりゃそこらの貴族でもできない相談だ』

「うちの総務でも無理だとこぼしていたからダメもとで聞いてみたんだが、どうだろうか」

『急ぎなのか』

「ああ、整備を三か月以内でと命令されている」

『それはきついな。俺も直接知る訳じゃないから、親父に聞いてみるが返事は明日以降になるぞ』

「ああ、構わない。ところでマークは今どこにいるんだ」

『まだ、訓練航海中だよ。ちょうど明日にはスペースコロニー『ビスマス』に入港するんだ。ほら、そっちから依頼のあった海賊狩りだけども訓練を兼ねてそれをしている最中なんだ。ナオも近くだろう。第三巡回戦隊の母港ってそこじゃなかったっけ』

「いや、ビスマスは第三機動艦隊の母港だ。巡回戦隊は惑星の方に母港がある。でも俺は今ビスマスにいるから明日会えないかな」

『ちょうど良かったよ。入港すれば交代でだが、三日間は休みが貰えるんだ。明日入港したら連絡するからどこに連絡すれば良いかな』

「それじゃあ、ここにしてくれ。航宙駆逐艦『シュンミン』宛てに無線をよろしく」

『いきなり無線しても大丈夫か。その、上司に睨まれたりしないかな』

「大丈夫だ。ここには俺より上の人居ないから」

『そうか、それじゃあ、明日また』

と言って無線が切れた。

「艦長代理、今の人は」

「ああ、俺の同期で仲の良かったマーク准尉だ」

「訓練航海中だと言っておられたようでしたが」

「ああ、俺らは先月卒業したばかりだからな。普通なら艦隊付きとなって、予定の空いている船に乗せてもらって実践訓練をするらしい。俺の場合、何故だか知らないが異常だったようだよ」

「その異常がまだ続いているようですね」

「ああ、一月で昇進なんて俺は聞いた事が無い。しかも小型とはいえ船一隻を任されるなんて、こんな人事を決めた人の常識を疑うよ」

「それって上層部批判では」

「違いないね。それよりも、うまくいけば明日にでもドックの目途が付くかも」

「え、ひょっとして今の」

「ああ、彼はキャスベル工廠の一族の出だ。おじさんが社長だとか言っていたな。彼の父親もお偉いさんなんだと。そのお偉いさんに聞いてくれると言ってくれたから、そこが無理ならこの仕事は無理だな。明日無理なら俺が本部に出向いて降参してくるよ」

「そんなことをしたら艦長代理の経歴に……」

「別に気にすること無いよ。無理なら無理と言うだけだ。誰かが責任を取らないといけないのなら、その長が取ればいい。この場合、艦長が居ないから俺になるだろうがね」

「アハハハ。ご冗談を。それでは期待しながら明日の結果を待ちましょう」

「メーリカ姉さん。聞いていたよね。俺、明日連絡が入ればコロニーに出かけるけど良いよね」

「艦長代理ですから、ご自由になさればいいかと思いますよ」

「この場合、休日扱いにしておいた方が良いかな。それとも公用外出になるのかな」

「お話を聞いていた限り公用外出になるかとは思いますが、艦長代理も休みが余っていますよね。後日にいろんなところから文句を言われないように休みにしておいた方がよろしいかと思いますよ」

「ありがとう。そうするよ。それじゃあ、明日ここの指揮をよろしくね」

「了解しました。明日は朝から指揮権を預かります。成果を期待しております」

「ありがとう、まあ運次第かな。期待しないで待っていてね。それより、そろそろ時間かな。いくら急ぎとはいえ、無理させてしくじっても元も子もないから、今日の作業は終わらせよう。艦内に伝達しておいてね」

今、艦内では全員が手分けをして艦内の整備をしている。

カスミに預けているマリア班は全員でエンジン回りの整備をしてもらっているし、残りは手の回る範囲で清掃などの仕事をしている。

俺も艦橋の艦長席回りの掃除をしていた。

この艦を鹵獲した時に見つけたいつの封印か分からない緊急用品などは直ぐに新品に変えた。

また、パワースーツも総務には文句も言われたが新品に変えてもらった。

艦長用はパワースーツも少し違うとかで、艦長代理も艦長用が使えるからとか言っていたな。

初日は、そんなこんなでみんな仲良くお掃除して終わった。

翌日、九時にマークから無線が入った。

さすが軍人、たとえ休みといえども規則正しい生活をしているようだ。

尤も俺も早くから起きて、日課となりつつある部屋の掃除をしていたが、無線を受けたエマが艦長室に転送してくれ、長話もすることなく俺は出かけることにした。

艦橋には既にメーリカ姉さんが詰めていたので、昨日の約束通り艦の指揮権を委譲してビスマスの宇宙船停泊エリア内を巡回している内火艇を捕まえて、それに乗ってコロニーに向かった。

コロニーの玄関口ともいえる内火艇発着場は人でごった返していたが、直ぐにマークを見つけることができ、二人で近くの喫茶スペースに向かった。

まだ十時前なので、周りには人が多く出ているが、喫茶スペースは割と空いていた。

直ぐに店員に中に案内されて、席に着いた。

「ナオと会うのはなんだか久しぶりに感じるけど、まだあれから一月もたっていないんだよな」

「俺もマークとは久しぶりな感じがするよ。マーク、なんだか雰囲気が変わったか」

「変わったのはナオの方だろう。俺の方は学校時代とほとんど変わらない生活さ。それより、昨日の依頼の件だけど、親父も何だかコーストガードのことは知っていたよ。コーストガードに新たに二隻の船が入るんだって。そのうち一隻はうちで造ったやつだとか」

「ああ、海賊がどこからか分捕ってきたのを俺らがその上前《うわまえ》を撥《は》ねた」

「なんだそりゃ。まあいいか。それよりも、偉く急な話で、まともなドックには空きが無いだろうという話だ」

「それじゃあ無理なのか。悪いな、つまらないことで煩わせて」

「オイオイ、話は最後まで聞けよ。そこで確認したいのだが、世間一般でまともでない所と思われているドックでも構わないかという話だ」

「どこでも構わないぞ。ドックが使えるのなら」

「オイオイ、お前が勝手に決めても良い事か」

「ああ、そうだな。法律的なこともあるし、一応事務方に聞いてみよう。まともでない所だとして、どういう場所ならあるんだ」

「いわゆる解体屋だ。ドックは下手な造船所よりもしっかりしているし、何よりそこの経営者の腕はぴか一だ。俺も子供のころから知っている所で、親父の友人でもある」

「そこなら安心だな」

「だから勝手に決められないだろう。確認はどうするよ」

「今ここで電話かけて聞いてみるよ。悪いな」

そう言って携帯端末からコーストガードの本部にいるマキ姉ちゃんを呼び出した。

「マキ姉ちゃん、ナオだけど良いかな」

『あらどうしたの』

「ちょっと確認だけど、例のドックの件。あれって条件があるの?」

『どういうことなのかしら』

「昨日話した友人が傍にいるけど、彼が言うにはいわゆる解体屋のドックなら使えそうだと言うんだ。そこでも良いかな？」

『この際だからどこでもいいわよ、本当に使えるのなら。理想を言うと、一級整備の証明書の発行ができるところなら文句はどこからも出せないからベストね』

「分かったそこで話を付けるよ。決まったら電話する」

『分かったわ、待っているわね』

「マーク、どこでも良いらしい。でも確認だけど、そこって一級整備の証明書の発行ってできるの？　なんでも、あれがあればどこからも文句は出ないという話だ」

「多分大丈夫かと思うけど、今お前はどこに確認していたんだ」

「俺のところの事務方の親分」

「へ？　艦長じゃ無いのか」

「あの艦には今のところ艦長はいないよ。いるのは精々艦長代理だけだ。尤もほとんどお飾りだけどもな」

「オイオイ、上層部の批判をこんなとこで言ってもいいのか。それも周りを憚《はばか》らず」

「大丈夫だよ。大したことない奴だからね。それより他に確認することあるの」

「いや、それじゃあ今の質問を聞いてみるよ。今の時間なら親父に直に電話が通じるしな」

……

「こっちから直接連絡すればいいんだね。分かった、ありがとう」

「今親父と話が付いた。さっきの件だけど、そういった法的な書類なら問題ないんだと。何ならキャスベル工廠からも添え状を出せるとも言っていた。こっちからドックに直接連絡しないといけないが、親父の方からも直ぐに先方に電話してくれるらしい。それより、親父の奴面白いことを言っていたぞ」

「面白い事？」

「ああ、さっき技術的なことに関して腕はぴか一と話しただろう。その話の続きなのだが、親父の友人でもあるあそこの経営者はちょっと変わりものでな。仕事を選ぶらしい。つまらない仕事は一切受けないので、親父からもなかなか仕事を任せられなくて困っているんだとか。そのために経営はいつも火の車だそうだ。そこで、うちから救済の意味で船の解体を任せているんだけど、つまらない仕事をするくらいなら解体の方が良いと言って憚らないんだと。でも、一旦面白いと興味を持つととことんやる職人肌なんだそうだ。その面白い仕事に天婦羅《てんぷら》船の改良などが多いとも言っていた」

「え？　天婦羅船⁈　なんだそりゃ？」

「中身と衣が違う船だ。要は、中身が最高水準の技術で造られていても、外見がオンボロだとか。親父が自慢していたのが、そこの社長って若い頃に親父と一緒にあの有名な『千年のハヤブサ』号という船を造ったと言っていたぞ。オンボロな輸送船の形《なり》なのに、中身は王国最速な船だとか。しかも、廃船から部品を集めての造船だから驚くよな。気難しいが安心して今回のような無理な仕事も任せられる人だと」

「それは助かるな。できればすぐに結果が知りたい。連絡してくれるか」

「オイオイ、本当に大丈夫か。お前の処の艦長代理に聞かなくても良いのか。悪いことは言わないから、ここで聞いておけよ。それくらいの時間なら俺は待つから」

「だから大丈夫だよ。だって、俺がその艦長代理だからな」

「え？　ナオ、今お前何と言ったんだ」

「だから、俺も信じられないが、俺が航宙駆逐艦『シュンミン』の艦長代理だ。いきなりこの間、そう言われた」

「それはおかしいだろう。だってお前、まだ少尉だろう。どこの世界に少尉が艦長代理をするんだよ。いくら小型艦とはいえ、艦長なら最低でも大尉の階級はいるだろうし代理といっても中尉の階級じゃないとまずいだろう。いくら左遷部門のコーストガードとはいえ、そんな無理はできないはずだよ」

「ああ、俺もそう思う。本当にびっくりする人事だよな。だいたい学校を出てまだ一か月もたっていないのにな。それを、いくら海賊を相手に勝ったからと言って、いきなり昇進させるのはやりすぎだろうとは思うよ。しかも俺は部下に落とされて、ただ伸びていただけなのにな」

「昇進？　何それ？　ナオが何を言っているのか良くわからないが、本当に昇進したのか？」

「いや、俺もよくわからないけど、つい先日昇進させてもらった。先日と言ってもほんの数日前の話だが、叙勲しておまけで昇進させてもらえた。部下も全員だから国も本当に太っ腹だよね」

「なんだよ叙勲って、聞いていないぞ……そういえば親父も何か言いたそうにしていたけど、新たな船が関係しているのか。……まあそんなことはいいか、それよりもいったい何があったんだ、この一か月の間に何が起こった」

「まあ、色々とな。しかし、何でもあまり公にできないというか。ところでマーク、今日は休みだろう。船に案内するから付き合えよ。船の中なら少々きわどい話をしても大丈夫だろう」

「良いのか、勝手に俺なんか連れ込んで。許可取らないといけないんじゃ」

「だから誰に許可を取るんだよ。今のところあの船には俺よりも偉い奴はいないよ。さっきも言ったがお飾りだけども俺があの船の艦長代理なんだよ」

「ああ、なるほどな。それなら納得だよ。俺は夕方の当直に間に合えば大丈夫だ。付き合うよ。ここじゃもう話せないよな。俺もかなり一杯一杯だ」

話はついた

俺はマークを連れて先ほど着いたばかりの内火艇発着ロビーに戻ってきた。

俺の艦にまで回ってくれる内火艇を探したら、軍艦を中心に回る内火艇を直ぐに見つけることができた。

そのまま二人で内火艇に乗り航宙駆逐艦『シュンミン』に戻った。

俺はマークをとりあえず『シュンミン』の艦橋に案内した。

「あれ、艦長代理。お早いお帰りで。指揮権を返しましょうか」

「いや、それは良い。悪いが今日は頼む」

「分かりました。では引き続き私が……おや、気が付きませんで。お客様でしたか」

「ああ、俺の士官学校時代の同期で友人のマーク准尉だ」

「マーク・キャスベル准尉です。少尉殿」

「これは失礼しました。現在この艦の副長的な位置づけにおりますメーリカです。首都宙域警備隊、本部総務部付き航宙駆逐艦『シュンミン』所属になります。少尉です。よろしくマーク准尉」

「これはご丁寧に。こちらこそよろしくお願いします」


………


マークはメーリカ姉さんからのあいさつを受けて驚いている。

こいつは俺の言ったことを全く信じていなかったようだ。

でも流石軍人教育されただけあって上官からのあいさつは無難にこなせたようだが、それが終わったと同時にマークはフリーズしてしまった。

いい加減再起動しないかな。

「マーク、……大丈夫か？」

「どうやら本当のようだな、ナオが艦長代理という話は」

「あれ、信じていなかったの」

「当たり前だ。あんな話なんか誰が信じられるかよ」

「やっぱりそうだよな。俺もそう思う」

………

あれ、またマークがフリーズしたようだが……。

「そうそう、マーク。艦長席に座ってみるか」

「良いのか、俺が座っても」

よかった、無事に再起動したようだ。

「ああ、こんなオンボロでよければな。そう言えば、俺、この間あの航宙フリゲート艦の艦長席で指揮を執ったぞ」

「そ、そうなのか。それじゃあ、俺がここに座っても良いよな」

マークは俺の提案を受けうれしそうに艦長席に座る。

こんな様子を見るとマークはすっかり宇宙軍人になったとつくづく感心する。

やはりそうだよな、男たるもの、いや、軍人たるものいつかは艦長にとかあこがれるものだよな。

たとえおんぼろ航宙駆逐艦と言えども艦長席は特別な意味を持つと思うのだ。

「しかし、やっぱり憧れるよな、自分の指揮する船は。それよりさっきの話だけど、どういう事だ」

「ああ、前の作戦で俺らだけで海賊に対処しないといけなくなってな、……」

そこからしつこく聞かれたので、一応ここだけの秘密ということで、あの時のことを説明しておいた。

第三王女殿下もほとぼりが冷めたら官報に載せると言っていたし、別にそれほどの秘密じゃないだろう。

話が広がるとみっともないだけの話だ。

「しかし、運が良かったのか悪かったのか分からない話だな」

「ああ、でも、良い経験をしたと思ったよ」

「そりゃそうだ。軍に任官して数年やそこらで航宙フリゲート艦の艦長席で指揮を執る事なんか経験できることじゃないよ。それを一月もしないで、経験するなんて誰が信じるかよ。まあいいか、それにしてもすごいな。何が幸いするか分からない典型というやつだよな。同期の皆はナオの配属先がコーストガードだと聞いて同情していたくらいだからな。ありがとう、もう十分に堪能したよ」

そう言うとマークが艦長席から出ようとしていた。

「あ、そうだ。ここの通信設備なら十分にどこでも通じるぞ。さっき言っていたドックに連絡取れないかな。こっちから連絡すると言っていただろう」

「ああそうだな。ここに繋げてもらえるかな」

マークはそう言うと彼の情報端末を俺に見せて来た。そこには連絡先が書かれている。

「カスミ、ここに連絡取れるか」

俺は無線の前にいたカスミに声を掛けた。

「艦長代理、ちょっと見せてください」

カスミはそう言いながら艦長席にやってきた。

「マーク、彼女にこれを見せても良いかな」

「ああ、構わないよ」

「ありがとうございます、マーク准尉」

「悪いな、この船の運命が懸かっているんだ。繋げてくれ」

「それじゃあ、ここで繋げますね、艦長代理」

カスミがそう言うと、艦長用のコンソールパネルを操作して、目的のドックに無線をつなげた。

「マーク准尉。繋がりましたからお話しください」

「ああ、ありがとう」

マークはそう言うと何やら先方と話し始めた。

コロニーで話を聞いた時に知り合いのようなことを言っていたが、どうも本当のようで、かなりご無沙汰していたところに挨拶から始めた。

何やら一通り話をした後にマークは俺に話を振ってきた。

「親方がこの船の責任者に話をしたいと言っているが、ナオでいいのか」

「え？　あ、俺」

横で聞いていたメーリカ姉さんが「あんたしかいないだろう」って言ってきたので、とりあえず出てみた。

ドックの経営者というより親方といった方がよさそうな人だった。

『何か、お前の船の整備をしろと言うのか』

「ええ、うちの連中も手伝いますけど、三か月で一級整備をしないといけないんです」

『銭は持っているのか』

「へ？」

『予算はあるかと言っているんだ。国の仕事だろう。予算がきちんとあるのか無いのかそれによって色々と変わるからな』

「ええ、三十億ゴールドの予算があります」

『全部好きに使えるのか』

「その辺りにつきましてはうちの事務方をそちらにやりますので、聞いてもらえますか」

『そうか、最後だがその整備に中古再生部品は使えるのか』

「ええ、好きに使っても良いですが、こちらからもお願いがあります」

『お願いだと、いったい何だ』

「うちにメカいじりの好きなのがいるのですが、そいつらも使ってもらえますか。出来れば鍛えてもらえると嬉しいのですが」

『それを三か月でやれと』

「できればですが」

『まあ、それはそいつらと会ってからだな。いつ会えるのか』

「直ぐに手配しますので明日には事務方をそちらにやります。その場で仮契約をしていただけたら直ぐにでも船をもってそちらに行きます。というか、こちらで整備ができ次第、そちらに向かいますが、なにせ海賊からの鹵獲品ですので整備が全くされておらず、速度が出せません。二、三日はかかると見てください」

『よし分かった。お坊ちゃんからの依頼でもあるし、その仕事を受けよう。直ぐにでも事務の奴をよこしてもらおうか』

「ありがとうございます。直ぐに連絡をしてそちらに向かわせます。首都にいますので、今日明日中にはうかがえるかと思います」

『ああ、それじゃあ、待っているぜ』

親方との話は付いた。

仕事を受けてもらえることになった。

隣で聞いていたマークは何故だか知らないがかなり疲れた顔をしている。

「マーク、俺の部屋で少し休もうか」

「ナオの部屋？　この船にあるのか」

「今、艦長室を使わせてもらっている。そこで少し休もうよ。案内する」

「そうだな。こんな機会でもなければ艦長室で休めることも無いしな。頼めるかな」

「ああ、こっちだ」

俺はマークを連れて艦長室に向かうために艦長席を立った。

艦橋を出る前に俺は艦橋で指揮を執っているメーリカ姉さんに一声かけた。

「あ、メーリカ姉さん。俺、マークと一緒に艦長室にいるわ。あ、それとマキ姉ちゃん、違ったマキ主任を呼び出しておいてくれないか。艦長室で話すからそっちに繋いでほしい」

「分かりました。後で誰かにお茶でも持たせます」

「お、気が利くね。ありがとう」


俺たちは直ぐ傍にある艦長室に入った。

簡単な応接セットがあったので、マークをそこに座らせて、ちょうど連絡が付いたマキ姉ちゃんと話を始めた。

「マーク、悪いがちょっと待っていてくれ。さっきの件であの親方にうちの事務方を向かわせるからな」

「ああ、俺に構わないで良いぞ」

「ありがとう。……マキ姉ちゃん、あ、つい元に戻るな。マキ主任。聞こえるか」

『はい、艦長代理』

「ドックの件だが、話は付いた。申し訳ないが直ぐに先方のところに行って仮契約をしてほしい。場所は、え～と……」

「ニホニウムの中心地から少し外れた工業団地内にあるよ」

「え～と、今の話聞こえた？　住所は情報端末に送るからすぐに向かってほしい」

『分かりました。これから高速艇で向かいます』

『隊長、隊長。私は、私も一緒に行っても良いかな？』

俺がマキ姉ちゃんと話していると横から割り込んでくる者がいた。

この軽さはマリアしかいないがあいつは今研修中のはずだ。

ひょっとしてさぼりかな。

「え？　何でそこにいるマリア。研修はどうした。まさかエスケープしたとか」

『酷～い。違うもん。研修は一日で終わりだって』

「何だって⁉」

『なんでも生徒が私とケイトの二人だけだから、簡単に済まされた。ちゃんと修了証も貰ったもん。主任に渡しておいたから、私の研修は終わりだよ』

「は～～。まあいいか。マキ主任。悪いがそこのマリアも一緒に連れて行ってくれ」

『分かりました。ケイト准尉はいかがしましょうか』

「え？　ケイトもそこにいるのか。ちょうど良かった。ケイトと話せるかな」

『ハイ、代わりますね。ケイト准尉、艦長代理が准尉にお話があるそうです』

『ハイ、ケイトです』

「良かった。これからマリアと一緒にこの船のドックに挨拶に向かってくれ」

『構いませんが何故ですか』

「当然、マリアの暴走を止めるためだよ。もし暴走しそうになったら絞め落としても良いぞ。ただし殺すなよ」

『艦長代理、もういい加減許してくださいよ』

「ああ、分かった、悪かった。でもマリアは暴走させるなよ。もうそこが最後の砦だ。暴走しそうになったら本当に腕の一本や二本折っても良いから……腕はまずいか。なら足だな。足の二本や三本折ってでも暴走はさせるなよ」

『隊長、酷～い。私化け物じゃないから足は三本もありませんよ』

「お前が暴走しなければ良いだけだ。それに俺は隊長では無く艦長代理に出世したので、お前の言う酷い隊長はここにはいないよ。それよりも、良いかマリア、頼むから俺やメーリカ姉さんが行くまでは大人しくしていてくれ。良いな」

『分かりました。なんだか納得ができませんが、お約束します。艦長代理』

「そういう事だ。マキ主任。君たちも多分仕事場がニホニウムになるから移動の準備も始めておいてくれ。仮契約はできるだけ早急にな」

『はい、分かりました。これからすぐにここを発ちます』

本契約

首都からだと俺が初めて士官学校入学のために使ったコースとは逆の旅順とはなるが、あの時と同様に最速船で十二時間あればつく。

まだ昼前なので、夜には先方に着くので、俺がここビスマスを発つ前に結果が出るだろう。

俺のやり取りを完全に呆れながらマークは聞いていた。

「いくら軍隊ではないとはいえ、ちょっと酷くないか」

「ああ、マリアたちの件か。俺もそう思う」

「ならどうにかなるだろう。仮にもお前は……」

「さっきも言っただろう。俺はお飾りだよ。ここの実質的な親分はメーリカ姉さんだ。彼女に任せている」

「しかし、いくらなんでも規律が保てないだろう」

「そこはほら、ここがコーストガードのさらに要らない子のたまり場だからだよ」

「へ?? なんだ、その要らない子って」

「だからコーストガードの中の左遷部署だということだ」

「え?」

「だから、今回のケースだって、いらない子だから生贄にされただけだ。たまたま彼女たちがすごかったんで助かったが、上が腐っていたので、俺らには死んで来いと命じられたんだよ。たった三十人の臨検小隊がほとんど武装らしい物の無い内火艇で軍艦二隻を相手させられたんだ。彼女たちは凄いよ。こんなに酷い扱いを受けてもモラルとモチベーションだけは維持してきたからな。モラルとモチベーション、それに規律の中でどれかを捨てるのなら俺は迷わずに規律を捨てるよ。モラルもモチベーションも捨てた連中からの扱いが酷かったからなおさらだ」

「確かに一理あるかとは思うが、お前軍に戻る気があるのか。こんな生活を続けていたら軍に戻れなくなるぞ」

「そうかもしれないな。まあ、そもそも勢いと成り行きで軍人になっただけだから、生活ができるのならどこでも良いよ、俺はな」

それに、そんなに長く生きるつもりも無いしな。

「お前は初めからそうだったな。分かったよ。これからも頑張れな。なんだかな、俺らと全く違ったコースを進んでいるから、この先何が待ち受けているかは全く分からないが、俺ができることならなんでも協力するからな」

「ありがとう。俺も、と言っても俺にできることなんか何もないだろうが、俺の力が必要な時には言ってくれ。メーリカ姉さんたちにも協力してもらえるように頼むこともできるから」

「なんだかな～、聞いていて情けなくなるぞ。まあ、ナオらしいともいえるがな。俺もその時には遠慮なく頼むことにするよ」

「ああ、絶対にメーリカ姉さんが首を縦に振ってもらえるように土下座してでも頼むから安心してくれ」

「今の言葉のどこに安心できる要素があるんだよ。もう少し何とかならないのか。だいたい……」

「だって、さっきから言っているように、俺はお飾りだよ。今回のケースだって、さっき聞こえただろう。ケイトという部下に絞め落とされたからなんだよ。そうでなければ今頃はもう一階級上の大尉になっていただろう。尤もこの世にはいなかっただろうけどもな」

「それこそなんだかな。まあいいか。俺の役目は終わったかな。もう帰るよ。なんだか今日は異様に疲れたよ」

「そうか、どうする。船に直接送ることもできるが」

「いや、久しぶりの休みだ。コロニーで少し遊んでくるよ。とにかく今は軍事から少し離れたい気分だ」

「そうか。ならここでお別れかな。次会えるとしたらマークがニホニウムに来た時かな」

「そん時は今度こそゆっくり酒でも飲もう。ナオも飲めるようにはなっただろう」

「多分な。実はまだ飲んだこと無いんだよ。あ、いや、そう言えば最初の歓迎会で飲まされたか。うん、量だけ気を付ければ大丈夫だ」

「それなら良いとこ連れて行ってやる。ニホニウムは俺の庭のようなものだ。次会うのを楽しみにしているよ」

そんな時にお茶をもってリョーコが部屋を訪ねて来た。

「お客様はお帰りでしたか。すみませんでした、用意が遅くなり、十分なおもてなしができませんで」

「いや、私が疲れただけで、あなたに落ち度はありませんよ。それよりもせっかく用意してくれたお茶を無駄にしても、あなたに申し訳ないな」

「マーク、茶くらいは飲めるよな」

「ああ、せっかくだからお茶を頂いてからサヨナラしよう」

結局その後二人でお茶をしてからマークはコロニーに戻っていった。

俺らの方は、整備も目途がついたので、ニホニウムに向けて出発したのだ。

普通の軍艦なら数時間で着く距離だが、いかんせん整備不良により、最徐行運転であるため、結局二日かけてニホニウム宙域に着いた。

ニホニウム管制室の指示で、ここで停船してタグ宇宙船を待つ。

軍関係のタグ宇宙船が到着して無線が入る。

前にもあったことだが、案内人が乗り込み今回はタグ宇宙船数隻のアシストもあってのドックに入渠した。

ここは本当に小さな会社で、実質的にドックは一つしかない。

そのドックを俺らが使うので、現在解体中の船はドック脇にある広場に移動させられていた。

そんな様子を見たら本当に申し訳なくなってきた。

マークを使って親会社からの依頼とはいえ、かなりここに無理させたようだ。

船が完全に入渠を終えるとすぐに事務所に向かおうとしたら、向こうから船に乗り込んできたようだ。

割と小さな人だが、ガタイはしっかりとしている。

どうやら王国では珍しいドーフ人のようだ。

ドーフ人とは、この宇宙がかつて一つの大帝国に治められていた時代に辺境になるドーフ星に住むかなり手先の器用なモノづくりの盛んな民族の末裔だ。

宇宙が荒れ、どこにも平穏に暮らせる地などなくなり、辺境といえども、いや、辺境であるが故、彼らの故郷は相当に荒らされて各地に散らばったと聞いている。

今では一大勢力を誇るジルコニア帝国やグラファイト帝国などは早くから彼らの保護を宣言して積極的に受け入れてきた歴史がある。

その彼らのおかげで、現在強大な軍事力を誇るまでになってきているから、モノづくりに特化した優れた民族なのだろう。

その彼がうちのマキ主任と、マリアそれに彼女の御目付として就けているケイトを連れて艦橋に入ってきた。

「オ～、あんちゃんがここの責任者か」

「すみません艦長代理。どうしても社長が聞かなくてここまで来ました」

「ハイ、挨拶が遅れまして申し訳……」

「そんな建前のような挨拶は要らんよ。あんちゃんが艦長か」

「いえ、私は艦長代理です。しかし艦長が不在なため最高責任者という意味では間違ってはおりません」

「なら、さっさと本契約をするぞ。時間は待ってくれんからな」

「は？」

「艦長代理。なんだかこの仕事をかなり気に入ったようで、親方は直ぐにでも仕事がしたいそうなんですよ」

「艦長代理。それにマリアの奴、訳わからないことに、親方にかなり気に入られているようで、あることないこと色々と吹き込んでいましたから、何かしたくてしょうがないんでしょうかね」

「え？　そうなの」

と俺はマキ姉ちゃんを見た。

すると彼女は本当に申し訳なさそうに頭を下げただけで何も言わなかった。

それぞれの気にする先には

「分かりました。こちらからご無理を言って契約してもらう立場ですから、直ぐに契約をしましょう。お話は艦長室で構いませんか」

「俺はここでもいいが、あんちゃんがそう言うならどこでも良いぞ」

俺はみんなを連れて艦長室に向かった。

応接で直ぐに契約を結ぶことになり、マキ姉ちゃんから契約書を貰った。

ここでもお役所仕事なもので紙ベースなのだ。

お役所の契約では条件などは電子ベースで確認されて、電子署名をした後に、紙ベースの確認書にそれぞれが署名して本契約となっている。

これは王国が生まれてから変わっていない。

「これで本契約が済んだ訳だ。あんちゃんに頼まれた通り、嬢ちゃんたちは俺が鍛えてやるよ。その代わり、この船の整備の手伝いもさせるぞ」

「ええ、その通りお願いしておりますから。何かあれば私に直接でもマリアたちを通してでも構いませんから何でも言ってきてください。出来うる限り意に添うようにいたします」

「それでは早速だが、そこの嬢ちゃんに案内させて艦内を見て回りたい」

「私が案内しましょうか」

「一々面倒臭いことはしないよ。あんちゃんよりそこの嬢ちゃんの方が詳しいのだろう。あんちゃんはあんちゃんしかできない仕事もあるだろう。マキさんに頼まれていたから、ここにあんちゃんたちの事務所も用意してある。部下たちの住居も用意したからマキさんにでも聞いてくれ。それではマリア、案内してもらおうか」

「それじゃあ、行ってきますね、艦長代理」

「ああ、くれぐれも……」

「分かっています。暴走はしませんから、ここでケイトとのコンビは解消しますよ」

「分かった。ケイトはメーリカ姉さんとこ行って、自分の班を連れてきてくれ。マリアの班以外は艦から出よう。せっかくだから用意してもらった事務所に向かおう。全てはそれからだ」

俺はマキ姉ちゃんに連れられて船の外に出た。

ドック脇にプレハブが建てられており、そこを事務所に貸してもらえたとのことだ。

尤も、事務所のレンタル費用も契約に含まれているとかで、変に利益供与などで叩かれない措置は取られたとある。

本当によくできた事務員だ。

しかし、この事務所、どこからどう見ても旅客船の一部にしか見えない。

「はい、社長が言うには前に解体した旅客船の一部を使っているんだそうです。なので格安で借りられました。最初はただでも良いと言ってくださったのですが、利益供与となるので、きちんと契約を結んでおります。私たちの住居も隣に用意してありますが……」

「ああ、そこも解体船の再利用ね。寝ることができればいいよ。ありがとうね」

どうやらここの社長は実利を取る人のようで、無駄に人目を気にするような人ではなさそうだ。

俺と気が合いそうで良かった。

俺らは早速コーストガードの本部に本契約が済んだことを報告した。

尤も、これも報告書をマキ姉ちゃんに書いてもらい、署名だけ俺がしたものを総務部長宛てに送る。

これで、期限までは色々と言われることは無さそうだ。

◇◇◇◇

しかし、この報告書を受けた本部は大変だった。

大人たちが考えている『位打ち』の計略が破られる恐れが大きくなったのだ。

総務部長に届いた報告書は、部長自身の手で総監に届けられる。

「総監、あの連中ついにドックを見つけました」

「それは本当か」

「はい、今しがた本契約したと報告書が上がってきております」

「これはまずいぞ。軍閥貴族連中が騒ぎだすかもしれないぞ。いったいどこの奴らが連中にドックを貸したというのだ」

「報告書によると、いわゆる解体屋と呼ばれているところだそうです」

「解体屋か。ふ〜〜、助かったかな。それなら、どうにかなるか」

「それはどういう……」

「整備が終わったら連中に整備報告証明書を出させろ。解体屋なら三級までは出せても二級まで出せるとこなんか聞いたことがない、ましてや一級なんか絶対に無理だろう」

「そうですね。しかし……」

「なに大丈夫だ。報告書を貰った時に一級でないことを責めて、あいつの落ち度にすればいい」

「それでは降格までは厳しいかと」

「いやなに大丈夫だ。約束の三か月はあいつらに自由にさせておけばいい。そうなれば公金の不適切使用で追及すれば監査部で処罰できるだろう。あ、このことは整備が終わるまではあいつらに言うなよ。もし我らの計略がばれるようなら何かしらの対応が取られるかもしれない。今のあいつらは、こちらの予測よりも優秀なようだからな」

「はあ、分かりました」

報告を終え総務部長が総監の前から去ったが、これにより少なからず本部内で関係者に動揺が走った。

もしかしたらという感情が無いわけでもない。

しかし、本部で騒いでいる連中の中に温度差があるようだった。

主に騒いでいるのは軍からの出向や転出組で、軍閥貴族連中から圧力がかかっているような連中だけだ。

文官出身者たちはかなり冷静に見ている。

元々軍部の意向など全く関係が無い。

そもそも、事の初めが今騒いでいる連中のお粗末な計略からの話であるので、ここでまた下手な計略を仕掛けていることにおかしさと危うさを感じているのである。

それに何より文官の官僚たちは、軍部や軍閥貴族では無く、王宮の方を見ている。

その王宮から流れてきている噂の方が気になっているのだ。

先の叙勲の折に第三王女殿下が彼らに興味を持たれていることと、その第三王女殿下が何やら水面下で動き出しているという噂だ。

もし、王女殿下が彼らのことを気に入っているのなら、そして、その彼らに対して悪意をもって接すれば、自身が危なくなるのだ。

もともと自分らの責任でもない騒ぎに関わりたくはないという感情も出てこよう。

現状、総務部長を始め人事部長などの文官出身者の官僚たちは様子見のスタンスである。

そんな折に、先の報告書が回ってきたのだ。

別の意味で文官連中も心穏やかではない。

総監室から下がってきた総務部長を人事部長が捕まえた。

「総務部長。少しお時間を頂けますか」

「あ、人事部長。構いませんが、人目をはばかる話ですね」

総務部長がそう言うと、人事部長は静かに首を縦に振った。

そこで総務部長はこの建物の一階まで降りて、合同庁舎の共用応接室を借りた。

ここには首都星の治安を守る警察本部もあるので、盗聴などのふざけたものが無い安全な場所だ。

しかも、警察本部も利用する場所とあってコーストガードの連中も急に押し入れるような場所じゃない。

そんな場所柄のために、コーストガードも警察本部も派閥がらみの人目を憚るような話し合いに頻繁に使われている。

「それで、お話とは」

「総務部長はいつまで総監側についておられるのか」

「私は別に、総監についている訳ではありませんよ」

「それなら、そろそろ総監とは距離をお取りになった方がよろしいかと思いますよ」

「それは、あなた一人では自身が危なくなるという理由からですね」

「確かにそれもあります。しかし、それだけではありませんよ。前の会議で、あの船の整備で失敗しても総務に汚点は残らないと総監はおっしゃっておられましたが、どうも王室はそうは見ていないようですよ」

「それはどういう」

「私はあなたの同期の、王室の管財課長に頼まれたのですが、管財では財産の管理はその管理部門の責任と見ているようです」

「それは、つまり……」

「はい、我々の管理下にある船もすべて王室の財産です。その管理がずさんなら、その管理部署の責任になるようですね。それを心配されていたようですよ、あなたのお友達は」

「ありがとうございます。まあ、それだけの理由じゃなさそうですけれども、あの船の整備を失敗させるなという王室からの圧力がかかり始めたという訳ですね」

「彼らの能力のせいで失敗なら、まだこちらとしても言い訳が立ちますが、我ら側からの計略で失敗でもしようものなら、ここが王室に睨まれます。貴方だけでなく我ら文官全員の将来に影響も出ましょう。どうやらあの噂は本当のようですよ」

「あの噂というと、第三王女殿下の話ですか」

「ええ、殿下は新たな組織を御創りになるお考えのようで、そこに彼らもと考えている節がありますす。ですので、私からも総務部長にはくれぐれも彼らの邪魔はしないようにお願いします」

「分かりました。しかし、そうなると人事部長もそろそろ仕事をしないとまずくはありませんか？」

「人事の仕事というと、何を」

「あの船の整備は、受け入れ先のドック次第ですが、報告書で見ますと、直ぐに始まります。そうなるといつまでも、定員割れ、しかも船を運用するには明らかに足りないくらいの定員割れは問題になりませんか。少なくとも艦長代理が決まっている船で、乗員も異常状態ですので、今のあの船は偉くバランスが悪すぎます。これが、我々事務方に船だけを預けられたような、ちょうど陛下より下賜された航宙フリゲート艦のようですと、我らだけで人の手配をして整備だけを先に進めるというのは分かります。しかしあの船は既に現役艦と同じ体制になっております。艦長代理に乗員、それにこちらから付けた事務職員。そうなりますと、現状の乗員不足はそのまま人事の瑕疵になりませんか」

「おお、確かにそうですね。今まであの船の人事は総監たちの無理強いで私たちが口を挟めませんでしたが、確かにまずいです。こちらでいくつかの案を出して総監に相談しないといけませんね」

「今回人事部長に借りができましたので、私からアドバイスがありますが要りますか」

「早速ですか。いいですよ。それで貸し借りは無しということで。で、そのアドバイスとは」

「ハイ、普通に総監に話をもっていっても、放って置かれるだけですよ。元々失敗が前提でお考えのようですから。ですので、増員の話は表向き彼らの足を引っ張る形にしておかなければ、まず総監が納得しないでしょう」

「しかし……」

「ええ、実際に彼らを邪魔しようものなら先ほど教えてもらいましたから、我らに責任が及びますでしょう。だから、表向きにといったのです」

「具体的には」

「ハイ、我らコーストガードでは十八才未満の隊員も多く在籍していますよね」

「ええ、高校に行っていない連中を集めてリモート学習をさせながら将来立派な隊員にしていくあのプログラムですね」

「ええ、私たちのコーストガードの人材は軍からのお払い箱のせいで偉く偏ったものになっております。大学修了して準キャリア扱いの隊員職員もおりますが、幸い初代のブルース提督のおかげでこの制度ができました。主に一般隊員はこのプログラムのおかげで軍よりも優秀な隊員を多く確保できております。希望者はこのリモート学習で大卒資格まで取れますので、かなりの数の準キャリアに進むものがおりますが、総監たち軍からの出向組はこの制度をバカにしております。ですので、そうですね。初年生組から優秀なものを三十名ばかり選んでみたらどうでしょうか」

「初年生ですか」

「ええ、それなら総監も、初年生の教育をさせられて一石二鳥とお喜びになっても拒否はしないでしょう」

「そう思いますが……」

「大丈夫です。優秀なものを選んでもバレなければ大丈夫ですし、何よりあの制度をバカにしている総監たちですから初年生なんかまったく気にもしませんよ。それに何より、彼らにもメリットがあります」

「メリットですか」

「ええ、あの船には兵士の絶対数も足りていませんが、それ以上に一般兵士の数が足りません。やたら頭でっかちの状態です。中尉を最高に士官が四人、それ以上に下士官の数が今回の全員昇進によってかなり増えてしまって、それでいて、逆に二等宙兵が一人もおりません。これははっきり言って異常ですので、そこを埋めるのにもその話は有効です。しかもですよ。考えても見てください。彼らは皆若いですので、自分たちより年上の部下を扱えるでしょうか。少なくとも経験を積んだ連中は間違いなく彼らをバカにしてうまくはいかないでしょう。ですから、全く経験の無い初年生を送れば、間違いなく彼らでも扱えるでしょうから、決して彼らにも利が無くはありません。しかも、実際にあの船が稼働する段になって経験の不足が原因での問題が出ても、それはあの勲章による弊害ですので、私たちには瑕疵はないというおまけつきです。どうでしょうか」

「確かにそうですね。分かりました直ぐに準備を始めましょう」

ルーキーの増員

自分たちの処遇がかかると官僚というのはいかんなく自身の能力を発揮する。

総務部長が総監に報告書をもっていってから二日後に航宙駆逐艦『シュンミン』の増員計画案が出来上がる。

一応あの船を所管する総務部長も同席する格好で人事部長は一緒に総監室を訪ねた。

「総監。航宙駆逐艦『シュンミン』の増員計画案が出来上がりました」

「増員計画だと」

「ハイ、あの船は今の状態ですと、人員不足を指摘されかねません。格好だけでも体裁を整えませんと、いつか王室からにらまれる恐れがあると危惧しております」

「航宙フリゲート艦は何もしておらんではないかね」

「ハイ、あちらはまだ、現役艦として認められてはおりません。我らに下賜されておりますから、総務部預かりとして一つの課を新設して整備に当たっておりますが、改装中のあの船には仮称はあっても正式な名称も船体ナンバーも持っておりません。ですので、所属隊員がいる必要がありません。何より艦長すらおりませんので」

「しかし、『シュンミン』は正式に艦名及び船体ナンバーを持っており、しかも艦長こそおりませんが艦長代理が任命されており、かつ隊員も偉く中途半端に配属されております。扱いではもうすでに現役艦と同じです。ですので、これではさすがにまずくはありませんか」

「確かに、そうかもな。しかし……」

「総監が何を気になさっているかは存じませんが、うちには就学隊員制度があります。高校レベルの学習を続けながら仕事をさせる制度ですが、そこの一年生を見繕ってあります。彼らは精々基礎教育している最中ですので、どこで学習しても彼らにとっても変わりがありません。そのうち三十名ばかりを彼らに教育させれば、形式上あの船の乗員数はまともに見えます。何より、あの船にいない二等宙兵を配属させることができます」

「え？　あの船に二等宙兵はいないのか」

「ええ、全員があの叙勲により一階級上がりましたから、居たはずの二等宙兵はルーキーを含めて全員一等宙兵になっております。それに何より見た目でまずいのが下士官の数です。今あの船には一般兵士よりも下士官の方が多く見えております。なにせあそこにいた一等宙兵全員が下士官になったのですから」

「確かにまずいな。ここで何もしないと王室から睨まれる恐れもあるという話はうなずける」

「軍閥貴族には就学中の子供の教育をさせていると話せば納得されるのではないでしょうか。実際その通りなのですが」

「確かにそうだな。使い物にならない連中を何人も送っても力にはならないだろうし、何よりあいつはその教育をさせないといけない責任も生じるから整備にかかりっきりにはなれないな。うん、これは良い考えだな。良し、その人員補充計画書を見せろ」

「これです」

と言って人事部長は三十名の経歴の入った補充計画書を総監に手渡した。

尤もこれはデータを送っただけの話で、総監は自身の端末でそのデータを確認している。

全員が一年生就学隊員であることを確認した後に、承認した。

「これを速やかに実施して、我らに瑕疵の残らないように対処せよ」

総監の言葉に二人の部長は腹の中では別のことを考えていても顔には出さずに総監の指示に従う旨を表して、お辞儀をしてから総監の部屋から出て行った。

◇◇◇◇

俺たちが船をドック入りしてから三日間はとにかく忙しかった。

しかも、事務仕事ばかりだ。

住む所や事務所の手配はマキ姉ちゃんに済ませてもらっていたので、助かったが、それでも三十名もの部下を率いているので、彼女たちの勤務シフトを決めたり、訓練計画を作ったりして忙しくしている。

幸いなことに整備の方は親方とマリアの班員とが協力しながら見積もりを作っているので、当初恐れていたマリアからの厄介ごとはまだ一つも上がってきていない。

しかし、俺にはかえってこれが嵐の前の静けさに思えて恐ろしくも感じているのだった。

そんな俺に、本部の総務部長から指示が来た。

「ナオ艦長代理」

そう言ってマキ姉ちゃんが俺の部屋にやって来る。

この事務所、客船の一部を使っているので無駄に豪華だったりする。

俺の部屋も船長室だったところと思われる部屋があてがわれているのだ。

マキ姉ちゃんはその部屋の扉をノックしてから入ってきた。

「ナオ艦長代理。本部から、増員があるそうです」

「増員?」

「ハイ、航宙駆逐艦『シュンミン』の隊員として三十名の二等宙兵の増員です」

「いきなりの増員か。しかも全員がルーキーって何？　これってちょっと大変かも」

就学隊員

「確かに大変そうですね。全員が就学隊員の一年生だと、訓練のほかにも学習計画を立てないといけませんからね」

「そうだよな。でも、俺らにとっては、大変だけど増員するならこれくらいじゃないとまずいんだよな」

「艦長代理、それってどういう事なんでしょうか」

「考えてても見てごらんよ。まず二等宙兵だけというのは俺らの構成を見ればこれしかないだろう。今はとにかく頭でっかちの船なんだよな。一人も二等宙兵が居なくて、その代わりに下士官が人数のわりに多くいるしな」

「そうですね。でも、それでももう少し慣れた兵士が来てもらいませんと、こちらとしても大変ではないでしょうか」

「それもそうなんだけどもね。うちって例の叙勲の関係でルーキー兵士なのに一等宙兵もいるし、慣れた兵士だと、バランスが崩れそうだし、なにより全員が若いので、ある程度の年だとかえってなじめないのでは。まあ、どちらにしても兵士が足りなかったのは事実だし、もうひと頑張りしようか」

「そうですね。でも私たちはそれほどお力には成れそうにないですね。事務以外では明らかに戦力外ですし」

「いや、そうでもないよ。悪いけど事務員の方たちには学習面で面倒を見てもらうよ。本来の仕事とは離れるけど、こればかりは協力してね。しかし、隊員としての教育は隊員がしないといけないから、俺らがすることになるな。となると、ここは頼りになるメーリカ姉さんと相談だな。悪いけどメーリカ姉さんを呼んでくれないか」

俺とマキ姉ちゃんとの会話を聞いていた若い事務員が言ってきた。

「艦長代理。わ、私がメーリカ少尉を探してきます」

「ああ、悪いがよろしくな」


それからほとんど間を空けずにメーリカ姉さんがやってきた。

「悪いね、忙しいところ呼び出したりして」

「いや、構いませんよ。それよりも、増員だって？」

「ああ。しかも就学隊員初年生だと」

「増員なら一番いい選択じゃないですか。ここで変に擦れたのが来ればそれこそ大変でしたね。だいたい数か月は船すら動かせないのに、擦れた連中の御守りなんかがあったりしたらぞっとします。

初年生なら最初にガツンと言えばどうにかなりますし。それこそニーナやバニーのような『なんちゃって一等宙兵』でも扱えますからこの人事を決めた人には感謝ですね。大変なのは変わりませんからね」

「メーリカ姉さんにそう言ってもらえると助かるよ。直ぐに受け入れの準備にかからないといけないが今大丈夫か?」

「ハイ私は大丈夫ですが……そうだ。あいつらにも関わらせましょう」

「あいつら?」

「なんちゃって士官ですよ。直ぐに呼んできますがここで良いですか、打ち合わせの場所は」

「ああ、それじゃあここで待つよ。マキ主任も良いかな」

「ハイ、私は構いません。私の職場は隣ですから何ら問題は有りませんが、皆さんが集まるまでに部下たちに仕事を頼んできますね」

マキ姉ちゃんやメーリカ姉さんはそう言うと部屋から出て行った。

暫くして賑やかなのが部屋に入ってきた。

「隊長、隊長。転校生が来るんだって」

マリア、お前は、どこの学園ものだよ。

そもそもいい加減に隊長から卒業しろよ。

『ゴッツ』

後ろからメーリカ姉さんがマリアの頭に拳骨を落とした。

「痛～～い！」

「マリア、いい加減に艦長代理のことを隊長呼ばわりはよせ。もうすぐ新人が回されるっていうのに、お前は士官なんだぞ。士官」

「だって～～」

「だってじゃないよ、全く。良いから座れ。始めるぞ」

「あ、あ、その前にちょっとだけいいですか、艦長代理。ほら～、私だってきちんと言えるんだからね」

「分かったけど、それだけか。何か言いたいことがあったんじゃないのか」

「ああ、そうでした。私もちょうど良かったんです。船の見積もりが終わり、親方と話したんですが、あの船のエンジンそっくり替えた方が良いんだって」

「そんな訳あるか。予算だって無尽蔵じゃないぞ。他も整備しないといけないのに、エンジン交換なんてすればそれだけで予算オーバーじゃ無いのか」

「いえいえ、メーリカ姉さん。親方が言うのには、あのエンジン、総バラシしないと使えそうにないんだって。総バラシして組み直しするくらいならエンジン入れ替えた方がはるかに安いって言っていたよ。それに中古再生品を使えれば格段にそっちの方が安く済むとも言っていた。何ならただでも良いとか」

「そんな訳あるか」

「まあ話は分かった。その件は予算見てからだけど、もし予算内に収まるなら好きにしていいよ。

あ、でも事前に稟議《りんぎ》は回せよ。予算の執行状況を把握しないといけないし、一応勝手にやらせるわけには行かないからな。稟議を回してもらえればこっちで出来る限り好きにさせるから」

「分かった、ありがとう。隊長……じゃ無かった、艦長代理」

「良いな、くれぐれも先走りはするなよな。稟議の許可が出てからだぞ」

「ありがとう、艦長代理。そう言うと思ってもう稟議書はできているんだな、これが。これデータね。これから送るから。送り先は艦長代理宛て？」

「いや、メーリカ姉さん……いや違うか。もうお前も士官なんだよな。だとすると、直接俺で良いか。俺の許可が出たら、マキ主任に……、いや逆が良いか。悪いけどマキ主任に送ってくれ。マキ主任のところで予算を見て問題無ければ俺に送ってくれれば許可を出す。そうなったら仕事を始めても良いよ。それでいいかな？」

「ハイ、私もそれが良いかと。しかし私がチェックできるのは予算だけですよ」

「ああ、それで構わないよ。だいたいここの社長との約束で好きにさせると言ってあるんだ。実際細かなところまでは俺だって分からないし、要は一級整備の証明書が出せれば問題ないよ」

「それもそうですね。分かりました」

「ではこの件はこれで良いかな。次に移ろう。これからが本題だ。既に知っているかと思うが、二等宙兵の配属が近々されることになった。就学隊員初年生ばかり三十名だ。そこで、うちの主力メンバーである君たちに集まってもらった。その配属される隊員の処遇について相談したい」

そこから始まった会議はかなり疲れた。

結局二時間ばかりかけて、就学を毎日数時間と定めて、それ以外については、三十名を五人ずつ六つの班を作り、毎日交代で実際にここで働いている先輩たちの持ち場を回らせることにした。

午前中にマキ主任たちに勉強を見てもらい、午後には半数の十五名を基礎訓練に出し、面倒をメーリカ姉さんに見てもらう。

残りを船の整備をしているマリアたちや、色々と雑用になってしまったが、ケイトのとこを順番に回ってもらう。

幸いなことに下士官だけには余裕があるので、六人の下士官を決めて面倒を見させることにした。

きちんと決めてとりあえずの懸案は消えた。

「ところで、艦長代理。その新兵っていつ来るのだ?」

「そういえば俺も聞いていなかったけど、いつなのかわかる?」

「え、報告していませんでしたっけ。明日ですけど。明日の午前中には宇宙港に到着するそうです」

「え。明日だったの?」

「ええ、私は知っているものかと。それで体制づくりを急いだと思っておりました」

「明日はどうするかな。どうせ引率もいるのだろう。引き取りには俺も同席が必要なんじゃないのか?」

「ええ、それも相談したかったのですが、できれば宇宙港で済ませられませんか? 上の連中にここに来てほしくはありませんから」

「ああ、ここって快適だけど、上の連中から見たら文句の言い放題だろうからな。簡単に想像がつくよ。そういう事なら俺が明日宇宙港まで出向いて引き取りをしよう。どうせ一度は第二機動艦隊司令部に挨拶をしておこうかとも思っていたことだしな」

「ああ、そうだね。私もそう思うよ。私が付き合っても良いが、私なんかが司令部に行ってもね。トラブルの元だし、何よりこっちでの仕事も手の離せないことになっているからね。これで新兵を迎えるんだから、明日は張り切って仕事をしようかとも思っていたんだ。悪いね、艦長代理」

「ああ、そうだな。メーリカ姉さんは新兵が来てからが忙しそうだしな。それに俺と一緒に二人がここを空けるのもな。一応マリアは親方がいるから大丈夫かとは思うが、あの親方も正直信じられない部分もあるしな。悪いが明日のお留守番を頼むわ」

「艦長代理。それって酷くはありませんか。私は明日からエンジンの換装で忙しいんです。いたずらする時間はありませんよ。ついでに新兵の面倒も……」

「それは無しだ。みんなで見るんだ。でないとお前だけ仲間外れになるぞ。新兵だっていつまでも新兵じゃないだろう。そうなったときに困るぞ」

「う、う、分かっていましたよ。言ってみただけですから」

「それじゃあ、悪いが明日マキ主任は俺と一緒に宇宙港まで付き合ってくれ。まずは宇宙港の艦隊司令部で挨拶だ。時間的には俺らが先につくかとは思うが、逆だったとしても新兵は司令部に案内されるだろうから問題は無いよな」

「ハイ、そうですね。私は初めからお迎えに上がるつもりでした。私も司令部には行きたいとは思っておりましたし、ちょうど良かったです」

「それじゃ、これからもっと忙しくなるけど頑張ってくれ。これで今日は解散だ。また新兵が来たら、ちょくちょくこういった場を持ちたいと思っている。色々と問題も出るだろうから、みんなで解決していこう。今日はありがとう。では解散」

予期せぬ再会

翌日は、ドック内を見回ってからマキ姉ちゃんと一緒に宇宙港に向かった。

ここは民間の会社なので公用車などの類は一切ない。

ここの車を借りても良かったのだが、流石にそうすると帰りに問題が出る。

なにせ帰りには三十名の新人を連れて来ないといけないから、乗用車ではかえって邪魔になりかねない。

そういうこともあるので、ここは素直に公共交通機関である電車を利用して宇宙港に向かった。

ここは、はずれとはいえ、この星有数の工業団地内だ。

少々距離はあるが歩いて通える範囲に駅はあるので、俺はマキ姉ちゃんと一緒に歩いて駅に向かった。

途中の車窓からは俺らが育った孤児院のある街も通り過ぎて、俺はあの嫌な出来事を思い出してしまった。

本当は俺の予定ではとっくに鬼籍に入っていたはずなのに、どんどん部下が増えて行く。

まあ、ここまで来れば最後はあれだな。

俺一人艦に残って突撃する奴だ。

最後は『故郷か、何もかも懐かしい』なんて一人艦長席に座ってつぶやく奴。

あのシーンは何度読んでも泣けたよな。

俺もあれをやるだけだ。

もう少し頑張ろう。

俺は士官養成校時代に読みふけったファンタジーノベルの一シーンを思い出して、先に浮かんだ嫌な思い出を忘れていた。


「ナオ君。懐かしいわね、ここ」

「え？」

「孤児院の最寄り駅よ。卒園してから訪ねたことあるの」

「いや、とにかく忙しかったし、なんだか行き難くて」

「まあ、私もそうかな。前に一度だけ訪ねたことはあったけど、私もそれだけね。ナオ君の事をとやかくは言えないね」

乗っている電車が駅に着くと、大学生の一団が同じ車両に乗ってきた。

時間的に通学には少々遅いとは思うが大学生ならそれもあるだろう。

「懐かしいわね。私もこの星の大学に通っていたからわかるけど、ちょうど今の時期に少しばかりの休みがあるのよ。この時期には大学で、新入生などの歓迎と親睦を兼ねてサークル単位やクラス単位で小旅行する習慣があるの。ナオ君は知っていた？」

「いや、俺は全く……俺は首都星ダイヤモンドにある士官養成校にいたから、ほとんどそこから出なかったな。出るとしたら、敷地内から宇宙への実習航海位だったよ」

「そんなになの。それってナオ君だけなの？」

「まあ、俺だけだったかな。でも、他の人もそんなには余裕が無かったよ。なにせ三年間で士官にするまでの教育がされるのだから、余裕なんかほとんど無かったな」

俺とマキ姉ちゃんが少しばかりノスタルジックな気分に浸っていると、先ほど車内に入ってきた大学生の一団から一人の女性が近づいて来る。

「もしかして、マキ姉～なの⁉　私テツリーヌだよ、忘れていないよね？」

俺たちに話しかけてきた女性は、なんとあのテッちゃんだった。

正直この時の俺はどうしてよいかわからなく、海賊相手でもパニックにならなかったのに、この時ばかりはパニック状態でそそくさとマキ姉ちゃんから離れ距離を取った。

マキ姉ちゃんはそんな俺の変化に気づくことなくテツリーヌと会話を始める。

「あら、テツなの、久しぶり。私がコーストガードに入ってから孤児院を訪ねた時以来かしらね」

そこから女同士の話が続いた。

当然俺は加わることなく少しばかり距離を取ったので、テッちゃんには俺がマキ姉ちゃんと一緒にいることがバレなかった。

どうも俺のこの態度は一緒の出張に来ているコーストガードのお偉いさんが気を利かせたように見えたようだ。

確かに端から見たらそう見えなくもないだろうが俺は何も気を利かせた訳では無く、ただ今はというかもう二度と会いたくなかっただけだ。そんな俺だがそれでも二人にばれることなく宇宙港の駅に着くまで二人は話をしていた。

幸いなことにテッちゃんは最後まで俺に気づくことなく元居た大学生の仲間たちの元に戻っていった。

確かに今の俺たちの格好は、マキ姉ちゃんはスーツ姿なので、社会人ならではのぱっとした感じで見ればすぐにでも見当がつく。

しかし俺は、一応軍に入ったと言って孤児院を出たが、コーストガードのお偉いさんの格好をしていたので分からなかったのだろう。

なにせ俺の格好は第一級礼装で勲章の略章まで付けており、帽子も艦長代理としてのしっかりした格好の良いものを深々とかぶっていたのだ。

これならどこからどう見てもコーストガードのお偉いさんにしか見えない。

しかし、全く気が付かなかったというのも少々癪ではあるが、俺との関係ってそんなものだったのかと少し落ち込んだ。

電車が宇宙港の駅について俺らは電車を降りた。

ここは宇宙港の整備場などに通う人達用の駅なので当然先ほどの大学生はこの先の一般旅行客などが利用する駅まで電車に乗っている。

そのためか、ここで降りる人はそれ程多くは無い。

俺はマキ姉ちゃんと並んで歩いている。

すると急にマキ姉ちゃんは何を思ったのか昔の話をしてきた。

その最後に俺に聞いてきた。

「ナオ君はてっきりビジネス方面に進むかと思っていたわ。何で軍人を志したの？」

「え？　さっきテッちゃんに何か言われた？」

「いえ、何も。そういえば昔から仲が良かったわよね。何であの時に話さなかったの」

俺は覚悟を決めて正直に話した。

「確かにビジネス界を目指して大学に挑戦したけど、見事に落ちた。そうしたらテッちゃんに嫌われたのか振られたんだよ。それでやけになって軍に入隊を申し込んだら、こうなったんだ」

「ちょっと、今の話でどこでどうなれば軍人のエリートコースに乗るのよ。普通ならよっぽど苦労しないと受からないでしょ、あの学校は」

幸い俺の説明で、振られたことよりも、初めから目指していなくて何でエリートコースに乗ったのかが不思議でならないらしい。

「俺も良くは分からないけど、マークの話によると、あ、このマークって今のドックを紹介してくれたキャスベル工廠のお偉いさんの息子だけど、俺の成績が国のコンピューターに記録されているからだろうと言っていたよ」

「そんなの当り前じゃないの。私の成績だって国に記録が残っているわよ」

「あ、言い忘れていたけど、俺、卒業の時に第一王立大学のキャリア官僚養成学科に推薦を貰っていたんだ。でも、あそこはほら……、だから俺はケイリン大学を目指したんだけど落ちた。振られたこともあってそのまま軍に入隊を申し込んだら、いきなりあそこに連れて行かれた」

「それでなのね。だからあの成績だったのかしらね。ナオ君の性格では真逆の選択だったし、なんでかなとは思っていたのよ。それが巡り巡って、本当に数奇な運命なのよね、ナオ君は」

「ああ、運がいいのか悪いのかは分からないけど、本当にいわゆる普通からはかけ離れたコースを進んでいる自覚はあるよ。あ、着いたね。ここからどうする、マキ姉ちゃんは。俺と一緒に挨拶に行くの？」

「一緒は止しておくわ。だってナオ君は司令官のところに行くんでしょ。私には関係ないから。私は私で先輩のところに挨拶に行ってから色々と情報を仕入れて来るわ。新兵たちの引き取りのところで落ち合うわね」

「ああ、分かった。じゃあ、ここで一旦お別れかな。またあとでね」

マキ姉ちゃんと別れて俺は機動艦隊司令官に会った。

事前に約束は取り付けていたのだが、散々待たされての塩対応。

俺も歓迎はされないとは思っていたが、あまりの露骨さに流石に引いたぞ。

前にマキ姉ちゃんがこぼしていたが、僻みからなのだろうか。

にしては何か違うような。

少なくともここは敵地だ。

邪魔されることはあっても協力は望めない。

初めからそう考えていれば大丈夫だろう。

俺は機動艦隊司令官との会合を終えて、同じ建屋にある巡回戦隊の戦隊長にも挨拶に行ったが、こっちはもっと酷かった。

まあ、あの時の作戦に参加していたから、何かしらのペナルティーはあったのだろうが、それって俺のせいじゃないだろう。

なのに、こっちは本当にわかりやすい逆恨みだ。

あの作戦で参加者が一様にペナルティーを科せられたのに、俺らだけがご褒美をもらった格好だ。

しかもそのご褒美が格別と来れば僻みもあろう。

しかし、いい大人がこれではちょっと頂けない。

最後にここの事務方のトップであるニホニウム支局長を訪ねると、こっちは今までの対応が嘘のような歓迎をしてくれる。

一体全体訳が分からない扱いだった。

支局長と楽しくお茶をしていると、待っていた新兵たちが到着したと連絡があったので、支局長の元を離れて、空港の到着ゲートに向かった。

軍関係者専用の到着ロビーがあるので、それほど混んでいない。

俺は到着ロビー脇にある会議室で待つことになった。

ほどなくして、本部の就学隊員担当者が三十名の二等宙兵を引き連れて部屋に入って来る。

彼らと同時にマキ姉ちゃんも入ってきた。

どうやら彼らと一緒というより本部の就学隊員担当者と面識があったようで一緒に来たようだ。

俺は、マキ姉ちゃんに言われるままに引き継ぎを済ませて、彼らを連れて行くことになった。

幸いなことにマキ姉ちゃんは基地に掛け合って、軍用バスを一台運転手付きで借り受けていた。

なので、帰りはバスで帰れる。

俺は気にしていなかったのだが、就学隊員がリモート学習で使う端末は個々人が持っているので問題は無かったが、肝心のネットワークへの接続に問題があった。

軍艦で無線が通じる場所ならどこでも問題は無いのだが、あいにく俺らは民間の施設に間借りしているので、そのネットワークに簡単には接続ができない。

尤もあの社長やうちの連中なら簡単にネットワークに接続しかねないが、それをやると絶対に問題になる。

そこも、頼りになる事務職員だけある。

マキ姉ちゃんはきちんと対応を済ませていた。

一般回線を使っても問題ないようにコーストガード用の暗号処理のできるサーバーを本部から借りていた。

それも今回は運ばなければならない。

さほど大きな物じゃないが、一応機密扱いのものだし、それを俺が手で運ぶのも色々と問題にされそうだったので、帰りのバスは正直助かった。

俺らはカルガモよろしく並んでコーストガード専用駐車場に行き、用意されたバスに乗り込んでドックに帰っていった。

ここからドックまでは距離的には大したことは無い。

元々ここ宇宙港も町の郊外にあるし、それに隣接する格好で工業団地がある。

俺らが間借りしているドックもその工業団地内にあるので車なら二十分もあれば着く。

行きは電車を使うから時間がかかっただけだ。

だがそのために色々とあったので、俺はかなり疲れた。

朝顔五号

基地内での塩対応も覚悟はあったが、あれも疲れた原因だ。

ドック脇にある俺らがベースにしているプレハブには既に教室も用意されていた。

広めの部屋から家具類をすべて出して、どこから探してきたのか机も用意していた。

とりあえず全員をバスから降ろして、その教室に入れた。

俺らを乗せてきたバスの運転手にお礼を言って、帰してから、俺は教室に入った。

皆着席していたが、俺が教室に入ると何故だか張り切っているドミニクが号令をかけた。

「艦長代理、入室！」

その声を聞いて、バラバラだが配属されたばかりの二等宙兵が席を立ち、気をつけの姿勢を取った。

「艦長代理に敬礼！」

俺はその敬礼に答礼してから全員を座らせた。

そこで、まさかこんなに早く新人を前に挨拶をする羽目になるとは考えていなかったので、カッコよくできなかったが一応の挨拶を済ませた。

その後、メーリカ姉さんに任せて俺は部屋を出た。

どうやらメーリカ姉さんとマキ姉ちゃんがうまくまとめてくれたようで、今日のところは終わったようだ。

事務員たちが手分けして彼ら彼女らを部屋に案内していった。

案内された部屋も当然廃船からの流用だ。

豪華な部屋は後々のことを考えると勘弁してほしかったが、その辺りもうまく用意してくれたようだ。

なんでも解体中の廃船から乗員用個室を今朝バラして隣に運んできたと聞いた時には俺もびっくりしたが、流石は解体屋だ。

現に目の前で豪華客船をばらしているので、いくらでも準備ができるとあの社長は豪語していたくらいだ。

後で聞いた話だが、「いっそのこと一等客室を持って行けよ。余っているからいくらでも使ってくれ」と言われたそうだが、そこはメーリカ姉さんが丁寧にお断りしていたとか。

流石に外見はあれだが、豪華客船の一等客室なんかに住まわせたら二度と他では生活できなくなりそうだったので、あの子たちのためにメーリカ姉さんは良い仕事をしたようだ。

俺の生活はこの日を境に一変した。

とにかく忙しくなった。

今までも忙しかったが、書類仕事が半端ない。

その上、就学隊員の面倒を見ているのだ。

俺が直接何かをしている訳では無いが、それぞれの資質を確かめないといけないので、各担当から上がって来る表などをまとめて後々の参考となる資料を作っている。

そんな俺が忙しく働いている最中にもマリアたちは遠慮なく書類をぶち込んでくる。

色々な稟議が上がって来るのだが、それにも目を通して許可を出している。

中には『あれって許可出しても良かったっけ』と後から心配になるようなものもあったが、後の祭りで、その後のことを気にしないような習慣が付いた。

ということで、入渠から一月が経っても俺はあれから船には入ってはいない。

その代わりじゃないがメーリカ姉さんやマキ姉ちゃんは何度か確認に訪れていると聞いているが、今のところ問題は聞いていない。

今報告で聞いていることはエンジンの換装が終わったという話だ。

見積上では予算の半分十五億ゴールドとあったが、実際に換装した結果は十億ゴールドで済んだとも聞いた。

なんでも目の前の廃船からマリアたちがエンジンを取り出して、親方と一緒に整備したので、正当な割引だとか。

マキ姉ちゃんもそれを納得しているから問題なさそうだ。

しかし、エンジンの換装って一月で出来るものなのか。

だいたい同じ時期にドック入りしているあのフリゲート艦は、まだエンジンの換装が済んでいないとも聞いているのだが、大丈夫かな。

そうそうあの後も総務を通して『ブッチャー』のメインエンジンの件で宇宙軍の工廠関係者からたびたび問い合わせがあったけど、俺たちがここに来てからは一切なくなっているが、それはそれで少々怖い気もする。

一応ドック関係者にはごまかしはしてあるし、何よりドック長も俺のごまかしを分かった上でごまかされてくれているような気がするが、それでもある時を境にというのが気にはなる。

まあ、いつまでも気にしていられるほど今の俺には時間が無いしな。

何より俺から時間を一番奪っている原因にマリアだけでなくカスミやアオイなどの下士官になった連中からの稟議がある。

マリアと同じように予算内である事を確認して了承しているが、驚いたのはエンジンシステムの全面変更に伴って、艦橋内の制御システムの全面変更というのがあった。

これは航法システムの変更もあり制御コンピューターを含むかなりの規模の変更のようだが、稟議書に書かれていた予算は五億ゴールドという金額で、流石にこれには俺も心配になりカスミを呼んで直接問いただした。

しかし、カスミは交換されるもの全てが目の前の解体船から自分たちで取って来るから安く済むと言っていたが、実際にあと二か月でこの船は空を飛べるのか心配になって来る。

まあ、任せた以上、腹をくくるが、みんな自主的に頑張っているのが分かる分だけ正直嬉しくもある。

一応マリアには定期的にここに呼びつけて進捗を説明させている。

エンジンの換装という大仕事を終えたためかマリアは余裕すら感じさせるようになった。

それに何より大好きなことを自由にさせているので、本当に毎日機嫌が良い。

「艦長代理。エンジンの換装は終わったよ。カスミの方も艦橋の工事もそろそろ終わるって」

「そうか、そうなると後は……」

「そろそろ兵装の方に掛かりたいんだけど」

「え？　兵装も変えるのか」

「エンジンを変えたから、どちらにしてもそのままじゃ使えないよ。動力の伝達が全く違ったからね」

「となると、今から準備できるのか」

「エヘヘヘヘ」

「何だよ、そのいやらしい笑いは」

「今からじゃ新品頼んでも間に合わないよ。それに何より予算内に収まらないからね」

「そうだよな……」

「それも、ここにあるんですよ、艦長代理」

「え？　だって、ここって軍艦の解体もしているのか？」

「軍艦の解体もしているようですが、最近はほとんどそんな仕事は無いって」

「それじゃあどうするんだよ」

「あれ、艦長代理は知らなかったのですか」

「何をだよ」

「ですから、豪華客船も武装していたことを」

「へ？　そうなの？」

「こんな、そこら中に海賊が跋扈するのに客船が丸腰な訳ないですよ。目の前の豪華客船に限らずたいていの客船はかなりの武装はしていますからね。それも自由に使っていいって言われていますから、そこから主砲に使えそうなレーザー砲を前後で一門ずつ使います」

「予算は大丈夫か」

「はい、全部で三億ゴールドあれば十分」

「それならいいか……」

「で、でね、艦長代理。それだけだと船の格好が悪いんですよ。何と言いますか、間が抜けていると言いますか。それでですね、航宙魚雷発射管を付けても良いですか」

「別に構わないが、そもそも魚雷が無いだろう」

「それがたんまり有るんですって」

「どこに」

「ここにですよ。親方が言うには、処理が間に合わなくて火薬庫に保管しているが邪魔なそうで、できれば使ってほしいとのことなんです。引き取り費用を出しても良いって言っていたくらいですから」

「ちょっと待て。そこまでくると色々と問題が……」

「あ、マキ主任には確認済ですよ。流石にただという訳にもいかず一本あたり一ゴールドで買い取るならいいですよだって」

「確かに最近はほとんど使われなくなったと聞いているが、それにしても一ゴールドとはね。分かった、稟議を回せよ。もうそれだけか、俺も忙しいからな」

「あ、あ、最後に一つだけ」

「なんだ？」

「あの船に朝顔五号を載せても良いよね？」

「朝顔だ？　前に許可出さなかったっけ。あ、内火艇には許可したんだっけか。一応今回は稟議さえ出してくれれば良いよ。さっきの話と一緒に稟議をよこせ。これで終わりか」

「はい、今回は以上です」

マリアはそう言い残すと本当にうれしそうに部屋から出て行った。

◇◇◇◇

マリアは部屋から出て行き、そのままドックに入っている航宙駆逐艦『シュンミン』の艦橋まで行った。

艦橋ではカスミが総入れ替えした航法システムの調整をしている。

「ずいぶんここも変わったわね。何よこれ、まるで豪華客船の中にいるみたい」

「あ、マリア……准尉」

「よしてよ、今更」

「そうよね、今更よね。でも艦長たちが居たらまずくない」

「確かに」

「一応公とそうでない時とで使い分けるわ。それよりも今の感想は何よ。当たり前じゃないの。今ここに有るのは全てあの王国一と呼ばれた豪華客船から持ってきたものばかりよ。前の古いものは一切無いわね」

「ずいぶん思い切ったことしたわね。大丈夫？」

「大丈夫よ。きちんと許可は取ったわよ。それよりもずいぶん浮かれていたわね。何か良いことあったの？」

「デヘヘへ。あれ許可貰っちゃった」

「あれって何？　もしかして……」

「そう、『朝顔五号』の許可」

「え〜〜、あれは流石にまずくないの？」

「そんなこと無いよ。親方も太鼓判押してくれたしね。何より『朝顔四号』を親方と一緒に改良したから絶対に大丈夫だよ。何より、あれは前のような状況でも武器の使用ができるメリットがあるから絶対に必要だよ。特に、うちらのようにウルツァイトの影響で武器使用ができない宙域がいっぱいある所で働くには。これで海賊にも絶対に負けないよ」

「確かにそうだけど……あれって確かレールガンだよね。ロスト技術とか言ってなかったっけ」

「それがさ、親方のところに文献があったんだよ。なんでもドーフ人の里ではかなり最近まで使われていたらしい。さんざん悩んでいた箇所が一発で解決したからね」

「でも、あれってかなりの電力が必要だよね？」

「それも大丈夫だよ。専用の発電機積むから」

「え、只でさえエンジンを大きくしたのに、どこにそんな場所があるの？」

「エヘヘヘ、それも大丈夫だよ～～ン。それもきちんと稟議を通してエンジンを入れてあるブロック全部機関室にしたから十分に広さがあるの。もっとも倉庫にもするけどね」

「あれはどうしたの、魚雷だっけ。その発射装置は」

「それは親方のところにあったのを改良したのがあるの。それを積むことになった。知っての通り、ここにはやたらに航宙魚雷が余っているからね」

「それの倉庫として確保したのね。でも大丈夫かな。これがばれたら責任問題にならないかな？」

「大丈夫だよ。だって私たちって強運だよ。絶対に大丈夫」


駆逐艦の内装が……


「それが大丈夫なら、私も遠慮しなくても良いよね」

「何考えているの？」

「せっかく豪華客船から部品使い放題なんだから、内装も贅沢にしようかなっと」

「艦橋をここまでしておいて何を今更」

「それもそうだよね。だいたいマリアが船内の配置を大幅に変えたしね。もう定員なんかどうでも良いよね。この船のカタログスペックだと定員が百六十二名だとあったけど、百二十名くらいにしても大丈夫だよね。だってすでに百六十二名は入らなくなっていたしね」

「そうだよね。エンジン格納エリアを大幅に大きくしたから無理だよね。でも、だいたいうちらの船って定員を満たしたことないじゃない。それなら無駄なエリアを減らして快適な環境を作っても良いよね」

「なら艦長室からしないとね」

「なんで、もうしたんじゃないの？」

「でも今艦長室はほとんどいじっていないの」

「あの船から船長室を持ってくるの？」

「それじゃあダメだよ。それだと私たちの部屋って乗務員室になるよ。今のプレハブよりも悪くなるからね」

「それはちょっと嫌かも」

「だよね。今住んでいるのってあれじゃないけど客船の三等客室だからね」

「だよね～それじゃあどうするの？」

「さすがに広さ的には無理だから改良はするけど一等客室くらいにはしたいよね」

「そうだよね。何か良いアイデアでもあるの？」

「実はあるんだ。艦長室にあの客船のロイヤルスイートを持ってこようかと思っているんだ。艦長室がロイヤルスイートなら私たちの部屋を一等客室にしても目立たないよ」

「艦長代理がなんというかな。それならさ～、いっそのことあの海図室だっけ、作戦検討室とか言っていた場所あるよね？」

「ああ、艦橋と艦長室の間位にある部屋ね。正直あの部屋何に使うのか分からないんだけど」

「そうだよね、でもあそこなら思いっきり贅沢にはできるよね。それなら、あそこを一番贅沢にロイヤルスイートルームにして、艦長室をスイートルームにすれば良いよ。それなら艦長だってそれほど驚かないからね」

「そ、そうだよね。そうしよう。それならすぐに親方に相談してくるよ。親方から許可が出ればすぐに稟議を回すからその時には手伝ってね」

「分かったわ」


二人の会話からあのおんぼろ駆逐艦がどんどんとんでもなくなっていく。

しかも解体している船からの流用であるためにほとんど費用がかかっていないので、マキ姉ちゃんのところをほぼノーチェックで俺のところに稟議が回ってくるが、当然俺もチェックなどできるはずもなく稟議書が通過していく。

結局、作戦検討室だけはロイヤルスイート化はできなかったようだが隣の準備室と別にもう一部屋をロイヤルスイートくらいの贅沢な部屋にして、艦長室をスイート、下士官以上は一等客室から、それ以下は二等客室から部品を持ってきてやたらに贅沢な造りになっていくことになるが、それを俺が知るのは全てが終わってからの話だ。

ちなみに士官食堂はあの客船のＶＩＰ専用ラウンジから持ってきた部品を使った。

当然、稟議には部屋の備品類を廃船からの流用品でそろえるとしか書かれていなく、俺もマキ主任も予算しか見ていないから許可してしまった。

そんなことも知らずにどんどん魔改造されていく航宙駆逐艦『シュンミン』も、ドック入りして二か月目になる。


考えてみたら、新兵たちが来てから一回も艦内には入っていない。

そろそろ心配になってきたころにドックの社長がマリアたちを連れてやってきた。

「艦長代理。やっと整備が終わったよ」

「待たんかい。まだや。一応手仕事は終わったが、確認が残っているやろ。ということや、あんちゃん」

最近社長とはほとんど会っていなかったのだが、この社長は俺のことを始めの頃は艦長と呼んだりあんちゃんと呼んだりしておりきちんと艦長代理と呼ばれたことはなかったが最近ではあんちゃん呼びだけになっている。

まあ、マリアたちも社長のことを親方呼びだからお互い様だけどな。

「社長、整備の目途が付いたというのですね。予定より一か月残してなんて流石です。それで、私は何をすれば……」

「そうだな、まずはタグを用意してもらおうか。一応整備は済んでいるがいきなりここから発艦するのはな。一度宇宙に上げてからテストをしたいかな」

「そうですね。その前に私に内検させてもらえませんか」

「お、おう、それもそうだな。直ぐにでも良いか」

「わかりました。一応うちの予算管理の者も連れてきますから」

「それもそうだな。好き勝手に金を使わせてもらったからな。マキ主任だっけ、直ぐに来れるかな？」

「大丈夫です。連れてきます」

俺は隣室にいたマキ姉ちゃんを連れて来た。

早速社長とマリアたちに連れて行かれるようにドックに向かった。

もう臨検小隊では無いが、途中で会ったメーリカ姉さんも連れて一緒に後部ハッチからの臨検の要領で内検していくことにした。

メーリカ姉さんは何度も中に入っているので、順路などはメーリカ姉さんに任せて内検していく予定だったが、後部ハッチの直ぐ傍にあった格納庫は、完全に別物になっていた。

俺らがあの海賊たちと戦った跡はどこにもない。

本当にきれいになっている。

いったい何なんだ。

ここでマキ姉ちゃんが頭を抱えている。

「おい、マリア。何だこれは？」

「艦長代理。何だとは何ですか」

「何を頓智《とんち》みたいに。壁の材質が明らかに異様だろう。どこから持ってきたんだ」

「どこからって、隣の船……あ、もう形も無くなってきましたね。あの豪華客船のホールを囲う壁を持ってきました。色も白くて明るいので、ここも明るくなるね」

「まさかとは思うが、この船全部こんな感じか？」

「ええ、だってお金かけられませんので廃品利用しましたからね」

「同じの持ってくるのなら、倉庫とかあるだろう」

「だって、艦長代理。安全性が違うんですよ。倉庫なんかは、当然防火対策はされていますが、携帯レーザー兵器で簡単に壊されますよ。その点、あの船はお客様がいる場所はかなりそういった物に対しての強化がされています。テロ対策は万全ですよ。ですので携帯レーザー兵器くらいでは壊されませんからなかなかここを敵さんは抜けませんよ」

「ああ分かったよ。この後は覚悟して見回るよ」

俺は最初で躓いた。

マキ姉ちゃんなんかも同じようだった。

後で聞いた話になるがマキ姉ちゃんが艦内に入ったのはエンジン換装前だとかで、それ以降は忙しくて来ていなかったようだ。

予算の執行状況だけを確認するために、一番費用の掛かるエンジン回りの確認だけで問題なしと判断を下していたとか。

もうここまでくると後の祭りとしか言いようがないが、今から本部への言い訳を考えているようだ。

当然艦橋へ続く廊下も同じ仕様で、きれいになっている。

まるで豪華客船の中にいるような感覚になる。

通路が広めにとられているのは評価できるが……この船ってこんなに余裕が取れるものだったのか。

機関部なんかも拡張しているると聞いているし、どこにあったのだ、こんな余裕が。

「おい、マリア。ちょっと聞くが、この船って前はかなりごちゃごちゃしていたよな。いくら内装をほとんど作り直したって、こんな余裕ができるとは思えない。どこからとってきたのだ」

「エヘヘへ。実はね、定員数が減ったの。前の船の定員はカタログから調べた限りでは百六十二名となっていたんだけど、私たちってそんなにいないでしょ。だから今の定員は最大で百二十三名くらいかな」

「何だよ、そのくらいって」

「だって、スイートの定員って良く分からないから」

「今なんて言った。何だそのスイートって」

「まあいいから見て回れば分かるよ」

メーリカ姉さんがせっつくので、俺らはマリアについて内検を続けた。

途中の隊員の生活空間である個室は予想通り贅沢な造りになっている。

今俺たちが暮らしているのとそう変わらないということは客船の船室を使ったようだ。

しかも、二等客室クラスだろう。

しかしこの数は何だ。

「エへ、ここはあの子たち二等宙兵の私室です」

「は～～～」

俺は頭を抱えた。

せっかくメーリカ姉さんが気を利かせてあいつらの部屋のランクをわざと落としてくれたのに、この船に乗ったら台無しじゃないか。

「これ知っていたの、メーリカ姉さん」

「あ、いや、なんでもカスミが稟議を通したから大丈夫と言っていたし、それじゃあ、私からは何も言えないよ。そこの社長も張り切っていたしね」

「あんちゃん、細かいこと言うなよ。廃品の再利用だ。無駄が無くなるし、快適だし、良い事尽くめだろう」

俺はこの後何も言えずに艦橋に向かった。

そこで俺は少しだけ安心した。

艦橋は今まで見てきた場所のような派手さは無い。

かなり上質な造りだが、どうみてもお客様用ではない。

これはあの我が国が誇る超豪華客船の、部品流用だな。

しかもその客船は処女航海で襲われての廃船になったためにほとんど新品状態のような艦橋から移設したのだろう。

だからなのか艦長の席は場違いなくらい立派で、しかも非常にきれいだ。

艦隊の司令長官の席だと言っても通るくらいの席をダウンサイズしたようなものだ。

まあ、部品を流用させてもらった元の豪華客船が戦艦以上超弩級戦艦以下のサイズだったからそれもうなずける。

この船誰が動かすんだよ。

艦橋で、変わった点などの説明をカスミから受けている。

ほとんどの運行システムが軍用からさらに進んだ民生用になっている。

軍用は良くも悪くも保守的だ。

とにかく問題など起こさないことを前提にしてあるので、とがった仕様は使えない。

そこが民間だと、発注主の要望通りに作られる。

今回利用した豪華客船ともなると予算もふんだんに掛けられたモノに成るので相当入れ込んであるようだ。

少々とがった仕様だが、その代わりここの社長も納得できる性能を持つものを再利用させてもらったと社長は自慢げに説明している。

これは慣れるまでは大変だが、慣れるとものすごいものになりそうだ。

「艦長代理。次は奥の準備室に案内します」

「「「え？」」」

艦橋の空気が固まった。

カスミがマリアの傍に行く。

「マリア、本当にあの部屋案内するの」

「何言っているの。あの部屋を先に見せないで艦長室を見せたら怒られるでしょう。ただでさえ兵士の部屋で怒られたばかりなのに。私たちの部屋絶対に見せられなくなるよ。だから、あそこは怒られるのを覚悟しているから任せてね」

「健闘を祈るわ」

「それ、自慢の部屋だ。わしが案内しよう」

ここの社長が俺らを問題の部屋まで連れて行く。

部屋に入る前に扉の前で固まる俺ら。

ドアが完全に場違いだ。

これ絶対にあれだろう。

スイートルームを移設した奴だ。

俺らはそのまま社長に連れられて中に入る。

ほらやっぱり。

これなら王族でも案内できるぞ、俺は知らないけど。

「凄いだろう。この部屋はあの豪華客船でも二部屋しかなかったというロイヤルスイートをサイズダウンしたものだ。これなら貴族や王族でも案内できるぞ」

最初の試運転

「この船は駆逐艦でしょ。そんな人は絶対に乗らない艦種ですよ。でもすごいですね。本当に立派な部屋だ。でも、ここは封印かな」

俺の最後の一言で少々落ち込む社長がなんだかかわいく感じる。

この人は本当に趣味人だ。

その後案内された部屋が俺の部屋となる筈の艦長室。

扉こそ普通だが、絶対にいじっていないはずは無い。

あの船の船長室でも持ってきたかな。

「ここもすごいだろう。ここは使わない訳にはいかないだろう。ここはわしと、そこのカスミとの会心作だ。あの船のスイートルームと船長室から部品を取り、より快適な艦長室に仕上げてある。どうだ、この部屋だけでも相当な技術が詰まっているんだ」

俺はその場でしゃがみ込んで頭を抱えた。

そういえばマキ姉ちゃんはどこだ。

艦橋から動いていないだと。

もうこれを見たら言い訳が思いつかないらしい。

「分かった、もういいです。内検は終えます。明日午前中からタグを押さえておりますから、明日試運転に入りましょう。メーリカ姉さん。全員乗せて行くよ。あの子たちの初航海がこれでは少々不安が残るが置いて行く訳にはいかないから。まあ、日帰りなので、個室に入れないから明日は大丈夫かな」

「分かりました。タグが明日九時には着きますので八時に集合させます」

「ああ、そうしてくれ。流石に今日は疲れたよ。今まで放置していたのを今相当に後悔しているよ。まあ、やってしまったのはしょうがないか」

「艦長代理、戻りますか」

「ああ、マキ主任を連れて戻るよ。でないと彼女は固まって動けそうにないからね」

俺はマキ姉ちゃんを連れて艦を出た。

「私にあれをどうやって報告させるつもりなの」

「うん、今更戻せないよね。廃品利用なのでやむを得なかったと言うしかないな」

「そんな～。絶対にあっちこっちから文句が出るよ」

「ああ、でもそうなったら俺に回してよ。全部論破してやるよ。だいたい一級整備までするのに予算が三十億ゴールドはあり得ないんだって。あの金額なら廃品を利用するしかないよ。それをきちんと説明できるように資料は準備する。もし文句を言ってきたらそいつを巻き込んで責任を取らせてやるよ。端から無茶な要求を掛けてきた奴が悪いとね」

「でも～」

「言いたいことは分かる。絶対に偶然じゃないだろうが、たまたまで押し切るしかないよ。今回解体作業中なのがこの間海賊に襲われた豪華客船だっただけだと。もし貨物船ならもっと大人しくなっていたというしかないね。それしか俺たちには説明できないよ。忙しくて作業前に十分に説明を聞かなかった俺の責任だ。だいたいあの社長とマリアだ。まともに終わる筈ないのが分かっていたのにな。これも後の祭りか」

翌日に新兵たちを含む全員をドック前に集めた。

この二か月で新兵たちの資質や性格、それに希望なども分かってきたので、今ではケイトとマリアたちにそれぞれ分けて預けている。

今回は兵器のテストは考えていないので、艦橋と機関室に分かれて配置して試験航海に出た。

朝八時に集合させて、ケイトとマリアに艦橋組と機関室組、それに両舷の防衛パルサー砲に分かれて配置してもらい、タグ宇宙船を待った。

九時ちょうどに待っていたタグ宇宙船が来て三十分かけて船を宇宙に上げてもらった。

そこから各部の最終点検だ。

機関室にいるドックの社長から艦橋に艦内電話が入る。

『あんちゃん、いや艦長いつでも良いぜ』

社長は艦内であることを意識したのかあんちゃん呼びから艦長に修正してはくれたが、俺の役職が艦長でないことをいまだに理解してはくれていない。

「ありがとうございます……メーリカ少尉、エンジン始動」

「了解しました。カスミ曹長。予備エンジン始動」

「了解、予備エンジン始動します………出力上昇中。各種センサー異常なし」

「機関室」

『ハイ、機関室です』

「これからメインエンジンを始動する。準備は良いか？」

『いつでもＯＫです』

「メーリカ少尉。メインエンジン始動」

「了解、カスミ曹長メインエンジン始動せよ」

「メインエンジン始動します………出力上昇中。各種センサー異常なし。出力レベルに達しました」

「発進する。目標はスペースコロニー『ビスマス』速度は徐々に上げて行く。まずは一宇宙速度から」

「目標『ビスマス』速度一宇宙速度で発進」

「了解しました。速度一宇宙速度で発進します」

「速度一宇宙速度です」

「速度二宇宙速度です」

……

……

「速度八宇宙速度に達しました」

「異常はないか？」

「システムオールグリーン」

「機関室、何か変化は？　気が付いたことあるか？」

『艦長代理。こっちは順調かな。何もなくてちょっと拍子抜けだよ。だいたいこういう時にはお約束が……』

「バカ言っているんじゃないよ。何もないんだな」

『だいじょうぶだよ、メーリカ姉さん』

『う〜む、ちょっとばかり速度上昇に時間がかかっているかな。このエンジンならもう少し早く出せたと思うのにな』

「え？　社長。これで十分じゃないですか。だいたい八宇宙速度なんてうちじゃ多分最速ですよ」

『バカ言っているんじゃ無いよ。この船の、いや、このエンジンの性能では十宇宙速度は出せる筈だ。カタログなんか作っちゃいないが最速十宇宙速度はうたっても良いぜ』

「十……十宇宙速度ですか」

『まあ今日の処は試運転だ。艦長、今日はこれで切り上げようぜ。俺もちょっとばかり気になる所もあるしな』

何度も社長は俺のことを艦長という役職で呼んでくれるが、一向に間違えを修正してくれていない。

俺もそのまま放っておいても良い気がするが、流石に指揮権にかかわる話だけあって修正しないわけにもいかず、毎回修正を試みている。

「はあ～、私は艦長代理ですが。分かりました」

「では、速度を落として帰港しますか？」

『いや、このままで良いと思うぞ』

「それなら、メーリカ少尉。このまま帰港する。回頭させてくれ」

「了解しました。回頭します。目標ニホニウム、速度八宇宙速度を維持したまま」

「進路変更、目標ニホニウム、速度八宇宙速度そのまま、了解」

速度八宇宙速度は確かに速い。

前に二日かけて移動した距離がわずか数時間だ。

確かにあの時には最徐行での移動だったが、それを考えに入れても思ったよりも早く帰れた。

計画通りに日帰りで、ドックに戻ってこれた。

問題もほとんどなかったようで、タグ宇宙船も進路指示だけでドックへ入渠した。

ドック入り後、俺のところに社長がやってきて簡単に今日の感想を述べて来た。

「まああの出来だとは思うが、この船の性能を出し切ってはいないようだな。後で嬢ちゃんたちに報告させるが、俺はこれから点検に入る。この状態では頼まれた証明書を発行できやしないしな。それでいいか」

「はあ、まだ十分に時間はありますので構いませんが、予算だけははみ出さないでくださいね。私には権限が無いので、はみ出し分を請求されても出せませんよ」

「大丈夫だ。前にマキさんだっけか彼女に聞いたが、かなり余っているようだぞ。それにこっからはわしの意地だな。職人としての意地があるから出せないと言うなら、俺もけち臭い事は言わないよ。何なら国に請求なんかしないで、費用はうちが持つぜ」

「いいえ、流石に。正直あの三十億ゴールドは使い切っても良いと思っております。予算内でしたらきちんと請求してください。そうでなくともかなり便宜を図ってもらっているようですし」

「な〜に、お互い様だ。あんちゃんらのおかげで、ほれ、隣にあった船の解体がかなり進んだぞ。今ではほとんど原型が無くなるまで来た。後厄介なのは機関周りくらいかな。俺も感謝しているくらいだ。無駄話もこれ位にして、俺は作業に入るよ。もうしばらく嬢ちゃんたちを借りるぞ」

「ええ、好きに使ってください」


俺は事務所に戻って、報告書を仕上げている。

そこに昨日のショックからすっかり立ち直ったマキ姉ちゃんが訪ねて来た。

「艦長代理。少しよろしいでしょうか」

「あ、マキ姉ちゃんか。構わないけど、何かあったの？」

「まだ仕事中ですよ。マキ姉ちゃんは止してって言っているのにね。まあいいです。ここには誰も居ませんから」

「ごめん、マキ主任。で、報告かな」

「いえ、相談です。無事に試運転も済んだようで、いよいよ整備終了となりますね」

「いや、多分もう少しかかるよ」

「え？　何でですか？」

「社長が納得していない。これから船の点検だと。あの分なら、この後改造工事の稟議が出てきそうだ。予算の方は大丈夫かな？」

「ええ、予算の方は想定していたよりもはるかに安価に済んでおりますから問題は有りません。あるのはあの内装ですね。あの船には私たち以外には立ち入りを禁止したいくらいですよ」

金ぴかボディーと監査報告

「なら本部へは何も言わんでおこう」

「え？」

「整備終了まで黙っておこう。終了後に全部報告して、後は向こうに任せる」

「そんな無責任で大丈夫でしょうか」

「な〜に、何も命令違反はしていないよ。そもそもあの予算では中古再生部品を使わないと何もできなかったしね。軍ならいざ知らず、ここコーストガードでは使用部品について何ら規定なんか無かった筈だが」

「ええ、軍に準拠すると言った記載もありませんね」

「なら大丈夫だ」

「でも……」

「ああ、問題が出るとしたら、常識的に考えてとかいう奴だろう。それなら大丈夫だ」

「それは何故でしょうか」

「学校を卒業して三ヶ月もたっていない若造に常識なんか有るものか。それを理由に問題にするなら、そんな奴を抜擢した連中が問題にされるよ。何より過去に常識から外れたことで処罰されたのを俺は知らない。まあ、人事面で飛ばされるのは枚挙に暇は無いがね」

俺とマキ姉ちゃんの間で、今後の方針が決まった。

とにかくぎりぎりまで報告しないということで。

その後、予想通りマリアから稟議が出された。

船体補強のために合金を使って船体全体を覆うと言うのだ。

使用する合金も今解体中の船から入手するので、費用面でもものすごく格安の見積もりがある。

この稟議には珍しく格安な理由も付けてあった。

その合金の入手を我々自身がすることで格安になると言うのだ。

はっきり言って不安が残るが、ここで止めようものならいつまでたっても証明書が発行されないことは火を見るよりも明らかなので断腸の思いで稟議にサインして改造工事を了承した。

それから十日後に、船が完成したと報告があったので急ぎドックに入り船体を確認した。

見事に期待を裏切らないマリアと親方のコンビだ。

船体全体が金ぴかだ。

何というド派手な外観。

流石にこれはまずくないか。

驚いている俺の傍にどや顔のマリアが近づいてくる。

俺はマリアが何も言わないうちから頭に拳骨を落とした。

「お前は何をした。いったいこの船をどうするつもりなんだ。何なんだ、この外装は」

「痛〜〜い！　酷いよ艦長代理。せっかくこの船最強にしたのに」

「だから何なんだ」

「すごいでしょ。この船、船体全体をあのスカーレットメタル合金でカバーしてあるから、まずそんじょそこらのレーザー砲では太刀打ちできないよ。何よりあの超新星から降り注ぐ恒星風へも抵抗が最小だからほとんど船速のロスが少なくなるよ。これで親方の心配していた最速への到達時間が相当短縮された筈だからね」

「お、お、あ。なんてこと。どこの世界に船全体をあの高価なスカーレットメタル合金で固めるやつがあるか！　いったいいくらかかると思っているんだ。陛下も座乗できる超弩級戦艦ですらそんな贅沢は許されていないんだぞ。精々艦橋や陛下のお部屋位しか囲わないというのに」

「そんな大きな船だから無理なんだよ。この船くらい小さければ、それこそあの客船で使われていたやつでおつりがくるよ。現にそこからの流用品だけでできたから。ほとんど余らなかったけど」

「だからと言って、このまま外に出すわけにもいかないぞ。悪目立ち過ぎる。ちょっと待て。良いな、この船はここから動かすなよ！」

そう言うと俺は急いで事務所に駆け込んだ。

仕事中のマキ姉ちゃんを捕まえて、事の顛末を話して、船体全体を塗装してごまかすことにした。

幸い予算に余裕があったので、そこから事なきを得たが、塗装作業に三日を要したのは良しとして、新たな問題が発生したとマキ姉ちゃんが俺に報告してきた。

なんでも今回の塗装に要した費用、しかもその塗料の金額が問題になった。

実は今回の一連の整備に関してあの塗装がエンジンの換装の次に費用が掛かった。

何と塗料代金は八億ゴールドにもなったらしい。

尤もこれは宇宙線に対応している特殊塗料の中でも親方推薦の最高水準なものだったというのもあるが、船体塗装の費用としては大体そんなものだと言う。

問題なのは今までの費用はすべて中古再生部品であったことと、その工賃の部分が自分たちで賄ったことで、他では考えられないくらいの格安で済んでいたことだ。

そのために塗料の代金だけが突出したのだ。

流石にこれをまとめていたマキ姉ちゃんが心配して俺に相談に来たのだ。

悩んだ末に、監査報告書も添えようとなり、社長を通してキャスベル工廠に監査部から人を貸してもらい、かつ、マキ姉ちゃん経由で民間の監査法人にも監査してもらうように指示を出した。

結論から言うと、流石キャスベル工廠の社員だけあって、中古再生部品についての見識は見事なものがある。

かなり金額的には不満があるが、廃船のいかなる部品も扱いはスクラップになるので、そこから取り出した部品には金額が付かないと判断を下していた。

しかし、それと同時にそこから取り出して中古再生したものになると、この金額ではあわないが、その整備をしたのがマリアたちであったので、その限りでないという話で済んだ。

その意見を踏まえて監査法人も不適切事項は無いと判断を下してくれた。

なんとこの監査にかかった費用は、今までかかった費用のベストテンに入っているのが皮肉でしかたがない。

まあ、塗料には中古は無いし、監査費用もかなりの高額に見えるので、報告書もどうにかなりそうだ。

しかし、その結果は、今ドックにあるが、その見た目、内装、性能に至るまで最新のテクノロジーで造られた新造艦と言っても良いものにまでなっている。

流石に今回ばかりはやりすぎたと思ったが、ここまでくると、もう成り行きに任せるしかない。

俺は艦長代理であって艦長ではない。

まさかここまでの船になれば、本部も俺から取り上げるだろうから、この船の報告と一緒に俺はお役御免になりそうだ。

そんな覚悟をもって、最後までしっかりと仕事をしようと、二回目の試運転に入る。

流石に今回は時間的に余裕があったので、部下たちに仮の役目を与えて、実戦に近い形で試運転に入った。

まだ武器のテストはしていないが各部署に人を配置している。

前と同様に社長も同席しての試験航海だ。

「今回は、ここからそのまま発進して恒星ルチルを回って帰って来る。何もなければ日帰りの予定だ。各部報告」

「は、艦長代理。艦橋、報告せよ」

「航行システム異常なし、エンジン始動。異常ありません」

「機関室」

『出力順調に上昇中。離陸出力に達しました』

「了解。操舵手、離陸せよ」

「航宙駆逐艦『シュンミン』離陸します………間もなく成層圏を脱します。惑星管制エリアから脱しました」

「これより通常航行に入ります。速度三宇宙速度へ」

………

「まもなく予定している地点に到着します」

この辺りは船の航行も少なく何もない空間だ。

それでいて軍や、一部輸送船が稀に通るし、何より無線の環境が良い。

もしテストで何らかのトラブルが発生して漂流することになっても救助を得られやすい、まさにこういったものの試験にはもってこいのエリアだ。

今回は事前にきちんと管理局にも申請してあるので、他の船もしばらくは入ってこない。

「速度の上昇試験を行う。最終チェック」

「航路上の安全確認。レーダー手、報告せよ」

「この先一光年、何もありません。航路グリーン」

このレーダー手に補助としてあの新兵を二人ばかり付けている。

そう、今この艦橋には八人もの新兵がいる。

ほとんど見学状態だが、皆真剣だ。

ここだけでなくそれぞれの部署に新兵を付けての訓練だ。

ここでもし何かあったらすぐにダメコンの訓練に入る。

自分の命を懸けての訓練になるからできれば何もないことを祈るばかりだ。

「機関室」

『機関オールグリーン』

「よし、最初は五宇宙速度からだ」

「目標ルチルに向け、速度五宇宙速度」

「速度五宇宙速度、了解」

艦は直ぐに五宇宙速度に達した。

機関室から満足げな社長が声を掛けて来た。

最速への挑戦

『艦長さんや。まず問題は無いね。これで八まで出して問題が無ければ直ぐにでも十にしてくれ。今日は出せるところまで出してみたい』

「社長。私は艦長代理です。分かりました、社長の言われる通りにしましょう。メーリカ姉さん、お願いします」

「了解しました……操舵手、速度八宇宙速度に変更」

「速度八宇宙速度へ、了解」

「すごいな。あっという間に八までだせるとは。メーリカ姉さん、異常はないかな」

「ここから見る範囲では異常は見られませんね。機関室、変化はないか」

『機関順調、オールグリーンです』

『艦長代理、それなら十まで出してみようか』

え、初めて俺の役職を間違えずに呼んでくれた。

今日はきっと良いことがありそうな気がしてきたよ。

「分かりました、社長。メーリカ姉さん、速度変更。最高速度の十字宙速度に」

「了解しました。速度変更、十字宙速度へ」

「速度変更、十字宙速度、了解」

速度が多分王国最速と思われる八宇宙速度から十字宙速度までアッという間に加速していった。

十字宙速度ともなれば下手をするとこの王国に限らず、付近一帯でも最速に類するものになりそうだ。

「凄いですね。アッという間に十字宙速度ですか」

『ああ、しかし、まだ機関には余裕がありそうだな。どうするね？』

「どうするとは？」

『艦長代理。機関部はこっちで見ていますから、出せるところまで出しましょうよ。今は出力百パーセントのレベルですから百二十パーセントのレベルくらいまでは出しておかないと戦闘艦としては不十分ですよ』

「分かった。これからは一応、安全を見て一宇宙速度ずつ速度を上げて行く。それでいいな」

『やった～～！　やっぱり艦長代理だ。話せるね～～』

「マリア、無駄口叩いていないで、仕事をしてろ」

『メーリカ姉さんは、相変わらず厳しいよ』

「マリア！」

『りょ、了解しました』

「メーリカ姉さん、それじゃテストの続きだ。速度を十一宇宙速度へ」

「了解、速度変更十一宇宙速度へ」

「速度変更します十一宇宙速度へ、了解」


………

………

………


「了解、速度変更十四宇宙速度へ」

「速度変更します十四宇宙速度へ、了解」

「凄いな、でも流石にここまでか」

『ああ、そうだな。もう少し出せない訳じゃなさそうだが、出せても一瞬だな。エンジンもそろそろ異常振動や発熱が許容範囲を上回ってきたからな。ここまでとしようや』

「分かりました。メーリカ姉さん、速度変更して十まで落とそう」

「了解しました。速度変更十宇宙速度へ」

「速度十宇宙速度、了解」

「しかし、まさか十四宇宙速度まで出せるなんて」

『ああ、これも外壁のスカーレットメタル合金の効果だろうな。とにかくあいつは宇宙線による影響を最小にまで抑えるからな。まあ、カタログは作るつもりはないが、この船の最速は十宇宙速度までとしておいてくれ。戦闘時に百二十パーセントの出力を出しても精々十二宇宙速度辺りまでが妥当だろう』

「分かりました。マリア、後で報告書をそれでまとめろよ」

「了解しました」

『あとは異次元航行の試験だが、流石に能力の全開を調べる訳にはいかんだろう』

「そうですね。精々レベル二くらいまでですかね。とにかく使えるかどうかの試験だけでもしないといけないので、帰りはレベル二で帰ります」

『もう少し出しても問題は無いだろうが、まあそれでもかまわないよ。一応、カスミとかいったか、あの嬢ちゃんが作った運行システムにはレベル十までは出せる設定にしてあるようだから、いずれは試験をしないとな』

帰りも無事に異次元航行で帰ってきた。

船は前回同様にタグを呼んでドックに入渠させて一級整備の最終検査を終えた。

武装も総入れ替えしているので、こちらについては俺らが独自に試験して使えるかどうかを調べないといけないので、期限ぎりぎりまで、ここで御厄介になりながらもう少しテストを続ける。

「うちは構わないよ。それよりも、一級整備証明書だっけ、今準備している。本社の連中から添え状もいるかと聞かれたがどうするね」

「もし、貰えるのなら欲しいです。キャスベル工廠の添え状があれば本部のどこからでも文句は付きませんからね」

「ああ、その方が良いだろう。わしも今回ばかりは少々やりすぎたとは思ったのでな。添え状があれば文句も出ないだろう」

俺から社長のこの言葉を聞いたマキ姉ちゃんはその場で珍しく激怒していた。

『あんたには自覚があったのか！　仕事と趣味を同じにするな～！』と怒鳴っていたが、そこは大人だ。

笑顔でその後も対応しており、マキ姉ちゃんからも社長に添え状をお願いした。

支払いについてはその都度払っているので、後はこの事務所関連だけしか残っていない。

なので、監査報告書も事務所経費を除くものを作ってもらい、本部に提出した。


最終の試験航海からはほぼ毎日各種武装の試験をするために宇宙に出ている。

無事に主砲のレーザー砲と両舷にあるパルサー砲の試射で問題が無かったから俺の中ではこの宇宙船に課せられた整備が終了している。

後はマリアたちの趣味に付き合っているだけだ。


でも、参ったな。

いくら俺の勘違いとはいえ、あの『朝顔五号』がレールガンだったとは。

あれってこの王国では不知の技術扱いになっているはず。

他でもロスト技術扱いだとか。

そんな古臭いと言われかねない武装までしてしまうとは。

しかしあのネーミングはどうにかならんのか。

俺の勘違いとはいえ、武器に『ひまわり』とか『朝顔』とか言われれば同じと勘違いしても責められないだろう。

現に俺は、前に救われた『ひまわり三号』だったっけか、それと勘違いしていたんだからな。

それに航宙魚雷発射管も絶対に何か言われるな。

軍では二世代前の軍艦で廃止しているし、ここコーストガードでも使うことは少ないからな。

まあ、あの古い航宙フリゲート艦『アッケシ』にはあった武装だが。

一級整備までして新たに取り付けたとあっては何を言われるか、正直心配だ。

そんなことを考えながら初めての泊りを含む航海から帰ってきていた。

新兵たちも含めて仮に分けた部署がことのほかうまく回っているので、俺としては当分このままで、俺がこの先この船を預かるのなら、この配置で人事を申請しようかと思っている。

そんな俺らにドックにある事務所から無線が届く。

マキ姉ちゃんからだ。

「艦長代理。マキ主任から無線が入りました」

「繋げてくれ」

『ナオ艦長代理。本部より新たな指示がありました』

「新たな指示？　何だ。まだこの船の整備中だろう」

『それは微妙ですね。先日キャスベル工廠の添え状まで届きましたので、一級整備証明書と合わせて本部に提出しております。指揮命令系統から考えて、まだ艦長代理からの終了報告がなされておりませんので、先の命令が済んでいるとは言い難いですが、もしよろしければこちらでそれも済ませましょうか』

「そうだな、そこまで済んでいれば俺のところで止めても意味が無いな。そうしてもらえるか。それより、本部からの指示って何だ」

『ハイ、王宮からの依頼で、艦長代理との面会を希望されているとのこと。また整備中の『シュンミン』の査察も希望されております。ですので、可及的速やかに首都星ダイヤモンドのファーレン宇宙港に向かえとありました』

「分かった、ここからファーレン宇宙港に向かうと返事しておいてくれ。五時間ほどで着く」

『分かりました。只今より五時間後ですね。その旨連絡しておきます』

「あ、さっきの報告だけど、向こうに行くなら俺が直接口頭で報告するよ。書類関係はもう何も無い筈だからな」

『その方が良いですね。分かりました。その後については指示をお待ちしております』

「メーリカ姉さん。聞いての通りだ。早速お目見えだってよ。悪いが進路変更だ」

「了解しました。進路変更、目標惑星ダイヤモンド内のファーレン宇宙港、速度そのまま」

「進路変更、目標ダイヤモンド、ファーレン宇宙港、速度そのまま、了解」

なんだか、いやな予感しかないが、この船、王室関係者に見せても大丈夫かな。

成るようにしか成らないが、いったい誰が面会を希望しているのか、ひょっとして叙勲の時に会ったあの王女殿下か？

全く分からない。

分からないが、成り行きに任せるしかないか。

しかし俺の人生って、どうしてこんなにも行き当たりばったりなのかな。

少なくともテッちゃんに振られるまではこんなことではなかったような。

やめ、やめ、やめ、考えるだけ不毛だ。

俺は考えを変えて楽しいことを考えるようにした。

あの名セリフを考えるのだ。

最後はどんなシーンが訪れるか分かったものじゃない。

色んなシチュエーションを考えておいていざという時に大事なセリフが言えなくならないように準備だけはしておきたい。


――ナオがそんなことを考えていながらも、『シュンミン』はファーレン宇宙港に向かう。

幸いなことは、艦橋にいる誰もナオの考えていることが見えないことだ。もし見えていれば絶対にドン引きしていたことだろう――

書き下ろし番外編
すったもんだの配属

ダイヤモンド王国では、この時期周りが割とあわただしくなる。

一年の会計がもうじき終わる時期になると、企業でもお役所でも期末で忙しくなるのはこの国に限った話ではないだろう。

この国では、会計と同じくして学生たちも区切りをつけられていく。

どこの学校でも卒業式を前にして、これまた忙しくしている。

卒業していく学生たちは進路がとっくに決まっていることで、この時期は時間に余裕があるのだろう。

しかし、この時期になっても、忙しくしている卒業生はごく少数ではあるが毎年いる。


ここに、この国では成功が約束されている条件の学校を卒業するにもかかわらず、未だ進路が決まらない一人の男がいる。

その彼の名は、ナオ・ブルース。

彼自身が、まさにそのような状況にあるといえる。

いや、彼自身が忙しくしているわけでは無く、彼を取り巻く周りの大人たちが、ただでさえ卒業式を前にして忙しい中、本当に忙しくしている。

これが普通の学校ならばわからなくもないが、それでも異常だ。

普通の学校でも卒業間近まで就職先が決まらなくとも、忙しいのは本人くらいで、あとはその学校にある就職を世話する部門の職員が面倒臭さそうに対応するくらいが関の山だろう。

ごく一般的な学校の就職課の職員は多くの学生が就職を決められないことで決して忙しくなることはない。

しかも、問題の学校にはその就職を世話する部門が存在しない。

何故ならば、この学校はこの国で軍のエリートを養成する唯一の学校だ。

士官学校ならばこの国にもいくつもあるが、卒業する学生の全てがエリートとして扱われるエリート士官養成学校には就職を世話する必要は無く、ただ単に配属先の宇宙軍に対して卒業生を送り出すだけなのだが、彼の場合にはなぜかそのいつものルーチンが機能しない。

まず、この学校の卒業生の扱いを説明すると、卒業間近になると軍に候補生の成績が渡される。候補生の成績が渡された軍では、その成績などから入隊してくるエリートたちのキャリアを定めて配属先を決めていくことになっている。

彼の場合にも同じようなことが行われたのだが、なぜかしら軍からの受け入れを断られてしまったのだ。

どこの配属先でも受け入れが困難だという返事が軍中央の人事局に返された。

かといって、一定の要件を満たしている以上、学校は彼を卒業させなければならない。

学校側にはこれ以上できることが無く、彼を卒業させるのだが、問題は彼の配属先が決まらないというやつだ。

そもそも彼ら卒業予定の者たちはこの学校に入学した段階で、宇宙軍の下士官扱いとされて、軍に籍を置かれるので、彼もまたすでに軍人になっている。

軍での扱いは配属先が学校にあっただけになっている。

なので、彼の場合も学校から宇宙軍の人事局預かりとなって、今一番忙しくしている部署は人事局となる。

人事局は、しきりに学校とこの国が所有する二つの艦隊の人事参謀たちとやり取りをしているが一向にらちがあかず、担当部署だけではどうにもならなくなってきていた。

◇◇◇◇

「おい、ブルース候補生の件はどうなった」

問題の候補生たちを担当する人事のある課長が担当に声をかける。

「はい、先ほど第二艦隊の人事参謀より連絡があり、うちでは預かれないとのことです」

「おい、彼については既に第一艦隊からも同様な回答があったはずだが、どうするつもりだ」

「どうすると言われましても、課長、私程度では各艦隊の人事参謀に意見は言えません」

すでに、ブルース候補生の件は担当扱いから、人事権のある課長扱いにまで問題が格上げされているが、一向に解決のめどが立たない。

今、この人事課ではブルース候補生の問題点をもう一度確認している。

今回の問題の背景には、この国が抱える根深い闇がある。

まず、この学校を卒業した候補生たちは、卒業時に学校での成績や本人の性格、スキルなどを鑑みて、彼らのキャリアが決められての配属となる。

それぞれのキャリアごとに必要と思われる部署を回り、卒業時に与えられる准尉の階級から、一年ないし二年で少尉に昇進を果たした段階で、晴れてそれぞれのキャリアの職場に回されていく。

なので、ブルース候補生も何ら問題なく同じようにローテーションを組まれて、そのローテーション中での様子を見てから彼のキャリアを決めればいいとは思うのだが、この国の慣習ではそうもいかない。


そもそもキャリアは大きく二つの系統に分かれる。

いや、より正確に言えるのならば一番多くが存在する三つめがあるが、これは言うならばその他大勢という派閥だ。

派閥というのもはばかれるのだが、より明確な二つの派閥に一応所属する格好になるようだが、これはあくまで形式的なもので、その後の進路においても彼らの近しい職場に多く配属されるといった感じのものだから、今回の説明からは省かせてもらう。

それで二つの派閥だが、はっきり言って極端に違う、言うならば水と油といっても良いくらいにはっきりと分かれている。

その一つが知将が務める参謀や軍政などの内勤を務める派閥だ。

もう一つに脳筋しかいない闘将が率いる前線の部隊のエリート士官を輩出する派閥だ。

なお、知将や闘将の方が実際にはごくごく少数で、ほとんどが凡将になる。

学校を卒業した候補生たちは、それぞれの派閥の庇護下に入れられて各部署を回っていく。

知将といわれるような者たちの候補生時代には、現場部署、特に荒事などを扱う部署にはその適性が無いことが多い。

また、闘将といわれるような者たちの候補生時代も同様で、頭脳労働において苦手意識を持つものが多い。

どちらもエリート士官養成校に入学を果たしたことから見ても、当然地頭は良く、能力的に申し分ないので、一般兵士などに比べるべくも無く、この学校以外にある士官学校の卒業生と比べてもはるかに優秀ではあるのだが、それでも苦手意識を持つものが現場で働くとやらかすものも出るのは当然のことだ。

将来の幹部を育てるためのローテーションなのだから、候補生から准尉として奉職したからといっても多少のやらかしには目をつぶるものだろうと思うのだが、この国にあるいろいろな派閥の関係で、たとえ候補生がしでかしたことであっても、敵対する派閥からしたら格好の攻撃材料となるために、知将は闘将の候補生を、また逆に闘将は知将の候補生の受け入れを拒むということがしばしば起こり、いやむしろ、それぞれの派閥が敵対する部署に候補生を送り出すことを拒むことが常在化してまともな幹部が育たぬという弊害が過去にあった。

敵対する派閥が、この時ばかりは真摯に話し合い、それぞれの候補生の身元を引き受けるということで、送り出し、また受け入れることになった。

この時取り交わしたことで、候補生の教育期間中でのやらかしを攻撃材料にはしないという不文律も同じ時に作られたという。

かくして、この国では、このエリート養成校の出身者はその候補生が持つ資質に鑑みて、卒業と同時にキャリアが決められ、それぞれの派閥が身元引受人として、最後まで面倒を見ることになるが、ブルース候補生の場合では、彼の資質と出自の関係でどの派閥からも受け入れを拒否されている。

そのために、どの職場でも彼の受け入れを拒むという現象が起きたのだ。


事の起こりは、彼の資質は絶対に闘将にはなれないことからわかるように知将の派閥向きだが、その派閥には入れないことから始まる。

どこからの庇護も無い状態で、現場で荒事にでも遭遇すれば絶対に味方の足を引っ張ることになるのが明らかなだけに脳筋連中は彼を本能的に避けようとする。

片や知将たちの方はというと、こちらはがちがちの選民思想に凝り固まっている。

エリート養成校を卒業できれば軍のエリートとして扱われるのはこの国の習慣だと言えるはずなのだが、知将たちを輩出している階級はというと、幼少の頃より十分な教育がなされた裕福な者たちだけだった。

しかも、同じ裕福な階級であっても実業界からはほとんど排出されてこなかった。

少し考えなくとも当たり前な話で、今でこそある均衡が成立しているためなのか、この国の周りでの大きな戦闘こそないが、それでも歴史上稀に見ないくらいの戦乱うず巻く時代なのだ。

それも少し前のガチ戦闘だらけの時ならば家業だけでも十分に裕福で、それなりのステータスを持つ実業家たちは子弟を危ない軍などには送ることなどありえない。

そのような歴史があるために、今では参謀などの知将の花形職場においては貴族階級もしくは軍高官などの子弟しかなれないという変な不文律まで出来てしまった。


当然過去にも問題のブルース候補生のような資質を備えた者も出たことだろうが、知将たちは出自が悪ければ受け入れてこなかった。

しかし、過去にいたであろうそういう者たちは、闘将こそなれなくともその他大勢に入れるくらいに能力を持ち合わせていた。

なので、過去にはここまで配属でこじれることはなかった。

せいぜい能力のある候補生を惜しむくらいの声はあっただろうが、そんなのは力ある貴族の一言で簡単に消え失せていたのだ。

彼の資質だけが異常だった。

知将方面にあまりに尖ったものだったためにその他大勢の派閥に入れることすら拒まれたのだ。

端っから荒事現場で問題が起こることが分かっているだけに誰も彼を受け入れることができなかった。

いや、しなかった。

貴族に限らず、上級国民に連なる者たちの根底には国に尽くすことよりも自分に理があるかどうかで判断してしまう傾向がある。

最近その傾向が特にひどくなるばかりだ。

この国の第三王女などはそのような現実を目の当たりにしてこの国の育成に非常に強い危機感を抱いているという。

問題児のブルース候補生に話を戻すと、すでに問題は一つの課内に収まらずに、ついには局長預かりとされて、事後報告という形で人事局長のドードン閣下の下に報告された。

卒業間近に迫り時間はほとんど残されていない。

◇◇◇◇

ドードン人事局長はつい最近国王の命により人事局を預かる身となり、人事局内の人事をいじり悪癖のはびこる宇宙軍の改革に乗り出したばかりだ。

「やれやれ、さっそく問題が顕在化してきたな。しかし、どうにかならないものかな、あの鼻持ちならない貴族の選民思想は」

「そう言われましても、閣下。それが彼らのメンタリティーを支えているとも言えますが」

「そのメンタリティーという病が国の人材育成に邪魔になるのだがな。彼の成績を見る限り補給部門に回せば、それこそ明日からでも成果を出せそうだと思うのだがな、君はどう思う」

ドードン人事局長は秘書官である役人に何気なく聞いてみた。

そう、この国ではすでに貴族階級のこういう姿勢により国の根幹が侵され始めていることに気が付く者も少なからず存在している。

国王もその一人として、長らく味方を探すところから始めており、最近になって、少なくない味方を人事局の重要なポストに送り込んでいるが、それもなかなか数がそろわない。

とにかく頭を押さえることから始めており、三年前にやっと宇宙軍の長官に国王の腹心を送り込むことに成功している。

その宇宙軍の最高責任者である長官の最初の仕事が人事局に国王の腹心でもあるドードン少将を就けることだった。

これも長官の強力な政治力を使っても一年以上かかり昨年やっと人事局を貴族連中から国王が取り戻すことに成功したのだ。


いや、まだその途中だと言えよう。

ドードン少将は、真っ先に軍では事務屋といわれる官僚たちの入れ替えをしている途中で局長の秘書官もその官僚の一人で、国王派閥ともいえる中立を保つ貴族の中から選びだした。

秘書官を変えるのですら、数か月を要したくらい慎重に宇宙軍の人事局から貴族の弊害を除いている最中なのだ。

そんなさなかに顕在化して大騒ぎになっているのがブルース候補生の配属問題だ。

初めてこの問題を聞かされた人事局長のドードンは、「またか」といった感想しか抱かなかったそうだ。

彼の成績などを聞かされると、面倒くさそうに「なら、人事で引き取るか」といったが、それをすぐに周りから否定された。

先にブルース候補生の適性では補給関連の仕事に付けるのが本当に国のためになると思われるのだが、それを強く否定する貴族たちの多くが、自分たちの利権を危険にさらすという感情があることは誰もが理解している。

補給関連の仕事は軍において非常に地味でこと出世に繋がる功績の面では不利となるので、より上昇志向の強い候補生からは敬遠される傾向にあるのだが、これが中級以上の貴族出身者となると貴族家の家長もしくは貴族が所属する派閥の上位者より圧力がかかる。

補給関連の仕事はとにかくうまみが多い。

参謀全般に言えるのだが、出世やより実益といった面でうまみのある職種は絶対に他の誰からも死守しないといけない感情を持つ。

それは、補給だけでなく、ここ人事の仕事も同じだ。

それだけに国王も、また宇宙軍長官も長らく苦労してやっと牙城を崩したとはいえ、まだまだそういう輩の影響は完全に排除されていないところで、問題を抱え込むことをドードン人事局長の身近の者だけでなく、今まで守ってきたうまみから排除されそうな連中からも、危機感から否定されていた。

ドードンからすれば、ここで恩を売っておいて自分の手駒として使おうかと思っていたこともあるが、とにかくできるだけ早い段階で、貴族連中の影響力を排除したかったという気持ちもあった。

しかし、身近な者たちからの反対もあり彼もブルース候補生の扱いに困り始めていた。

「一度、軍幹部と話し合う必要があるな。第一第二両艦隊の人事参謀を集めて話をしたい」

結局話がかなり大ごととなる始末だ。

たかが候補生一人でここまで大ごとになるとは少なくとも事務方の官僚たちには理解できていない。

しかし、制服組からしたら、特に制服組のエリートからしたら無視できないことなのだ。

このまま放置すればひいては軍のエリートを輩出する仕組みそのものが危ないという危機感をこの会議に集まった制服組が例外なく持っている。

これが普通の士官学校出ならば適当に配属させてそのまま放置で終わるだけの話で、官僚たちもはじめはそれくらいにしか考えていなかったのだが、事は軍のエリートを教育するためだけの士官学校を卒業した者だから問題なのだ。

軍に残ってさえいれば確実に佐官、それも中佐以上にしてきた慣習に終止符が打たれてしまうと、それこそ普通の士官学校出の者たちに出世のチャンスが出てしまう。

今まで特別に教育されていた貴族や軍高官などの裕福な家の出しか入学が許されていない学校の慣習を守らないといけない。

ごくごくまれに庶民からこの学校に入学を許されるものは出るが、それはあくまで例外で、幼少よりきちんと教育される環境が無ければまず入学が難しいのだ。

だから、貴族連中も安心して卒業後の特別待遇を享受できていた。

広く国民に開放している学校であることで、実力がある者だけがエリートとして君臨するのだという建前がある。

たとえ多少の例外で入学してくる庶民がいてもマイノリティーであることから簡単に取り込むことで今までの仕組みを維持してきた。

さすがに入学から卒業までは建前の示す通り、出自に関係なく厳しく教育されるために、庶民からの入学組も増加の傾向にはある。

まあ、庶民といっても幼少より教育される環境で育った裕福な家の出ばかりなのだが、ブルース候補生のようにど底辺からの入学及び卒業は稀である。

まあ、出自が問題であることは確かで、今までもこのようなケースは稀にあったのだが、ここまで問題をこじらせることはなかった。

今回何が問題かというと、彼の能力がひどく偏っており、しかも偏った部分で非常に優秀だったということだ。

普通ならばそのまま参謀として順調にコースに乗せてしまえば本人も軍も喜ばしいことなのだろうが、参謀は軍での花形職場であり、貴族階級出の軍人にとってこれ以上にない誉である。

だからこそ今まで参謀やその周辺はそういう者たちで独占されてきた。

多くの貴族や高級軍人は、その一点だけを理由に反対しているようだが、参謀たちはそれだけでなくある事情により絶対に彼を受け入れられない。

ことは彼の第二学年次での机上演習授業にまでさかのぼる。

今から二十年ほど前に実際にあった戦史を基にした補給計画の演習があった時のことだ。

これは大戦で、この王国がひどく負けて星域の一つを失う結果をもたらした戦史で、実際のデータを使い補給参謀としての仕事を経験させる授業だった。

度重なる軍事計画の変更などにより補給計画の変更が命じられて学生たちはそのほとんどがまともに補給できなくなるのが通年での結果なのだが、ブルース候補生だけは違っていた。

彼は、あてがわれているフォーマットの不備を見抜き、独自に改良したフォーマットを使って計画が変更するたびに見事にその要求に応えた。

独自フォーマットのまま提出するわけにはいかないので、彼は一度、補給計画を自身のフォーマット上で作ってから軍の書式に沿って作り直すという手間までかけての結果だ。

これだけならば、どこにも脅威などありえないのだが、問題は過去に実際にあったデータを使っていることだった。

この時にも今ほどではないが、軍内部にも腐敗はそこらじゅうであったのだ。

当然、補給物資の中抜きなど日常茶飯事。

彼は独自フォーマットで、物資の動きの無駄を省いたことで中抜きの物資まであぶりだしていた。

尤も中抜きとは知らないので、使途不明として別枠でご丁寧に分けての計画書を作り上げて学校に提出している。

この時の戦史を振り返ると、敗戦ギリギリまでしのぎを削っていたのだが、王国側で補給が滞りやむなき撤退に追い込まれている。

後の戦史研究によると、補給さえまともならば負けることはなかったと結論付けられている。

広く国民には中抜きの件は伏せられているので、ブルース候補生も当然知らず、実習では悩んだ挙句使途不明として別枠で管理している。

その結果を偶々軍から授業を任されている参謀の一人に見つけられて、ある一派内で大騒ぎになった。

故に、彼は絶対に補給関係に近づけてはならないという認識でまとまって今日を迎えている。

片や闘将と呼ばれる現場組では、そこでも腐敗は進行している関係で少しでも数字に明るい自分たちから近くない者たちを嫌う傾向があるところに、全く現場資質の無い者まで面倒見たくないという気持ちがある。

ただ両者に共通して言えるのが、エリート士官養成校の伝統や慣習は守らないと自分たちの未来が無いことも理解しているので、自分たちは受け入れたくはないが、他では絶対に受け入れさせないとまずいという気持ちだけだ。

なので、両者とも拒否の姿勢はとってはいるが、どちらかというと押し付け合いに近い。

よって、いくら人事局が間に入ってもまとまることなどない。

そこで、今回のように間に人を入れずに話ができる場を設けたのだ。

◇◇◇◇

王都にある宇宙軍本部にある会議室に集まった面々は、錚々《そうそう》たるものだ。

第一艦隊及び第二艦隊からはそれぞれ艦隊付き人事参謀と、事務方の役人である総務部長がそろって集まった。

ただ面白いことに、役人である者と、制服組の参謀たちでは明らかにモチベーションが違う。

普通ならばいがみ合うことの多い艦隊同士の攻防というよりも、今回ばかりは艦隊に関係なく自分たちではなく、現場が受け入れないと言うばかりに訴えてくるだけで、一向に話し合う空気にならないが、かといって殺伐とした空気でもない。

そんな様子を冷ややかにそれぞれの艦隊付きの役人たちが見ている。

『いい加減、どうでもいいだろう』って感じだ。

役人たちでも当然腐敗はあるが、エリート養成校などのような面倒は起こりえない。

元々が全員役人に適性のある者たちだけで、しかも出自によって配属先を分けてある。

危険な所に面倒なやつを送り込んで始末していく仕組みがすでにある役人はとにかく面倒でなければいいだけで、本当に冷ややかだ。

そんな国の在り方に危機感を抱いている国王が送り込んでいる人事局長のドードンは、人事預かりも一時は検討したようだが、あきらめてしばらく様子をみている。

彼は第三王女殿下が組織を作るたくらみがあることをすでに知っている。

いや、協力者の一人であり、今回問題のブルース候補生もある意味注目している。

これだけ既存の派閥から嫌われているような彼ならば遠慮なく殿下の下に送ることができるが、それまでの間をどうするか考えている。

「直接集まって、話し合ってもどちらも折れることもないのか。それならば宇宙軍本部内の資材統括関係にでも回すか」

それを聞いた貴族連中は一斉に顔色を変えた。

今まで余裕を見せていた役人ですら、慌ててドードン閣下を止めに入る。

「それはいかがなものでしょうか」

第一艦隊の総務部長が言うと第二艦隊の総務部長もそれに同意の意を表す。

人事局からこの会議に参加している課長連中も慌てている。

まだ、課長連中までドードン閣下の一派が押さえておらず、それぞれの派閥から回されている連中だ。

それを待っていたドードン閣下は内心『そこまで腐敗しているか』とある意味この国の状況を確かめるための一言だっただけに、あきれただけで、端っからそこに回せるとも思ってもいない。

何せ、補給に近い部署からのうまみは多い。

とにかく実習で見せたように、明らかに資材や資金の流れが見えるようになることを恐れている。

実際に中抜きや横領をしている連中があまりに多く、実際の状況は誰もが理解できていない。

それに、だれもが危機感を感じていないことの方が正直国王は恐れているのだ。

とにかく、無理やりでも宇宙軍の部署に配属させることくらいはドードン閣下にはたやすいことなのだが、ここまで状況が悪いと確認が取れた以上、ある意味軍から離した方が王女殿下に回しやすいのではと考えて一言述べた。

「そういえば、かねてから陛下より、首都宙域警備隊の人事について硬直化を懸念しているとのお言葉を頂いている。軍からの出向や転籍ばかりではまずいだろうというのだ。どうだろう、ここらでエリート養成校から人を出してプロパーとして育ててみてはどうか」

軍からの出向組のあまりに酷い資質にあっちこっちから問題が出始めてもいた。

宇宙軍としては、体の良い掃き溜めなだけに、手放すことはできないが、軍以外からの高官が出ることくらいは我慢できる。

それよりも彼により不正が明らかになることの方がより恐ろしい。

第一艦隊も第二艦隊も嫌々ながらの体を取りドードン閣下の提案を受け入れた。

国王に貸しを作った格好だと言わんばかりにだ。

その結果、この国で初めての人事が決まった。

宇宙軍のエリートを養成する学校の出身者ではあるが、この国の第二の軍でもあるコーストガードへの出向が決まった瞬間だ。

そのまま宇宙軍ではなく、コーストガードに配属させてもいいはずなのだが、そこはやはりうまみの残るコーストガードを離したくはないという心情が働いた結果、卒業後すぐに出向という前代未聞の人事になった。

これで、しばらく前から騒ぎになっていたブルース候補生の配属問題は解決して、ここの集まった貴族に連なる者たちは安心して別れて行った。

みな他に仕事を持つ忙しい身なのだ。

この先、ブルース候補生がしでかす数々の事件を知っていたのなら、多少の問題に目をつぶりでもして彼を受け入れていただろうに。

結局、貴族のしでかす腐敗は彼の行動により暴かれていくのだが、そのあたりについてはまた別の話になる。

あとがき

初めましてのらしろです。

本書をお手に取り、ここまでお読みいただきありがとうございます。

本書『「ここは任せて先に行け！」をしたい死にたがりの望まぬ宇宙下剋上』は別のタイトルで投稿サイトに投稿していたものをこの度TOブックス様よりお声をかけていただき発売できるまでとなりました。

本作品の元となりました作品のできるきっかけは、他の作者の投稿作品を読んでいた時に、寝取りものを書いてみたくなり頭に浮かんだのが元のタイトルにもありました『死んでやる』という言葉でした。

その言葉からどういう場面で『死んでやる』があればいいか、また、自分ならばどのような場面でと考えていたところ、どんどん妄想が膨らみ本作品となってまいりました。

作品の骨格を考えていく過程で、当初考えておりました寝取りがどこかに行ってしまいましたが、作中に登場するキャラクターたちが魅力的に活動する様を文章に落としていくだけのような感じでストーリーは続いていきます。

無理難題を押し付けられるも、明後日の方法で解決してしまい逆に組織を翻弄していく。そんなドタバタ喜劇のようなストーリー展開が根底にあります。

組織の論理に翻弄されながら組織強者を食っていく主人公の活躍に面白さを感じていただいたのでしょうか。

作者のようなヘタレがトラブルに巻き込まれながら成長（?）していく話に多くの読者からの反響をいただき本作品の書籍化に繋がったものと考えております。

最後になりましたが本書ができるまで多くの方の応援をいただいたことに感謝の念に堪えません。

TOブックスの編集者である梅津様やイラストレーターのジョンディー先生をはじめ多くの方のおかげではもちろんのこと投稿サイトにて当初から私の作品を応援してくださりました多くの読者の方にこの場をお借りしてお礼を申し上げます。

また、なにより本書をご購入いただき最後まで読んでくださいましたあなた様に御礼を申し上げます。

ありがとうございました。

次巻でもお会いできることを心より願ってあとがきを終わりたいと思います。


非常に暑い日が続く東京・渋谷にて　二〇二三年八月　のらしろ

「ここは任せて先に行け！」をしたい死にたがりの望まぬ宇宙下剋上

2023年11月1日　第1刷発行

著　者　のらしろ

発行者　本田武市

発行所　TOブックス
〒150-0002
東京都渋谷区渋谷三丁目1番1号　PMO渋谷Ⅱ　11階
TEL 0120-933-772（営業フリーダイヤル）
FAX 050-3156-0508

印刷・製本　中央精版印刷株式会社

ISBN978-4-86699-982-1